講談社文庫

炎の放浪者

神山裕右

講談社

目次

はしがき 9
第一章 旅の始まり 11
第二章 巡礼の娘 54
第三章 第二の修道士 123
第四章 隠者の棲む森 187
第五章 密偵の巣窟 282
第六章 時代の終焉 404
最終章 遠い訣(わか)れ 440
解説 立木恵里奈 467

主要登場人物

ジェラール……………パリの鍛冶屋。
ピエール………………遍歴の従騎士。
アンドレ・ド・フォス……シープル（キプロス）島の神殿騎士（テンプル）。
マルク…………………ノガレの密偵。
ベアトリス……………巡礼中の娘。
マルグリット…………ジェラールの妻。
エズラ…………………ユダヤ教の導師（ラビ）。
フィリップ四世………フランス王。別名端麗王。
ギヨーム・ド・ノガレ……フィリップ四世の腹心。筆頭王宮顧問官。
クレメンス五世………ローマ教皇。
ロラン…………………聖ジャン（ヨハネ）騎士。故人。

炎の放浪者

わが神、わが神、なにゆえわたしを捨てられるのですか。なにゆえ遠く離れてわたしを助けず、わたしの嘆きの言葉を聞かれないのですか。（詩篇二十二編一節）

はしがき

十四世紀初頭のヨーロッパ。

第一回十字軍が建てたエルサレム王国の滅亡により、聖地遠征の記憶が遠い過去になりつつあった頃、フランス王はある問題に直面していた。ギエンヌ地方の支配をめぐって勃発したアングルテル（イングランド）との戦争や、フランドルで起きた反乱の鎮圧に多額の戦費を要したため、深刻な財政難に陥っていたのだ。

王とその側近である王政顧問官らは、この問題を解決するために様々な対策を打ち出した。領内にいるユダヤ人の財産没収や、穀物や葡萄にかけた物品取引税などである。だがその一環として聖職者に課税したことで、新たな問題が持ちあがることになった。聖職者への課税は、教会が持つ権利の侵害にあたる。そのため、ローマ教皇の激しい反発を招いたのだ。

当時フランス王領を治めていたのは、王権の強化を目指して辣腕を振るっていたフィリップ四世である。一方イタリー人教皇ボニファティウス八世は、ローマ教会による支配と権力に固執した老人だった。両者は自分の主張を一歩も譲らず、この紛争は教権と王権、そのどちらに優位性があるかという論争にまで発展していった。

ボニファティウス八世は、神の代理人であるローマ教皇には、この世のすべてを支配する権威があり、王といえども自分の前にはひざまずかねばならない、と主張し、フィリップ四世は、ボニファティウスには教皇たる資格はない、とそれに真っ向から異議を唱えたのだ。

この聖俗の紛争はボニファティウス八世と、その後釜であるベネディクトゥス十一世ら教皇の相次ぐ急死により、フランス側の勝利に終わる。権力闘争に敗れたローマ教会は、フランス王の圧力を受ける形で、フランス人のクレメンス五世を新たな教皇に選出し、これにより王と教皇による争いはひとまず終息した。

しかし、それは表向きのことにすぎなかった。

フランス王はいまだ財政難に苦しんでいた。彼はその打開策のひとつとして、キリスト教圏全体を震撼させる、ある計画を実行に移そうとしていた。

第一章　旅の始まり

I

主の年一三〇七年　聖ルカの祝日から四日後（十月二十二日）
フランス　パリ

仄暗い鍛冶工房の中で、男が炉の火明りと熱を身体に浴びながら鉄を打っていた。鉄の棒をつかんで炉に差し入れ、鉄床に戻しては鍛打していく。そのたびに赤熱した鉄の表面から火花が散り、男の顔に重苦しい表情があらわれる。彫りの深い顔を無精髭が覆い、額が汗に濡れている。身体はほどよく締まり、黒い髪は乱れて肩に届いていた。

ふと男は顔をあげた。

通りに面した売り窓の前に客がいた。つば広の帽子を被り、バビロンの皮で裏打ちした外套をまとった男だ。妻のマルグリットとなにか話をしている。

男は仕事の手を休めて言った。

「あなたは、マルクではないですか」

マルクの顔に笑みが浮かんだ。穏やかな表情だったが、黒い帽子の奥から覗いているのは、刺すような鋭い双眸だ。髪には白いものが交じっている。日焼けした肌には艶があった。

「いつパリに戻ってきたのですか」男は椅子から立ち上がって訊いた。

「今朝だ。急ぎの仕事ができて呼び出されたのだ。ジェラールよ、久しぶりだな。息災そうでなによりだ。しかし、それにしても――」

と言って、マルクは工房の中を見まわした。

「あまり流行ってはおらんようだ」

「私はよそ者ですから」

ジェラールは不機嫌に答える半面、不吉な予感を覚えていた。

「それで、今日はなにかご用ですか」

「実は折り入って頼みたいことがあってな。外に出られるか」

「今、ですか」

急ぎの仕事は入ってきていないし、特に用事もない。

ジェラールは黙ってうなずいたが、できることなら、この男とはかかわり合いたくなかった。慈父のように親しげな顔を見せる者ほど、腹の底でなにを考えているのかわからないのだ。

　すると、マルクは帽子のひさしの下から薄笑いを浮かべて言った。

「友よ、そんな顔をするな。これはお前にとっても悪い話ではないのだ」

　マルグリットに出かけると言い残して外に出ると、六時課（セクスタ）（正午）を報（しら）せる教会や修道院の鐘の音が、セーヌ川の流れるパリの街に鳴り響いていた。

　ジェラールとマルクのふたりは市場をひとめぐりして、シテ島にかかる両替橋（ポン・ト・シャンジュ）を渡った。

　橋の上は様々な両替店が建ち並んでいる。小麦を挽く水車のまわる音や、パリの名物である呼び売りの声が飛び交い、厳しい寒さにもかかわらず喧騒（けんそう）に満ちていた。

　今朝は雨が降ったので、だいぶ肌寒かった。濡れた石畳は軟泥で滑りやすくなっている。荷車が通るたびに家畜や人間の糞尿が跳ねあがった。

「パリに戻ってきたのは久しぶりだ。この街は良い。野蛮な南フランスにはない理性と文明があり、神の恩寵（おんちょう）に満ちている。そうは思わんか」

　マルクは橋を行き交う人々に目をやって言った。

「私は仕事で南フランスを旅することが多いが、あの地は悪しき異端がはびこっている。聖ルイ九世陛下が排斥したにもかかわらず、神を冒瀆（ぼうとく）する者たちがいまだに巣くっているのだ」

そこまで言うと、マルクは足をとめてジェラールを見た。

「ところで、先日タンプルで起きた事件を憶えているか。逮捕された神殿騎士たちのことだ」

ジェラールはうなずいた。

パリの北東にある囲い地には、街の人々が神殿と呼んでいる石造りの城郭が建っている。隅塔を設けた厚い城壁で囲んだその城郭は、騎士修道士と従者を合わせた数百名が駐留しており、塔の武器庫にはパリを制圧するのに充分な槍や剣があるという。神殿（テンプル）騎士団のフランス管区本部だ。

神殿騎士団の歴史は長い。この騎士団は、ユーグ・ド・パイヤンら数名の騎士が、聖都エルサレムにおもむく巡礼者や隊商を異教徒から守護するために結成した。結成当初、彼らは人数分の馬を持てぬほど貧しかったが、その志に感銘を受けた領主や市民の資金援助を受けることで活動を続け、十二世紀初頭にはローマ教会の正式認可を得て、独自の課税権と司法権を得るにいたった。そして繰り返される十字軍の気運を追い風に、彼らは豊富な資金力を背景に軍備を増強し、聖地におけるフランク人最強の軍隊となっていった。

鉄製の籠手と脛当てをつけ、鎖帷子の上に神殿騎士団の紋章十字架を縫いつけた白い袖無し外衣（シュルコー）を着た姿は、キリスト教徒の尊敬を一身に集めた。

だがその神殿騎士団は、十六年前に起きた聖ジャンのアッカ（サン・ジャン・ダクル）の戦いでサラセン軍に大敗を喫して以来、シープル（キプロス）島に撤退してしまった。

それでも彼らの富と権力が衰えることはなく、今も西欧諸国に一万以上の荘園と支部を持ち、金融活動で巨万の富をたくわえている。彼らの武力と経済力は優に一国を超えており、その実質的な本拠地がフランスのパリにあるタンプルだった。

その城をフランス王フィリップ四世の命を受けたパリの警吏たちが強襲して、駐留していた神殿騎士たちを逮捕拘束したのは、今から九日前の、十月十三日の早朝のことだった。彼らは騎士団の幹部を残らず勾留し、神殿騎士団の最高権力者である、総長ジャック・ド・モレーも荒縄を腕にかけて連行した。そして翌々日、フランス王の書記官長ギョーム・ド・ノガレが、街の広場にあらわれ、集まった民衆に逮捕の理由を説明した。

逮捕の罪状は、瀆神や男色だった。

神殿騎士たちは、信仰の騎士を自任しながらも裏ではキリストを否定し、バフォメットと呼ばれる悪魔の偶像を崇拝、邪悪な教えを広めていたという。すでに市民の密告がフランス王のもとに多く寄せられており、この逮捕はパリだけではなく、フランス全土で同時刻に一斉実施したという。

ジェラールは事件があった日に、隣家に暮らしている同じ職人からその話を聞いたが、あまり驚かなかった。それでは、あの噂は本当だったのか、と思いながら炉に向かって鉄を打ち続けた。

神殿騎士団の評判は、北フランスではきわめて悪かった。パリでは最悪と言ってもいい。もっとも、最初からそうだったわけではない。かつて人々は、神殿騎士たちに畏敬の念を抱いていた。

しかし、近頃の神殿騎士たちは、与えられた特権をいいことに市民の権利を侵害し、その傲慢な振るまいが目にあまった。このフランス貴族たちは聖地奪還のために剣をとることはなく、金儲けにいそしんでいた。

だからだろうか。神殿騎士団の黒い噂がしだいに耳に入るようになり、人々が彼らに向ける眼差しにも、軽蔑と憎悪が感じられるようになっていた。噂の内容は、やはり悪魔崇拝や男色にかかわるもので、パリ市民の多くは、その噂を信じているようだった。

「ところが問題が起きた。捕り逃がした神殿騎士がいるのだ」

とマルクは言った。

逃亡した神殿騎士の名は、アンドレ・ド・フォス。プロヴァンスに領地を持っていた落魄貴族で、右目の下から顎にかけて、刃物による深い傷痕があるのが特徴だという。アンドレはシープル島の本部で働いていたが、今年の秋口に神殿騎士団の幹部に召致されてフランスに来たらしい。

「この平騎士は、警吏たちが踏み込む直前にタンプルを脱出し、制止した警吏数人に手傷を負わせて逃走した。配下に男の行方を捜させているが、いまだ不明だ。私はある御方からこの逃亡した神殿騎士の追跡を任せられた。生死は問わぬが、可能であれば捕らえてパリに連行せよ、とのことだ。しかし、なにぶん手が足りん。そこで、お前の手を借りたい。報酬は以前の三倍出そう。どうだ、悪い話ではあるまい」

なるほど、そういうことか、とジェラールは相手の顔から目をそらした。

マルクはイタリーの裕福な貴族、あるいはヴェニーズ（ヴェネチア）の貿易商を装っているが、その正体はフランス王が召し抱えている密偵のひとりだ。

密偵マルクとは、自分が遍歴職人として南フランスを放浪していた頃からのつき合いで、明日の糧を得るために、彼の仕事に何度か手を貸したことがある。今回も昔のように手を貸せということだろうが、正直なところ気は進まなかった。

神殿騎士は、厳しい規律と鍛錬を積むことによって、聖地で異教徒を大勢殺してきた猛者である。世俗の騎士や山賊とは訳が違う。相手が悪すぎる。剣を抜いて逮捕に抵抗されれば、こちらが殺されかねない。それに、自分はフランス王に忠誠を誓ってなどいないし、危険を冒してまで瀆神の騎士を捕らえたいと思うほど信仰が篤いわけでもない。なによりも、今の自分には守るべき家がある。金を必要としていたが、そのために危ない橋を渡るつもりはなかった。

ジェラールは目を戻して言った。

「申しわけありませんが、他をあたってください。剣をひさしく握っていませんし、仕遂げる自信がありません」

マルクは黙り込んで橋の上を見ている。汗も搔かず、寒さに震えてもいない。

やがて顔の筋ひとつ動かさずに、そうか、とつぶやいた。

ジェラールは無言で相手を見ている。マルクは言った。

「ところで、お前が結婚したとは知らなかった。先ほど店の前でお前の妻と少し話をしたが、お前のような男と所帯を持つことを望んだのだ。さぞかし信仰の篤い、寛容な女なのだろうな」

「…………」

「私の話をことわったのは、その女のためか」

「それがなんだというのです。あなたには関わりのないことだ」

ジェラールが不安に駆られて、詰め寄ったときだった。ふいにマルクは彼を見て笑みを浮かべた。笑わない目がわずかにすぼむ。

「私はしばらくこの街にいる。気が変わったら報せろ」

そう言い残すと、マルクは背を向けて、人込みの中に消えていった。

II

教皇の寝室は、心地よい暖気に包まれていた。

採光用の奥深い窓には、寒さをやわらげるために美しい垂れ幕がかかり、炉の中でトネリコの薪(たきぎ)が赤々と燃えている。教会用蠟燭(ろうそく)の微光を受けて、宝石で装飾した豪華な金のラテン十字架が壁に輝いていた。天幕の寝台が部屋の奥にあり、温めた白葡萄酒と竜涎香(りゅうぜんこう)の香りが漂っている。

皮肉なものだ、と枢機卿(すうききょう)ベランジュ・フレドルは思った。

キリストは巾着を持たず、富や権力を否定したのに、その後継者たちは絹の衣をまとい、妾(めかけ)を囲い、貧者から金を巻きあげている。

すると、天幕の中から穏やかな声が自分を呼び、ベランジュは緋(ひ)色のつば広帽子を脱いで頭を垂れた。

「聖下、お呼びでしょうか」

「……待っていたぞ。話がある。近(ちこ)う寄れ」

寝台に歩み寄ると、髪の薄い男が寝間着姿で横たわっていた。顔は窶れて、目の下に隈がある。首も痩せて喉仏や鎖骨があらわになっていた。

ベランジュはそのかたわらにひざまずき、差し出された教皇の指輪に接吻する。

「教皇クレメンス五世聖下、ご機嫌麗しゅう……」

教皇クレメンス五世には醜聞が多い。そのひとつに露骨な閥族主義があった。このフランス人教皇は、リヨンで戴冠するや自分の親族を枢機卿に任命して、教皇庁の金を彼らに贈与したのである。また、日和見的で弱腰な外交姿勢にも非難の声がある。そして聖職者にあるまじき贅の数々。彼のおこないを見聞きして、眉をひそめるキリスト教徒は少なくない。ベランジュもそのひとりだった。

だが不満を抱く一方で、ベランジュはこの教皇を恐れてもいた。無能と誹られることの多い、この霊的指導者の本性を知っているからだ。クレメンスには狐の狡智が備わっている。気前よく金を使って周囲を身内で固めるのは、それだけ権力に対する執着と保身があるからで、先代のような暗愚ではない。侮ればどんな災いがふりかかってくるか、わかったものではないのだ。この男は小心者だが、それゆえに、保身のためなら肉親すら悪魔に売りかねない。

クレメンスの陰鬱な顔に笑みが浮かんだ。

「世辞はよい。ベランジュよ、今から九日前に、フランス全土の神殿騎士が悪魔を崇拝したかどで逮捕、投獄されたことは知っているな？」

「存じております」

ベランジュはいずまいを正して続けた。

「配下に調べさせたところ、この逮捕を計画したのは、フランス王フィリップ四世と、王の右腕である書記官長ギョーム・ド・ノガレを始めとする顧問官らで、王はタンプルにあった金庫を差し押さえたと聞き及んでおります」

教皇が咳(しわぶ)くと、付き添いの修道士が水差しを持ち出す。

ベランジュは言った。

「聖下、これはまことに由々(ゆゆ)しきこと。聖権へのあきらかな挑戦、干渉です。即刻フランス王に抗議をすべきでしょう。聖下の働きかけがあれば、パリ大学の裁判官たちもこれが不当な逮捕であることを認めるはず。俗世の王に彼らを裁く権利はない。異端や悪魔崇拝といった信仰の問題は教会の管轄であると。従わぬ場合は聖務停止を、いえ、王の破門も考えるべきです」

ローマ教会は軍を所有していないが、それに代わる政治的切り札を持っている。

破門である。教会の権威を脅かす王や諸侯を、キリスト教から破門することで、その人間から結婚や埋葬などの秘蹟を受ける権限をすべて奪い、死後の地獄行きを決定するのだ。また、この時代、破門者は教会、すなわち神に見捨てられた大罪人であり、社会から排斥された存在だった。王といえども、破門されれば諸侯の支持を失い、威信を失墜することになる。

教皇や司教に赦免されないかぎり、破門が解かれることはなく、この伝家の宝刀は、教会の意に添わない人間を脅すためにたびたび抜かれたのである。事実、先の紛争の際、先々代の教皇ボニファティウス八世は、敵対するフランス王フィリップ四世とギョーム・ド・ノガレを一度破門している。

――フランス王といえども、地獄の炎で焼かれたくはないはず。うまくいけば、教会の権威を知らしめることができるのではないか。

そう考えたベランジュだったが、教皇の答えはつれないものだった。

「そんなにうまくことが運ぶとは思えん。それに、あの男のことだ。世論やパリ大学を味方につけるための手をすでに打っているだろう。破門とて同じこと。先々代と同じ轍を踏むつもりか」

確かに、と思った。ボニファティウスは破門という切り札を使ったが、充分な効果があったとは言えない。そのあとにアナーニで起きたことを考えると、むしろ、逆効果だったのではないか。

「それでは、聖下は神殿騎士たちをお見捨てになるのですか。王による教権の侵害をお認めになると？　そのような弱腰では、フランス王を増長させることになりましょう」

「このたびの逮捕を逃れた者はどれほどいるのだ？」

「私が聞き及んだところによりますと、フランスにいるほとんどの騎士と従者が捕らえられたそうです。各地でわずかに逃亡者が出たようですが、委細はまだなんとも」

「そうか。あれほどの数を一度に捕らえるとは、フィリップもやるものだな」

教皇の口もとに笑みが浮かんだが、それはすぐに消えた。彼は言った。

「呼び出したのはほかでもない。その逃亡者のことで頼みたいことがあるのだ」

「と、言いますと？」

クレメンスは焦れたように、もう少し寄れ、と言った。ベランジュが顔を近づけると、教皇は彼に耳打ちした。

ベランジュは息を呑んだ。相手の顔を見ると、教皇は粘りつくような視線を彼に向けている。

「やってくれるな。これは交渉ごとに長け、数々の紛争を解決してきたそなたにしかできぬことだ。うまくことが運べば、大聴罪官……あるいは次期教皇の椅子も……」

クレメンスの言葉に、ベランジュはうろたえながらも頭を垂れた。

そして、恐れると同時に、願ってもない機会に彼の胸は高鳴った。この密命を仕遂げれば大聴罪官の地位が、あるいは夢にまで見た教皇の象徴、漁師の指輪を身につけることができるかもしれないのだ。

　ふと思い至って、ベランジュは言った。

「ですが聖下、今の話は……まことでございますか」

　クレメンスはじろりとベランジュを見る。

「ほう、神の代理人である私が嘘をついているとでも言うのか。主を疑うのか」

「い、いえ、そのようなことは決して」ベランジュは深々と頭を垂れた。あきらかな失言だった。「それで、フランス王はこのことを知っているのですか」

「わからぬ。だが、あの賢しい男が気づかぬとは思えん」

　それでは、フランス王の配下と争うことになるかもしれない、とベランジュの顔は曇った。

　フランス王フィリップ四世は、政治的手腕に長け、己の欲望と目的のためには手段を選ばない男だ。先々代の老教皇ボニファティウス八世と政治的に対立したときは、教皇が発した回勅を自分たちに都合のいいように改竄すると、それを三身分代表の会議（三部会の前身）で発表し、世論を反教皇へ傾かせた。

　そのうえ、王に忠誠を誓っている顧問官ギョーム・ド・ノガレをボニファティウスが滞在しているイタリーのアナーニに差し向けて、彼を脅迫、監禁して退位を迫り、その結果、憤死に追い込んだのだ。

病で急死した先代の教皇ベネディクトゥス十一世も、イタリーにいたため、フィリップが人を使って毒殺したのではないか、という噂も流れていた。この時代、毒を使った謀殺は珍しいことではない。

ベランジュの懸念に気づいたのか、教皇は言った。

「案ずるな。手は打ってある。そなたは自分に与えられた使命のことだけを考えておればよい」

「承知いたしました。それでは、私は準備がありますので、これにて」

頭を垂れて退室しかけたとき、ベランジュを呼びとめる声がした。

教皇は横になったまま目を閉じている。

「このたびの逮捕だが、王に進言したのはギヨーム・ド・ノガレかの？」

「確証はありませんが、あるいは……」

そう答えながら、ベランジュは自分の顔が強ばるのを感じた。フィリップ四世は王政を補佐する有能な官僚――顧問官たちを召し抱えている。神殿騎士団の逮捕を提案して推し進めたのは、その筆頭であるギヨーム・ド・ノガレだろう、と考えたのだ。

そうだ。これも皮肉だ、と思った。

一介の代行官でしかなかったノガレを王行政へ推挙したのは、ほかならぬ自分だった。有能な男を送り込むことで、フランス王と強い繋がりを作ろうとしたのだが、ノガレが教会の難敵になるとは、そのときは思いもしなかったのである。

しかし、こうなることを予想すべきだった。

ノガレはトゥールーズの出身である。噂によると、彼の両親は異端者だったらしく、教会の裁判によって焚刑を宣告されると、世俗の腕——つまり民衆の手に引き渡されて生きたまま焼かれたという。それが真実なら、ノガレが教会に強い憎しみを抱いていても、なんら不思議ではない。これは、あの男の復讐なのだろうか。なんにせよ、自分の失策には違いない。

クレメンス五世は、奇妙な薄笑いを浮かべて彼を見た。その目が自分を責めているように感じられて、ベランジュは怖じた目を伏せた。

Ⅲ

ふいに自分を呼ぶ声がして、ジェラールは顔をあげた。マルグリットが気遣わしげな目で彼を見ている。彼女は言った。

「あなた、どうかしたの？　なんだか、さっきからぼんやりしてるわ」

「いや、なんでもない。仕事のことで少し考えごとをしていただけだよ」

ジェラールは素焼きの水差しを取りあげて、赤葡萄酒を杯についだ。

マルグリットは台所に立って、夕餉の支度をしていた。火にかけた吊し鍋の中を、鼻歌まじりに柄杓でかきまわしている。麦穂色の髪を頭のうしろでまとめて白い頭巾をかぶり、半ば色褪せた麻布の袖つき丈長外衣を着ていた。

彼女は親方の娘だった。マルグリットの母親はすでに亡く、父親である親方も三年前に病歿したため、彼の遺言に従ってふたりは夫婦になった。よそ者のジェラールが店を継ぐことに反対する徒弟や組合員もいたが、職人の世界は実力がものを言う。彼の仕事振りを知る者は黙ってうなずき、それでも反発する者は店を去っていった。ジェラールは自分がパリの人々からうしろ指をさされていることを知りながらも、仕事に励んだ。マルグリットは、そんな彼を支えた。

彼女から身籠もったことを知らされたのは、四日前のことだ。

結婚の秘蹟を受けて三年、ようやく授かった子供に幸せを隠しきれないらしい。マルグリットはときおり目を閉じて含み笑いをする。だがそんな彼女を見ていると、ジェラールは幸福感とは別に、漠然とした不安を覚えることがあった。

王の膝もとだけあってパリは豊かな街だ。しかし、近頃はあらゆる物に悪税がかけられ、穀物や葡萄酒もその煽りを受けて高直になっていた。

治安も悪い。昨年末は、たびかさなる弊価切り下げと増税による物価騰貴に反発して、パリ市民が暴動を起こした。群衆は怒濤となって、前商人頭で造幣長官でもある市長の館を襲うと、王宮まで押しかけ、パリ市内のあちこちで略奪をしたのである。彼らが街を荒らし回っているあいだ、ジェラールとマルグリットは、戸締まりを厳重にして、息を潜めてやりすごしていなければならなかった。

後日、暴動の煽動者たちは逮捕されて楡(にれ)の木に吊されたものの、安心はできなかった。これから先、また同じようなことが起きるかもしれない。飢えと暴徒の牙が、自分と妻に向けられないという保証はない。

その危惧から、ジェラールは暴動が起きて以来、店を畳んで別の土地に移り住むことを考えていたが、そのためには、先立つものが必要だった。とはいえ食べていくのに精一杯の稼ぎでは、必要な金を用意できるはずもない。半ば途方に暮れていた。

——しかし、その問題を解決する方法がひとつだけある。

密偵マルクの依頼を引き受けるのだ。うまくいけば、まとまった金子が手に入る。だが、それはあまりにも危険な賭けだった。

「降誕祭も近いし、いろいろと買い換えなければならないな」

ジェラールは壁の隅に目をとめて言った。粗末な前かけがかかっている。前かけは灰を幾度も浴び、水をくぐってきたせいで白く擦り切れていた。椅子も食器も傷や汚れが目につく。

マルグリットは獣脂蠟燭をともした卓子(テーブル)の上に、木の皮のように固い燕麦(えんばく)の丸パンや、塩漬け豚肉のひと切れ、豆や秋野菜のポタージュを盛った木皿を並べていく。

「そうね。でもまだ大丈夫よ。長く使ってきた物だから愛着もあるし。それに……これからは、その、もっとお金が必要になるわ」

「すまない」ジェラールは視線を落として言った。

マルグリットは困ったように微笑む。

彼女は、彼の向かいの椅子に腰をおろすと、少し身を乗り出して、ジェラールの腕に手を触れて言った。

「ねえ、外でなにかあったの？　もしかして、お父様のことでまたなにか……？」

ジェラールは黙って笑みを浮かべる。頭を振った。

身重の彼女に余計な心配をかけたくなかった。彼女は新しい命を育み、家の中を切り盛りするので忙しいのだ。その思いから、ジェラールは店を畳んでパリを離れる考えをマルグリットに話していなかったが、かえって彼女の不安を大きくしたようだった。

マルグリットは少しうつむいた。首筋が赤くなった。

「あなたは自分のことを、あまり話してくれないから。私はあなたの妻なのよ……」

ジェラールは押し黙った。彼女もそれ以上なにも言わなかった。

ときおり、マルグリットと自分とのあいだに、目に見えない深い溝を感じる。この溝は、このぎこちなさは、夫婦として連れ添って生きていくことで少しずつ埋まっていくのかもしれないが、それがいつになるのか、自分には見当もつかなかった。あるいは、永久に理解し合えないのかもしれない。

この女を信じていないのではない。彼女のほうから歩み寄ってくれている。それはわかっている。だが、人と心を通わせる方法を、ジェラールは暗い境遇の中で見失っていた。

「あのね、私思うのだけど、あなたのお父様がどんな方であったとしても、あなたは違うわ」

「…………」

「ねぇ、昔のことを憶えてる？　私たちが初めて出会った日のこと……」

あのとき、あなたは……と彼女が言いかけたとき、母屋の戸を叩く音がした。

すでに晩課（午後六時）を過ぎている。まともな人間なら外出を控える時間だ。

ジェラールは不審に思って椅子を引いた。

階段をおりて戸を少しだけあけると、鉄製の角灯を持った男たちが家の前に集まっていた。長袖胴着（鎧下）を着、短剣で武装した男たちだ。

ジェラールは強い不安を覚えた。彼らはパリの夜警だ。それも王より俸給を受けている特別な権限を持つ警邏士で、彼らを率いる隊長は騎士である。

隊長の男が、馬上から言った。

「ジャン親方の工房を継いだ鍛冶職人ジェラールと、その妻マルグリットだな」

「そうだが、これはなんの――」

ジェラールが言い終えるよりも早く、警吏たちは家の中に押し入ってきた。

Ⅳ

高等法院の裁判所でもあるフランス王宮は、主の絶大な権威が顕現した荘厳な建築物だ。シテ島に構え、セーヌ川に姿を映す古城である。

時刻は終課（コンプレトリウム）（午後九時）をまわっていた。配膳係が入室して、手燭の火を新しい蜜蠟燭に移すと、王宮にある一室が仄かに明るくなった。

その灯りに浮かびあがったのは、線が細く、肌の白い男だ。彼は金髪を伸ばした頭に、王冠型の髪飾りを巻いていた。青い繻子（しゅす）の内着（コット）と、百合紋（フルール・ド・リス）の刺繍（ししゅう）が入った色鮮やかな長衣を着て、貂（てん）や栗鼠（りす）の毛皮外套をはおっている。

フランス王フィリップ四世、またの名を端麗王である。

王はひとりで書き物をしていた。静寂の中で鵞（が）ペンを羊皮紙に刻む音がした。すると、戸を打つ音がして、天鵞絨（ビロード）の寛衣の上に、葦毛（あしげ）の毛皮をはおった男が部屋に入ってきた。

「ノガレか」

とフィリップは、書き物を続けながら言った。

「取り調べの進捗はどうだ、神殿騎士どもを有罪にする証拠集めは進んでいるか」

ギョーム・ド・ノガレは頭を垂れた。配膳係が部屋の外に出て行くのを確認すると、彼は後ろ手に戸を閉めて答えた。

「現在異端審問官ギョーム・ド・パリを召致して、簡単な尋問をおこなっております。拷問に耐えきれず命を落とした者もおりますが、騎士の多くが罪を認める自白をしておりまして、首尾は上々と言えましょう。ただ、神殿騎士団ノルマンディー支部長、ジョフロワ・ド・シャルネーを尋問した際、かの男が気になることを口走ったので、ご報告にまいりました」

手にした書簡を王の前に置いて、ノガレは言った。

「陛下、これがそのときの調書です」

王は書簡を手にとって紐(ひも)をほどいた。無言で読み進めるフィリップに、やっかいなことになりましたな、とノガレは言った。

「よりによって、このような……陛下、いかがなさいますか」

フィリップは、調書から目を離さずに言った。

「取り調べは続けよ。このために余は何年も前から計画を推し進めてきたのだ。それに、この調書に記されていることが、真実であるという証拠はない。拷問を恐れた神殿騎士どものたわごとではないのか」

　ノガレの片眉があがった。

「しかし、陛下、この調書の内容が真実だと裏づける報告も、いくつか入ってきているのです。事実なら由々しき事態を招く恐れがあります」

　フィリップは目を伏せている。深沈と考え込んでいるようだった。その険しい顔をノガレはじっと見つめている。

「陛下、芽は小さいうちに摘むべきか、と」

　フィリップは答えなかった。彼は書簡を蜜蠟燭の火に差し入れて、おもむろに焼き始めた。ノガレは、羊皮紙が炎に包まれて灰となるのを黙って見ている。

　フィリップは言った。

「神殿騎士団に対する訴訟は、ジル・ド・エスランら他の顧問官に任せて、お前はこの調書の真偽を調べよ。また、この件の口外を禁ずる。文書の作成も認めぬ。残りの調書もすべて破棄せよ。よいな」

「御意。すでに配下の者に命じて、その準備をさせております。必ずや、陛下のご意向に添えることとなりましょう」

「ほう……」

フィリップの青い目がノガレを射た。

「余が裁断をくだす前に動いたか」

ギョーム・ド・ノガレは平民出身でありながら、その有能さゆえに異例の出世を遂げた人物だ。高等法院の裁判官で、国王騎士でもある。この老練な策士は髪を肩まで伸ばし、知的だが、どこか頑なに人を寄せつけない雰囲気を漂わせている。

頭の切れる男で、計略をめぐらすことも得意だ。しかし、フィリップはその才覚を買って顧問官に起用しているわけではなかった。法学教授にふさわしい論理的な思考と愚直さ。冷徹な態度を崩さない気質と、カノン法の知識を評価してのことである。

ノガレは目を伏せた。顔の表情は少しも変わらなかった。

「これも栄えあるフランスのため、陛下の治世を輝かしいものとするためでございます」

「手回しの早いことだ。実にお前らしいではないか」

王の口もとが歪んだが、ノガレは目を伏せたまま頭を垂れた。

ノガレが退室したあと、フィリップは肘かけ椅子の背もたれによりかかり、蠟燭の火をじっと見ていた。眉間に深い皺が浮かんでいる。

――ノガレめ。

キリストが説いた正義や隣人愛というものを、フィリップは信じることができなかった。人は自分の利益のために動き、そのために他人を裏切ることを厭わない動物である。好意的な笑みを浮かべる一方で、相手を出し抜き、破滅させることを考えている。誰も信用できなかった。

そう思うと、フィリップは猜疑と焦燥に胸を焼かれる。

今のフランスは脆弱に過ぎる。内政は様々な問題が山積しており、北には仇敵アングルテルが、南にはギエンヌ、そして彼らと結びつきの強いフランドルがある。諸侯たちの中にも敵は大勢いるだろう。そして宮廷にも……。陰謀渦巻くこの城で少しでも隙を見せれば、奴らは餓狼のように襲いかかってくるに違いない。ノガレとて、表向きは忠誠を誓っているが、腹の底ではなにを考えているのかわかったものではないのだ。

それに、敵はアングルテルや財政問題だけではない。王権拡大という野心を持っているフィリップにとって、ローマ教会の存在も無視できなかった。教会の権威が絶頂にあった頃は、教皇の発言ひとつが諸王に影響をおよぼすことが多々あったからだ。教皇の中には、自分の意に添わない者を破門にして、無理矢理従わせようとする者もいた。

教会が昔の力を取り戻すようなことにでもなれば、ボニファティウス八世のような神の代理人を詐称する傲慢な教皇がふたたびあらわれることになる。あの強欲な老人は、すべての聖職者と信者、そして世俗の王は、教皇の前にひざまずくべし、という考えの持ち主だったのだ。

力をつけねばならない、と思った。それができなければフランスは滅ぶだろう。フィリップにそう思わせるほど、王家の力は弱く、その財政は厳しい状況にあった。

——王家による盤石な支配と、それを支える法制度の確立、疲弊した財政の立て直しが急務だ。

そのためにはあらゆるものを利用し、どんな手段でも講じるつもりだった。肥えた聖職者どもを搾り、パリのユダヤ人どもから財産を剝奪し、宮廷の政に、出自にかかわらず有能な法学者を起用したのもそのためである。王の権威を強めるために、聖遺物を集め、奢侈品を独占した。

フランドルの支配も急がねばならない。クールトレの戦では平民どもに煮え湯を飲まされたが、あの豊かな地を平定できれば、税がとれる。

だが、なににもまして我慢ならないのは、神殿騎士の存在である。あの騎士団はフランス中に支部を持ち、実質上本部であるタンプル城はパリにある。自分の領地に土足であがり込まれている気がして、フィリップはひどく不快だった。あの傲慢な騎士

ども
が、教皇の直属であるという点も気にいらない。

聖地の守護という本来の使命を放棄し、金儲けに目がくらんだ神殿騎士団は、いずれキリスト教の汚点、フランスにとって獅子身中の虫となるだろう。身体を蝕む病巣は早めに取りのぞかなければならない。そのために多くの血が流れたとしても、それは仕方のないことなのだ。綺麗事ではすまない。それが王の血筋に生まれた者の責務なのだから。

だが、ノガレの報告を聞いた今、神殿騎士団廃絶と財政の立て直しという計画の前に、大きな障害が立ちはだかったのを感じていた。

これも神がお与えになった試練なのか、と王は目を閉じてつぶやいた。

「全知全能にして慈悲深き主よ。罪深き余を、この輝かしきフランスをどうかお導きください」

V

パリ市内にあるルーヴル城塞の牢獄は、噂に違わず劣悪な場所だった。冷たい石壁に囲まれた、狭い井戸底のような部屋には糞尿の臭気が漂い、床の寝藁には熊鼠や蠅がたかっている。

なぜこのようなことになったのか、どうすれば切り抜けられるのか、とジェラールは両腕を壁に鎖で繋がれながら、考えをめぐらせていた。

逮捕の理由に心当たりはなかった。連行中に警吏たちはひと言も喋らなかったし、罪状を訊いても答えなかった。マルグリットも捕らえられて、別の牢に連れて行かれたようだが、彼女が無事かどうかもわからなかった。

やがて数人の靴音が近づいてきた。錠に鍵を差し込む音がして鉄戸が開くと、獣油の松明を持った獄吏に続いて誰か入ってきた。

聞き覚えのある声に呼ばれて、ジェラールは顔をあげた。

鞣した革頭巾をかぶり、羊毛の外套を着た男が目の前にいた。マルクだった。彼は無表情でジェラールを見ている。

——なぜこの男がここにいるのか。

続いて縁なしの帽子をかぶり、黒貂の毛皮をはおった壮年の男が牢の中に入ってくると、彼はさらに衝撃を受けた。

男の顔に見覚えがあった。

「これが、お前の話していた男か」

マルクが黙って頭を垂れると、書記官長ギョーム・ド・ノガレはジェラールを見た。松明の灯りに照らされて、皺の刻まれた顔に深い陰影が浮かんでいる。

「鍛冶屋のジェラールだな」

ノガレは言った。

「お前は、私がここにいることを不審に思っているかもしれんが、驚くには値しない。なぜなら、お前たち夫婦を逮捕するように命じたのは、この私なのだからな」

胸騒ぎが強くなる。ジェラールは言った。

「私たちが、いったい、どんな罪を犯したと言うのですか」

ノガレは先ほどから手に持っている物を、ジェラールに見せた。銀製の赤い十字架がついた首飾りだ。十字架の四つの先端部は曲線を描いて外方に広がっていた。

「これは……」

ジェラールが顔をあげると、ノガレは言った。

「見覚えがあるだろう？　そうだ、神殿騎士だけが身につけることを許された紋章十字架だ。これがお前の家の母屋から見つかった。つまり、そういうことだ」

「母屋から？」

なにかの間違いだ。そのようなものは知らない、と言いかけて、ジェラールは口をつぐんだ。人に無実の罪を着せるのは、宮廷に暮らす者たちの得意とするところである。自分たちは嵌(は)められたのだ。彼は言った。

「なぜこのようなことを……」

「この者から聞いていると思うが――」ノガレは振り向いてマルクをちらと見ると、すぐに視線を戻した。「逃亡した神殿騎士の捕縛に手を貸してもらいたいのだ。陛下に忠誠を誓い、フランスのために働くことを約束すれば、今度のことは不問にしてもよい」

まさか、と思った。自分を従わせるために、こんな手の込んだことをしたのか。

ノガレの顔に陰湿な笑みが浮かんだ。

「お前は、我々のことを汚い連中だとでも思っているかもしれんが、それは誤解というものだ。私もこのようなことはしたくなかった。だが、今は状況が切迫していて、手段を選んでいる場合ではないのだ」

「ことわる」

激しい怒りを抑え込み、ジェラールは言った。怒りは涼しい顔をして仲間を裏切る彼らと、そういう男たちだと知っていたにもかかわらず、罠にかかった愚かな自分に向けられている。

ノガレの蔑むような目がジェラールを見すえた。どうやら、と言った。

「お前は、自分の立場を理解していないようだ」

すると、お待ちください、と言って、マルクが横から口を挟んだ。彼の額には脂汗が浮かんでいる。

「お待ちください。しばし、この者と話をさせていただけないでしょうか。この者はかなりの偏屈でして、旧知である私が言い聞かせるのが最善と思われます」

「その必要があるのか。この男は飼い馴らせぬと思うがな」

「神に誓って説得してごらんにいれます。どうか」

ノガレはつかの間目を閉じた。うなずいて言った。

「わかった、任せよう。だがあまり時間がないことを忘れるな」

フランス書記官長は牢を出て行った。重い鉄戸が閉まる。人の足音が遠ざかると、マルクはジェラールに向き直り、いきなり彼の顔を平手打ちした。

「愚かな男だ。お前はあの方の恐ろしさを知らんのか」

「…………」

「あの方の御不興(ふきょう)を買えば、お前の妻も裁判を受けて引き回しに処せられるのだぞ。大衆の面前で裸にされ、笞打(むち)たれる。それだけではない。瀆神と陛下への不敬は大罪だ。ありとあらゆる責め苦を与えられて最後は殺される。いいか、忠告しておくぞ。この話をことわれば、お前たちは生きたまま火に焼かれる。その灰はセーヌに流され、お前たちの魂は地獄で永遠に苦しむことになる。お前は自分の妻をそのような目に遭わせるつもりなのか」

「こちらこそ、忠告しておくぞ」

ジェラールも言った。

「彼女を侮辱し、その身体に傷ひとつでも負わせてみろ。そのときは、この件にかかわった者を捜し出して、ひとり残らず殺してやる。お前もそのひとりだ」

マルクは自分の懐に手を入れて林檎(りんご)大に膨らんだ巾着を取り出すと、それをジェラールの胸に押しつけた。

「ここにトゥール銀貨で四十リーブルある。受けとれ。あとは黙って首を縦に振ればよい」

「なんのつもりだ。私は物乞(ご)いのようにほどこしを受けるつもりは――」

「いいから聞け」

マルクはジェラールの肩を強い力で押さえ込んだ。汗の浮かんだ顔を近づける。

「お前たちに選ぶ道などない」

だが、と強くささやいてマルクは続けた。

「だが、我々に力を貸して神殿騎士を捕らえれば、さらに四十リーブルを渡す、とあの方は言われた。わかるか、この仕事をこなすことができれば、今の貧しい暮らしから抜け出すことができるのだぞ」

「なぜ私にこだわる？ 密偵はほかにも大勢いるだろう。なぜ奴らに追わせない？」

「すでに追わせた。だが、誰ひとり生きて戻ってこなかったのだ」

絶句したジェラールに向かって、マルクは言った。

「お前は剣や馬の扱いに長け、修道騎士団の実情にも詳しい。各地を放浪した経験もあり、オック語やサラセン人の言葉も解する。他に適任者はおらん」

「それは若い頃の話だ。平騎士がひとり逃げたぐらいで、なぜそこまで躍起になる。放っておけばいい」

　マルクは小馬鹿にしたような笑みを浮かべる。

「陛下はお前のような男と違い、信仰の篤い御方なのだ」

「マルグリットを解放しろ。彼女はなんの関係もない」

「それはできん相談だ。神殿騎士の捕縛を仕損じたり、我らを裏切ったりすることがあれば、お前の妻の命はないものと思え。モンフォーコンの絞首刑場に自分の妻が吊され、その腐乱死体が烏（からす）に啄（ついば）まれる姿を見たくなければ我らに従うことだ」

「手を貸せば、本当に彼女と私を解放するのか。その言葉を信用しろと？」

「我々とて流血はさけたいのだ。信じてもらいたいものだな」

　詐欺師め、とジェラールは心の中で罵った。

　この男のやり口は知っている。暴力で相手を脅し、そのあとで協力の見返りをちらつかせて仲間に引き込むのだ。そして用済みと判断するや、無慈悲に切り捨てる。この男たちに手を貸したからといって、自分と彼女が無事に解放される保証はない。

これは、いかさま師の紐伸ばしゲームだ。どんなに力を尽くしたとしても、最後には客が必ず負ける仕組みになっている。少しも信用できなかったが、彼の言うように、妻を人質にされている以上、こちらに選ぶ道はないのだ。

「この穢(けが)らわしい蛇(セルパン)め」

ジェラールはつぶやいたが、マルクの表情は動かなかった。

VI

一時課(プリマ)（午前六時）を告げる教会の鐘が、パリに鳴り響いた。耳を澄ませば、修道士たちの祈りの声、起き出して仕事を始める職人たちの物音も聞こえることだろう。

街の静かな目覚めを感じながら、ジェラールは母屋で旅支度をしていた。

おそらく長旅になる。入念な準備をしておかなければならない。二度焼き堅パン(ビスキュイ)や小麦粉袋、葡萄酒の瓶、買い揃(そろ)えた亜麻(あま)の夜着、鋳鍋や砥石(といし)など、旅に必要となるこまごましたものを頭陀袋(ずだぶくろ)に入れていく。

身を守る武器も必要だ。手燭の灯りを頼りに鍵をかけた長持(ながもち)から取り出したのは、木鞘(きざや)に納めた剣だった。金属製の十字柄には幾何学模様(サラセン風)の意匠(いしょう)を凝(こ)らしてあり、握りに黒い獣皮が巻きつけてあった。車輪形の柄頭(ポモ)は、中央の部分に十字架が彫ってある。

鞘を払って抜き身をあらためる。剣身は直身だ。錆がやや浮いているぐらいで、目立った刃毀れはない。根もとから中ほどまで刃引してあり、樋（血溝）に三位一体をあらわす三角形が刻み込んである。この得物ならば鎖帷子を断ち切り、敵に傷を負わせることも容易だ。

——この剣を握ることは、二度とないと思っていた。

これは神が自分に与えた試練なのではないか、神は自分を試されているのではないか。ふと、そんな考えが頭をよぎったが、彼は頭を振って、剣を鞘に戻した。なにが神の意志で、なにがそうでないのか、それを決めるのは聖職者である。鍛冶屋ではない。

長いゆったりとした脚衣を穿き、キルト地に刺し子で縫った茶色の長袖胴着に袖を通す。尾錠金のついた剣帯を腰に締めて、裏地に毛皮を張った外套をはおると、彼は剣と荷物を持って母屋を出た。

板葺き屋根を持った二階建ての家々に挟まれた路地を抜けていく。向かったのは、街の南にあるサン・ジャック（聖ヤコブ）門である。途中にある教会の扉に馬蹄を釘で打ちつけて、聖マルタンに旅の無事を祈った。

城壁の側にある楡のところまで行くと、角灯の光が彼を迎えた。その灯りの中に、数人の夜警とマルク、二頭の馬を牽いた青年、そしてマルグリットの姿がある。

ジェラールは駆け寄った。彼女を強く抱きしめる。マルグリットも抱擁を返してきた。大丈夫か、なにもされなかったか、と彼が訊くと、彼女は言った。

「はい。でも私たち、なにもしていないのに、どうしてこんな……」

「すまない、私のせいだ。許してほしい」

マルグリットはもの問いたげに顔をあげて彼を見た。

ジェラールは懐中から手紙を取り出して、それを彼女の手に握らせた。

「詳しいことは話せないんだ。私はある仕事のために、しばらくパリを離れなければならなくなった。私の身になにかあれば、これを教会の司祭様に渡して読んでもらうんだ。私がいなくても、つつがなく暮らせるように手配してくれる」

彼女の顔が曇った。

「……そんな。どうして、あなたがそんなことを?」

もしもの時のためだ、そんなに心配するな、とジェラールは笑いかけたが、彼女はなにも言わずにうつむいた。

遠出の旅は命がけである。街の外は危険な獣や山賊が徘徊し、冬の旅は命を削る。旅先で重い病にかかることもあるだろう。生きて帰れる保証はない。

今生の別れとなるかもしれない、と思うと、ジェラールは縋りつくように彼女をもう一度強く抱いた。そして、彼は震えているのがマルグリットではなく、自分だと気づいた。

マルグリットは彼の顔に指で触れて言った。

「わかったわ。お腹の子とふたりで、あなたの帰りを待ってる。だから……」

ジェラールは黙ってうなずいた。

「時間だ」

マルクが渋い顔をしている。彼は言った。

「別れを惜しんでいる暇はないぞ」

彼の命令でマルグリットが王の夜警に連れて行かれると、ジェラールはマルクから印章つきの指輪と、一通の書簡を受けとった。書簡にはフランス王の印璽が絹紐で吊ってある。

「それは、神殿騎士捕縛を任命する陛下の指令文書だ。各地の通行税の免除や、領主や警吏の協力、夜間の外出、街中での武器の携帯も許される」

「こんな物、南フランスに入ったら役に立たない」

「ならば、そうなる前に奴を捕えることだ。指輪の印章は、私に手紙を書くときに使え。あとは……ピエール！」

マルクが声をかけると、若い男が二頭の軽種馬（けいしゅば）を牽いて近づいてきた。

若者は金髪を椀形に刈り、青い膝丈の長袖胴着の上に、裏地に毛皮を張った外套を身につけていた。腰に剣を帯びているが、兜や鎖帷子は身につけていない。主君を求めて各地を遍歴する従騎士といった風貌だ。

「この男をお前につける。補佐を命じ、当座の路銀も持たせてあるからうまく使え」

ピエールは黙って頭を垂れた。だが彼の目つきは冷ややかで、親しみは少しも感じられない。

――補佐役とはよく言ったものだ。

とジェラールは木鞍をつかんで栗毛馬に跨った。ピエールも葦毛に飛び乗る。旅慣れた動きだった。

この若者は、自分の監視役なのだろう。自分がマルクたちを信用していないように、向こうも自分を信じていないのだ。

ジェラールが手綱をとり、白い鬣を持つ馬の首を軽く叩いていると、マルクが近づいてきた。

「ひとまず、お前たちは南に向かえ。逃走した神殿騎士は、まだそう遠くには逃げていないはずだ。神のご加護があれば追いつくこともできよう」

ジェラールはうなずいた。

「北に逃げた可能性もあるが、そのときは、ルーアンやランスに潜んでいる密偵からなにかあれば、報せが来るだろう。お前たちの出立後、私もすぐにパリを発ち、サントに向かう。その街の旅籠(はたご)にしばらく滞在する予定なので、なにかあれば手紙を送れ」

それから最後に……とマルクはつけ加えた。

「神殿騎士アンドレが抵抗して、どうしても生け捕りにできないときは……」

顔を近づけて、彼は獰猛(どうもう)な目を向けてきた。

「奴を殺せ。絶対に生きたままフランスから逃してはならんぞ」

Ⅶ

暗い夜の街を、ひとりの男が足を急がせていた。頭頂部の毛を円形に剃髪(トンスラ)し、代赭(たいしゃ)色の修道衣を着て、腰に縄紐を結んで垂らしている。男はフランソワ（フランシスコ）会の托鉢修道士だった。

市内の十字路に差しかかると、男はふいに足をとめて弾(はじ)かれたように振り向いた。鉄製の角灯をかかげて、あたりを見渡す。男の顔は汗に濡れている。

「誰か、いるのか」

托鉢修道士は言った。だが暗く不潔な路地に人の姿はない。足音もしなかった。

——気をつけろ。

と托鉢修道士は灯りを右から左に動かしながら、自分に言い聞かせた。いいか、決して気を抜くんじゃない。

どうやら気のせいだったようだ、と角灯をおろしかけたときだった。一瞬、正面の路地の壁に黒い人影が躍ったのを見て、彼は短い声を洩らした。

彼はあとずさり、背を向けると一目散に走り出した。狭い路地をよたよたと駆け抜けて、街角を曲がる。修道衣は重く動きづらい。足がもつれて転びそうになる。

旅籠を兼ねた居酒屋の前まで行くと、助けてくれ、ここをあけてくれ、と入り口の戸を叩いてわめいた。だが眠りについているのか、それともこの時間に訪れた人間を警戒しているのか、応じる様子はない。

そうこうしているうちに、足音が近づいてくる。

彼は角灯の火を吹き消すと、居酒屋の裏口に置いてある大樽のうしろに身を潜めた。やや遅れて、荒い足音がした。

武器を持ってくればよかった、と男は悔やんだが、すぐに頭を振った。無駄な抵抗だ。勝ち目などない。殺されるだけだ。

主よ、と托鉢修道士はつぶやいた。

——この憐れな下僕に力をお与えください。

すると足音はしだいに遠ざかり、やがて、なにごともなかったように静寂が戻ってきた。

修道士はため息をついて、十字を切った。

——主よ、あなた様の御心に感謝いたします。

人の気配は消えたが、托鉢修道士は身動(みじろ)ぎもせずに聞き耳を立てていた。賊がまだ近くに潜んでいる気がして、この場から出て行く気にはなれなかった。

しかし、いつまでもここに隠れているわけにはいかない。

托鉢修道士は頃合いを見計らって身体を起こした。だが手脚の震えはとまらず、動悸も鎮まらない。彼は立ちくらみがして、目を閉じた。額を押さえる。すると苛立ちが募り、なぜ自分がこんな目に遭わねばならぬのだ、と激しい怒りが胸に込みあげてきた。

——これもみな、あの男のせいだ。あの男がいなければ、このようなことにはならなかったのだ。呪われるがいい、主を畏れぬ不敬者め。

ふと彼は顔をあげた。

黒い外套の頭巾を目深に被り、剣を手にした男が目の前に立っていた。

あっと驚愕の声を出す間もなく、托鉢修道士は胸をつかまれて、居酒屋の壁に背を押しつけられた。そのはずみで、彼の手から角灯が落ちて、街路に転がった。

「ま、待て。私は——」

托鉢修道士はなにか言いかけたが、相手は聞く耳をもたなかった。黒い外套の男は、無言で托鉢修道士の胸に剣の刃を突き入れた。


黒い外套の男は血のついた剣を鞘に戻した。足もとには、托鉢修道士の死体がうつぶせに倒れている。

男は死体の側にかがみ込むと、托鉢修道士の懐中に手を入れて中を探り始めた。彼の指が血にまみれ、返り血が顔から滴る。男は頭巾を脱いだ。

やがて、男の口もとが歪んだ。彼は一枚の金貨を抜き出すと、托鉢修道士の腰巾着の紐を引きちぎった。

すぐ近くで人の悲鳴がして、男は弾かれたように振り向いた。

路地を挟んだ向かいの旅籠だった。二階の鎧戸(よろいど)が開いている。誰かが灯りを手にして彼を見ていた。

浅黒い顔をした娘だった。娘は長く伸びた黒い髪を肩に垂らしている。口もとを片手で覆い、その目は張り裂けんばかりに見開かれていた。

男は舌打ちした。頭巾を被って、目深まで引き下げる。

遠くで男たちの声がして、夜警の持つ角灯の光が近づいてきた。

男は身をひるがえして矢のように路地裏に駆け込んだ。その姿は闇に呑み込まれてたちまち見えなくなった。

娘は立ちすくんだまま、震えていた。

第二章　巡礼の娘

I

十月の終わりから二日前（十月二十九日）
ロワール地方　オルレアン

陰鬱な曇り空の下、落とし格子と矢狭間（やざま）を備えた威圧的な市門を抜けると、ジェラールとピエールのふたりは、すぐさま街の喧騒と雑踏に呑み込まれた。

教会や聖堂の鐘が鳴り響く中、小樽を積んだ二輪荷車が行き交う大路は、陳列棚を張り出した商店が建ち並び、品物を買い求める客で混雑している。街角でほどこしを求める托鉢修道士や、豚や鶏（にわとり）を追いかけ回す子供の姿があった。北フランスでも指折りの城塞都市オルレアンは、王都パリに勝るとも劣らない、活気と猥雑に満ちた街である。

ピエールは馬を牽きながら言った。

「まずは、例の事件のことを聞くために夜警と会うべきです。神殿騎士を捜す手がかりが得られるかもしれません」

「そうだといいが」

　とジェラールも街並みに目をやって答えた。

　パリの南に位置するオルレアンで、托鉢修道士の殺害事件が起きたのは、ふたりがパリを発ったその夜のことだった。犠牲者の名はベルナールと言い、彼が血を流して路地に倒れていたところを、当直の夜警が発見した。

　夜警はそのときに、現場から逃走する男の姿を目撃している。夜警の追跡を振り切ったその男は、頭巾で顔を隠して、剣で武装していたという。

　その事件をマルクからの手紙で知ると、ジェラールとピエールは顔を見合わせた。剣を使った殺人であれば、犯人は騎士である。逃亡中の神殿騎士アンドレ・ド・フォスが、神に仕える托鉢修道士を手にかけるというのは解せない話だが、瀆神の容疑をかけられるような神殿騎士だからこそ、そんな畏れ多いことができたのかもしれない。あたってみる価値はあるだろう、とふたりの意見が一致した。

　殺人者を目撃した警吏は、鞣し革職人のジャンという男だった。街外れにある彼の工房を訪ねると、ジャンはすぐに出てきた。仕事の途中だったらしく、両腕の袖をまくり、顔に汗が浮かんでいる。この仕事は重労働で、悪臭の中で作業をすることでよく知られている。屋外には、働いている数人の従弟の姿があった。

托鉢修道士が殺された事件のことで聞きたいことがある、とジェラールが切り出すと、ジャンは肩をすくめた。

「なにかと思えば、またその話か」

「また？　またとはどういうことだ」

「この街で暮らしていれば、物乞いの盗みや人殺しなんて珍しくないけどよ、坊主殺しってのはそうあるもんじゃない。だから、どいつもこいつも興味本位で聞きたがるんだよ。あんな事件、俺はもう忘れたいってのによ」

「気持ちはわかるが、話してくれ。礼ははずむ」

ジェラールが外套の前を開いて腰の巾着を見せると、ジャンは髪を撫でつけた。

「仕方ねえな。で、俺はなにを話せばいいんだ？」

「托鉢修道士が殺されたときに、なにがあったのか知りたい。君はなにを見た？」

ジャンは通りに目を向けた。

「事件が起きたのは、月の出ていない夜ふけだった。俺は当直でさ、路上で見張りをしていたんだけど、近くで女の悲鳴が聞こえたんだ。で、仲間と一緒に駆けつけると、托鉢修道士のベルナールが血まみれになって路地に倒れていた、というわけさ」

「そのとき、彼はすでに死んでいたのか？」

「ああ、ベルナールの巾着がなくなっていたから、賊の狙いは金だったんじゃないかって、皆噂してるよ」

「殺された托鉢修道士は、布施袋ではなく巾着を持っていたのか？」

「そうだよ」

ジャンは路上に唾を吐いた。ピエールは腕を組み、黙ってジャンの顔を見すえている。

「それも金がいつもたっぷり詰まってる。あの坊主は喜捨を容れる布施袋は持っていなかった。近頃はそんな坊主ばかりさ。金曜日に肉やチーズを食べたり、大酒飲みだったり、女も抱いてさ、なにが清貧だ。連中のほうが、俺たちよりずっと贅沢な暮しをしてるよ。あいつら大嘘つきだ」

十三世紀初頭に創設されたフランソワ会は、街中で説教活動をおこなう托鉢修道会として知られている。創始者であるフランソワは私財を持たずにキリストの教えを説き、病人や弱者への奉仕活動を献身的にしたため、貧しい民衆の絶大な支持を得て、その活動は西欧中に広まっていた。

清貧はこの修道会が持つ美徳のひとつだった。しかし、フランソワ没後、彼の後を継いだ者たちは堕落した。ローマ教会の後押しもあり、彼らは修道会の会則を自分たちの都合のいいように変えてしまったのだ。

これにより、フランソワ会は独自の修道院や財産を持てるようになり、創設者の遺志を守ろうと異を唱えた修道士たちは、教会から異端の烙印を押されて、厳しい処罰を受けた。焚刑に処せられた者も少なくなかったという。今やフランソワ会は、清貧とはかけ離れた、富める者たちの集まりだった。

「それでは、ベルナールが狙われる理由はあったわけだ」

「だろうね。あいつ、けっこうな金を持っていたし」

「逃走した男について、他に知っていることはないのか？」

ジェラールがじっと見ると、ジャンは弱ったように頭のうしろを掻いた。

「同じことを仲間や知り合いからも訊かれたけどよ、俺が見たのは逃げていくうしろ姿だけだったんだ。それに動揺もしていたんだからな」

黒い外套を着た背の高い男。殺害に剣を使った。

判明しているのはそれだけで、賊の目星はついていないという。

ジェラールは目を閉じて、頭を振った。

――つまり、なにもわかっていないわけだ。

パリやオルレアンのような大都市では、家や仕事を求めて各地から流れてくるよそ者の数が多く、中には素性どころか、名前すら定かでない者も珍しくない。無理もないと思ったが、期待して馬を飛ばしてきただけに、落胆は禁じ得なかった。

ピエールに目をやったが、彼は小さく頭を振る。

ジェラールは言った。

「わかった、話をしてくれて礼を言うよ」

金を渡して、ふたりが背を向けかけると、おい、待ってくれ、とジャンが言った。

「事件が起きた夜だけどよ、賊の姿を見た者が、もうひとりいたのを忘れてた。女だ、巡礼中の娘だ」

聖地巡礼で名高いのは聖都エルサレムやローマだ。しかし、この時代の人々が熱心に参拝したのは、イベリア半島の西の果てにある、聖ジャック（ヤコブ）を祀った大聖堂だった。信仰の篤い人々は、平復祈願や贖罪のために徒歩で向かったが、その道程は過酷だった。街道には山賊や追い剝ぎが横行するだけでなく、北フランスから聖ジャックの墓所を目指す場合は、南下してピレネ山脈も越えなければならない。オルレアンは巡礼路の途中にあるため、この街を訪れる巡礼者も少なくなかった。

事件を目撃した娘もそんなひとりだという。名前はベアトリス。彼女は事件当日に現場近くの旅籠に泊まっていたため、偶然にも賊がベルナールを殺しているところを見たらしい。

「すまないが、その娘が今どこにいるのか捜してくれないか。事件について詳しく話を聞きたい。それと……」

ジェラールは、ジャンの手に金をふたたび握らせた。

「殺された托鉢修道士のことを調べるには、どこに行けばいい？」

路地裏にある居酒屋（タヴェルナ）の前には、頭を寄せ合ってひそひそと言葉をかわす洗濯女や、子供たちが集まっていた。

ジェラールとピエールが野次馬をかきわけて店の中に入ると、すぐに腹の出た中年男が厨房から出てきた。居酒屋の亭主らしい。

「お客さん、今日はもう店じまいでね。飲みたいのなら余所（よそ）へ行ってくれないか」

「僕たちは客じゃない。托鉢修道士ベルナールのことを調べに来た。彼は殺されるまで、ここに寝泊まりしていたそうだな」

ピエールが答えると、亭主は太い腕を組んで、まじまじとふたりを見た。

「ああ、そうかい。だけどこちらは、あんたたちの暇潰（つぶ）しにつき合っていられるほど金も時間もないんだ。さっさと出て行ってくれ」

「僕を侮辱するのか。いいだろう。それならこれを――」

ピエールは鞄（かばん）から王の書簡を出しかけたが、ジェラールは頭を振った。彼は卓子の上に金を置いて言った。

「これで文句はないだろう」

亭主は店の奥に顎を振った。

「こっちだ、ついてきな」

彼が案内したのは、複数の寝台が並んだ共同客室ではなく、二階にある鍵のかかった狭い個室だった。托鉢修道士が住む前は物置として使っていたらしい。粗末な卓子と寝台、その側に木製の古い長持があるだけでなんの変哲もない部屋だった。しかし、中はひどいありさまだった。椅子は倒れ、卓上の小物入れや鵞ペンを差した陶製のインク壺、皮紙の文字を削りとる軽石や小刀が床に散乱していた。長持に入っていた衣服や下着も外に放り出ている。

「これはどういうことだ？」

ジェラールが振り向いて訊くと、亭主は彼をじろりと見た。

「俺が訊きたいぐらいだよ。部屋はベルナールが出て行ったときのままにしてある」

「本当か、あんたの仕事じゃないだろうな」

「冗談じゃない。神様に誓って言うが、俺はなにも手をつけちゃいないし、なにも盗っちゃいないよ」

「彼を殺した人間に心当たりはあるか？」

亭主は頭を振った。

「俺は金を積まれたから空き部屋を貸しただけだ。坊主のところには年がら年中、いろんな人間が訪ねてきたが、俺はかかわらないようにしてたんだ。いらんことに首を突っ込むと、その首は落ちる。世の中ってのは、そういうもんだろう？」

——俺は下の店にいるから、用が済んだら呼んでくれ。

そう言って居酒屋の亭主が外に出て行くと、ふたりは手分けして部屋を調べ始めた。この部屋のどこかに、ベルナールを殺した犯人に繋がる手がかりがあるかもしれない。

ジェラールは床に落ちている手燭を拾いあげて灯りをつけた。手始めに長持の中を見ていった。薄汚れた衣類のほかに、朱字で註釈（ちゅうしゃく）を入れた四つ折判（クアトル）のパリ聖書や聖務日課書、仔牛皮紙を用いた祈禱（きとう）書が入っていた。

どれも高価で、古本市場に出回っている粗悪な模倣（もほう）本は一冊もない。聖書も二十、三十リーブルはする貴重品だ。

鞣し革職人のジャンが言ったように、ベルナールはかなりの財力があったらしい。聖職売買が横行し、司祭が妾を囲って恥じぬ世だ。托鉢修道士が大金を持っていたとしても驚くことではないが、あまりいい気分はしなかった。

さらに長持を探る。すると、奥底に黒革で装丁（そうてい）した分厚い書物があった。手燭を脇に置き、書物を取り出して表紙をひらいた。詩篇集だ。頁（ページ）をめくって目を通していったが、特におかしなことは書かれていない。しかし、中ほどに差しかかったとき、数枚の羊皮紙が挟まっていることに気づいた。

——これは書きかけの手紙か。

羊皮紙の紙面には、ラテン語ではなく俗語……つまりフランス語で文章が綴ってあった。内容は旅先で見聞きしたことや、信仰にかんする考えなど近況報告がほとんどだ。手紙はすべてボルドーに暮らすロベールという人物に宛てて書かれている。どういうわけか、最後の一枚だけが、下半分が破りとられていた。

——なぜ、これだけがここにあるのか。

人に見られてはまずいものなのだろうか、と考えていると、ピエールの声が呼んだ。ジェラールは手紙を革鞄の中に押し込み、手燭を持って彼のいる卓子に向かった。

ピエールは、卓子に広げてあった精巧な地図を見つめている。彼によると、ローマ帝国が東西に分裂する前に描かれた古い道路地図らしい。

「ここを見てください」

彼は地図の二ヵ所を指した。現在のボルドーとトゥールーズにあたる箇所が煤でうっすらと汚れている。

ジェラールはうなずいた。

「指でなぞったようなあとがあるな。ベルナールの仕業か」

「あるいは、彼を殺した人間かもしれません」

「なぜそう思う？　ここの亭主が物色した可能性はないのか」

巡礼者や旅人から法外な金を巻きあげたり、騙して持ち物を盗んだりする旅籠は少なくない。ジェラールは先ほど見た無愛想な亭主の顔を思い出しながら言ったが、ピエールは頭を振った。

「あの男が盗み目的でこの部屋を荒らしたのなら、なぜ彼はこの地図や高価な書物を盗っていかなかったのです？　売りさばくことができれば、大金が手に入るのに」

ピエールは部屋の中を見まわした。

「それにこの部屋の荒れようは、盗みのそれとは違いますよ。口論の末に、何者かと争ったようにも見えます。これをベルナール本人がやったとは思えません」

「仮に君の考えが正しいとしよう。しかし、この部屋を荒らしたのがベルナールを殺した黒い外套の男だとしたら、ふたりは顔見知りの可能性が出てくることになるぞ。戸には鍵がついていて、外からこじあけた痕跡もない」

「ええ、そうですね。ですが、こう考えることもできます。賊はベルナールが帰ってくるときを見計らって、部屋に押し入ったのかもしれません。あるいは、話をしているうちにふたりは口論になり、ベルナールは身に危険を感じて外に逃げ出したのかもしれません」

「そして、路地で追いつかれて殺された、か」

ジェラールは地図に目を落とす。なるほど、と思った。

今年で十九になるというこの若者は、筋骨たくましく、騎士としての素質を充分に備えているように見える。そのうえ読み書きもできるし、頭も悪くないらしい。

他に気づいたことはあるか、と訊くと、ピエールは目を伏せた。

「どうした？」

「実は卓子の引き出しを調べていると、中からこのような物が出てきたのですが、どう判断すべきなのかわからなくて。これです」

そう言って、彼は自分の鞄の中から首飾りのような物を取り出すと、卓子の上に置いた。

手燭を寄せて、まじまじと見る。驚きと疑心がないまぜになっている。

ジェラールは顔をあげて言った。

「どういうことだ。なぜこれがベルナールの部屋にある？」

II

篠突く雨だった。その中を一台の馬車が揺れながら進んでいた。

二頭の驢馬が牽く、雨よけの幌を張った簡素な二輪馬車だ。木製の轍はところどころすり減り、繋いだ驢馬も老いてうなだれている。馬車の荷台に、一組の若い夫婦と、娘が乗っていた。夫婦は寒さから互いを護るように身を寄せている。娘は膝を抱えて荷台の隅にうずくまっていたが、雷鳴がすると、顔をあげて外の景色に目をやった。

街道は灰を撒いたように霞んでいた。風は木々を煽り、梢が悲鳴をあげている。雨の勢いは少しも衰える様子がない。幌の隙間をついてしきりに雨粒が飛び込んでくる。

ふいに街で見た嫌な光景が思い出されて、彼女は目を伏せた。

角灯の光に照らされて浮かびあがる男の死体——葡萄酒のような血の海の中で、それは四肢を痙攣させていた。あんなものは二度と見たくない。忘れたかった。

そのとき、空が激しく瞬き、娘は両手で耳を押さえて目をつぶった。ひと呼吸置いて、腹に響くほどの雷鳴がとどろく。おそるおそる顔をあげると、雨はますます勢いを増していた。耳を聾するような雨音がした。

「ああ、嫌だねえ。まったく、嫌だ」

御者台の男が空を見て言った。

「街を出る前は晴れていたってのに、冗談じゃねえな。どうしてこんなときにかぎって……早く居酒屋で一杯やりたいところだよ」

若夫婦は手を握り合ってなにか話している。御者台の男の愚痴も、外の雨の音も気にならないようだった。

「そういえばあんた、巡礼をしているんだってな」

馬車が森の中を通る間道に差しかかると、御者台の男は娘に声をかけた。男の顔は日に焼けて真っ黒だ。髪の薄い頭に革頭巾を被っている。

娘は黙ってうなずく。

「いや、若いのに見あげたもんだと思ってね。俺にもあんたと同じぐらいの娘がいるが……」

御者台の男は鞭（むち）を振るいながら言った。

「女房に似て料理は下手だし、男の言うことは聞かんわ、ミサに出ても居眠りするわで、嫁のもらい手があるかどうか心配でなあ。でも気をつけなよ。ピレネを越える頃は寒さが厳しい時季になっているからな。それに、最近はなにかと物騒だ。南では、盗賊や傭兵が街道で略奪を繰り返しているって言うし、人攫（ひとさら）いも怖いからね。なあ、お嬢ちゃん、お嬢ちゃんも――」

「ベアトリス……」娘は言った。「ベアトリス、です」

御者台の男は笑った。

「そうか、ベアトリスのお嬢ちゃんも、この雨があがるように、と神様に祈ってくれんか。あんたのような敬虔なキリスト教徒の頼みなら、きっと神様もお聞き届けてくださるだろうよ」

「でも、私は……」

娘はうつむいた。

すると、それまで陽気に喋っていた男が、おや、あれはなんだ、と言った。

前方になにかあるらしい。娘が荷台の外に目をやると、雨煙で霞んで見える街道に人影が見えた。道を塞(ふさ)ぐようにして立っている。

黒い外套の頭巾を被った、背の高い男だった。

III

羊皮紙に鵞ペンで字を刻んでいると、ふいに手もとが暗くなった。

ジェラールは顔をあげて、鎧戸を見た。

外で激しい雨の音がする。戸の隙間から雨と風が入り込んで床板を濡らしていた。

――冷え込むわけだ。

と、彼はつぶやいてうしろの寝台に目をやった。ピエールが毛布にくるまって横になっている。彼は旅籠に戻るなり、胴着や編上靴、亜麻(リンネル)製の下着や脚衣まで脱いで早々に寝ついてしまったのだ。

気楽なものだな、とジェラールは揺れる蠟燭の火に目を戻した。

ピエールにとって、この旅はひとりの男を捜し出す旅でしかないのだろうが、こちらはマルグリットと自分の命がかかっている。彼のように眠ることはできなかった。

雨は降り続いている。その音を聞いていると、しだいに不安が胸に押し寄せてくるのを感じた。

神殿騎士アンドレ・ド・フォスの行方は依然不明だった。捜し出せる保証はなく、仮に運よく見つけられたとしても、相手がおとなしく縛につくとは思えない。そのときは、斬り合うことになるだろう。

旅の合間に、ピエールを相手に剣の稽古をしているのだが、自分の剣の腕はすっかり錆びついてしまったらしい。身体は思うように動かず、息はあがり、全身に疲れを覚えた。鍛錬を怠ったことだけが原因ではない。歳をとったのだ。

一方、神殿騎士の戦いぶりは有名だ。彼らは生粋の戦士で、死を恐れない。斬り合えば、おそらく命はない。そうなる前に対抗する方法を考えねばならなかった。

――それに、これも気にかかる。

と机の上に置いてある首飾りを手にとった。首飾りについている小さな銀の十字架は、四つの先端が曲線を描いて外方に広がっている。神殿騎士の紋章十字架だ。ベルナールの部屋を調べたときに、ピエールが見つけたのだ。

なぜこんな物がベルナールの部屋にあったのか。殺された托鉢修道士と神殿騎士には、なにか繋がりがあったのかもしれない。気になるが、しかし、真実を知る人間は死んでしまった。

ジェラールが首飾りを枕に戻すと、ピエールが毛布の中でもぞもぞと動いた。彼は、まだ起きていたのですか、と言った。

「ああ、目が冴えてしまってね。少し考えごとをしていたんだ」

「考えごとですか？」

「なに、たいしたことじゃない。君は私のことなど気にせず、眠ればいい。それとも、私が仕事を放り出して逃げるとでも思っているのか。心配しなくてもいい、妻の命は君らが握っているんだ。そんなことできるわけがない」

「その口ぶりから察するに、あなたはこの使命に疑いを抱いているようですね」

「そうではない。納得がいかないだけだ」ジェラールは言った。「君は疑問に思わないのか。そもそも、信仰の問題は教会の管轄だろう。彼らに任せておけばいいのに、なぜフランス王がこの問題に首を突っ込まなければならないんだ？　私たちが神殿騎士を捕らえるのは筋違いだ。そう思わないのか」

「思いませんね。陛下は敬虔なキリスト教徒ですよ。それよりも、僕はあなたのことが気になりますけどね」

「……私のことが？」

　ピエールは身体を起こして言った。

「そうです。僕はフィリップ王陛下に忠誠を誓っています。その陛下の忠実な下僕であるマルク様から、あなたに従うようにと仰せつかりましたが、なぜこのような重大かつ神聖な密命に、ただの鍛冶屋が選ばれたのか納得していません」

　彼は部屋の壁に目をやった。そこにはジェラールの剣が立てかけてある。

「それにあの剣、あれは騎士だけが持つことを許される高貴な武器です。鍛冶屋が持てる代物ではありませんし、あなたは剣や馬の扱いにも長けている。なによりも、自分の名前さえ満足に綴れない騎士が多いというのに、俗語はもとより、ラテン語にも通じている。そんな鍛冶屋など聞いたことがない」

　彼は目を戻すと、ジェラールを真っ直ぐに見つめた。

「あなたはいったい、何者なのですか」

「私はただの鍛冶屋だよ」

「つまり、答える必要はない。僕を信用していない、ということですか」

　ジェラールは煩わしさを覚えながら、この若者は生真面目に物ごとを考えるきらいがあるな、と思った。しかし、この旅では相手に命をあずけることになるかもしれないのだ。同行者のことを少しでも多く知っておきたい気持ちは理解できる。このピエールと名乗る従騎士のことを、自分だってほとんど知らないのだ。

ジェラールは言った。

「私はアッカの生まれなんだ。聖地やシープル島でラテン語や剣を学んでいた時期があった」

薄闇の中で、ピエールが息を呑んだ。

「アッカは、十年以上も前に異教徒に占領されたと聞いています。それでは、あなたは聖地の生き残りなのですか」

ジェラールは首にかけた魔除け(まよ)の護符にさわった。鉄製の小さな薄板の表面には、サラセン語で神を讃(たた)えるクルアーン(コーラン)の言葉(マ・シャア・アッラー)が彫り込まれている。父の形見だ。

父はサラセン人だった。アラブ古来の騎士道(フルースィーヤ)を学んだ奴隷軍人(マムルーク)で、若い頃はいずれは百人隊長の地位に就く器量とまで言われたが、戦で負った傷が原因で二度と剣を握れぬ身体となり、それからは、主人に暇を願い出て、聖地を放浪するようになった。

その父は、旅先のアッカでキリスト教徒であるフランク人の母と知り合い、ふたりは結婚した。一年後にジェラールが生まれたとき、父は喜びのあまり涙を流すと、亜麻の産衣でくるまれた赤子を抱きあげて、神(アッラーフ)に感謝したという。

「この子はサラセンとフランク人の血を受け継いだ、神に愛されし子だ」と。

異教徒同士の結婚。アングルテルやフランスでは許されないことだが、聖地やイベリア半島では、海を渡ってきたフランク人と現地のサラセン人が子供を儲け、その子供がイスラーム、あるいはキリスト教徒として育てられた事例は珍しくなかった。

だが善良なキリスト者やイスラーム教徒から見れば、父や母は裏切り者であり、その子供は呪われた存在だった。ジェラールは子供の頃から周囲の人々の冷たい視線を浴び、双方の宗教者の謗(そし)りを受けてきた。

昔のことはあまり思い返したくなかった。幸せな時期もあったが、今となっては悲しい記憶しか思い浮かばないのだ。

護符の文字を指でなぞって、ジェラールは言った。

「ああ、私はアッカが、エルサレム王国が滅びる様をこの目で見てきたんだ」

Ⅳ

エルサレム王国の臨時首都アッカ。聖都エルサレムの北西に位置し、地中海に面した港湾都市である。当時のアッカは、異民族が集まる交易に栄えた東方最大の玄関口であり、海上交通の要衝としても知られていた。

そのアッカを、サラセン軍の君主（スルタン）アル＝アシュラフ・ハリールの軍勢が包囲したのは、一二九一年四月のことである。ジェラールが九つのときだった。

　このとき、アッカを包囲したサラセン軍の数はおよそ二十二万六千。内訳は六万六千の騎兵と十六万の徒（かち）で、ハリールの軍は市壁の外にある小高い丘に陣を敷いていた。そこには、おびただしい幕舎（デヘリズ）や小屋がひしめき、鮮やかな朱色の幕舎にかかげたスルタン旗が風にひるがえっている。水や兵糧（ひょうろう）は潤沢で、街を攻めるのに必要な投石機や攻城塔を組み立てていた。

　対してアッカを守備するフランク軍は、エルサレム王アンリ二世を筆頭に、主力である神殿騎士団と聖ジャン騎士団、聖ラザロ騎士団、聖トマ看護修道会などの小規模な部隊も加わっていたが、市民から徴用した徒を合わせても二万にさえ届かなかった。騎士の数ともなると千にも満たず、その多くは戦に敗れて落ちのびた聖地諸侯の生き残りだった。士気は低く、兵力差は歴然としていた。

　そうなるのも無理からぬことだった。

　武装した巡礼団――すなわち、フランク（西欧）人による第一回十字軍が、聖都エルサレムの住民を虐殺し、略奪の末、エルサレム王国を打ち建ててから約二百年が経っていた。このあいだに、聖戦の名のもとに団結したサラセン（中東）軍と、フランク人が治めるエルサレム王国は、聖地をめぐって戦争を繰り返したが、結果的に聖地のキリスト教徒

――フランク人たちはサラセン軍にエルサレムを奪われると、アンティオキア、トリポリなどの聖地にある主要都市も次々と落とされ、劣勢のままシリア・パレスチナ海岸にある湾港都市アッカにまで追いつめられていた。しかも、この期に及んでなおも彼らは仲違いをしていた。フランス貴族出身者で構成する神殿騎士団は、その出自を理由に他の騎士団を下に見ることが多く、次いで力を持っている聖ジャン騎士団とは犬猿の仲でもあった。彼らはエルサレム王国における権力をめぐってことあるごとに対立し、些細な口論が流血を招くことも少なくなかった。

　聖地のキリスト教徒にとって、アッカは最後の砦だった。ここを失えば、聖地を我が物にしようとするキリスト教徒の悲願は潰えてしまう。

　聖地の情勢を憂慮したローマ教皇ニコラウス四世は、軍備増強を決定し、イタリー騎士たちを満載した二十隻ものガレー船をアッカに派遣した。

だが、血気に逸ったこの善良な騎士たちは、聖地の情勢に無知だった。彼らは上陸するや、サラセン軍と休戦協定が結ばれていたにもかかわらず、アッカ周辺の村を襲い、そこに暮らすイスラーム教徒の農民たちを殺したのだ。

　この報せを受けて、スルタンはすぐさま軍を率いて進攻を開始した。援軍となるはずだった騎士たちは、皮肉にも敵に挙兵する大義を与えたのだ。

和平交渉も決裂し、アッカの攻囲戦は四月五日に始まった。サラセン軍の攻城塔が動き出し、投石機が燃える油壺や巨石を次々に放つと、市内は炎と混乱に包まれた。城壁の櫓（やぐら）や家々が倒壊し、厩（うまや）から火だるまになった母子が飛び出してくる。天から降りそそぐ無数の火の玉は、ソドムやゴモラの街を焼いた神の裁きのようでもあった。

アッカ側も城壁にとりつく敵兵に胸壁から弩（いしゆみ）の太矢を放ち、煮えたぎる黒い油を浴びせたが、サラセン軍は尽きることなく兵を繰り出してくる。

戦闘は日を増すごとに激化し、それにともないフランク軍の戦死者も増えていった。都市の正門で総指揮を執っていた神殿騎士団総長ギョーム・ド・ボジューは、戦のさなかに肩を矢で射られて絶命し、聖ジャン騎士団の病院も死傷者であふれた。街には厭戦気分が漂い、人々は神に救いを求めて、教会で祈りを捧げた。

しかし、神は彼らを見捨てた。

五月十八日。嵐で荒れていた海がいくぶん穏やかになり、暁（あかつき）の微光が東の空を染め始めると、サラセン軍は総攻めを開始した。角笛の音に続いて、駱駝（らくだ）に載せた突撃太鼓の音が響き渡ると、塔や崩れた城壁からサラセン兵が街の中になだれ込んできた。

アッカ防衛の陣頭指揮を代理で執っていた神殿騎士、ピエール・ド・セヴリーはこれを迎え撃った。彼は腰の鉄剣を抜き、凧楯（たこたて）を掲げて、獅子吼（く）した。

「ボケの戦いを思い出せ！　死を恐れるな。さすれば神が勝利を与えてくださるだろう。たとえこの身が打ち滅びようとも、我らは殉教者として神の御許に召されるであろう。野蛮な異教徒どもに、これ以上好きにさせるな！」

他の騎士たちも鬨(とき)の声をあげると、押し寄せるサラセン軍に向かって突撃した。両軍は激突して崩れた城壁周辺は戦塵(せんじん)に包まれ、悲鳴や怒号、楯や剣の打ち合う音で満ちた。

その一方で、街に侵入したサラセン兵たちが、早くも略奪と虐殺を始めていた。

彼らは、過去にフランク人が聖地で繰り返してきた非道な行いを少しも忘れていなかった。この戦争で仲間や家族を殺された者もいた。キリスト教徒への憎悪と復讐に燃える彼らの背を、神の名があと押しした。サラセン人たちは逃げ遅れたフランク人を老人から赤子にいたるまで打ち殺し、女たちを凌辱したのだ。

十字架と三日月の旗は折り重なるように倒れ、ともに炎に包まれた。

「神は偉大なり(アッラーフ・アクバル)！」

サラセン兵が血に濡れた直身の剣をさげて、首を刎(は)ねた幼子の頭を放り投げた。転がった頭はうずたかく積まれた死体の山にぶつかってとまった。

「奴隷はとるな。野蛮なフランク人どもは皆殺しにしろ！　奴らキリスト教徒は、偉大な預言者ムハンマドを侮辱する愚か者だ。神(アッラーフ)を冒瀆し、エルサレムで殺戮(さつりく)のかぎりを尽くした不信仰者どもに慈悲をかける必要はない！」

ジェラールは母に手を繋がれて、戦火に燃える街の中を走った。激しい息遣い、熱い空気、家畜や人間の焼ける臭いで噎せそうだった。街のあちこちで人の悲鳴がして、彼は何度も振り返り、そのたびに家の瓦礫や、人の死体につまずいた。そんな地獄の中で、母は気丈にも笑みを浮かべた。

——大丈夫、主は私たちを決してお見捨てにはならないから。

そうつぶやいて、手を強く握りしめた。

だが、その母は剣を持った数人のサラセン兵に囲まれると、ジェラールを逃がすために自ら囮となって敵に捕まった。衣服をはぎとられ、男たちに組み敷かれる母の悲鳴を聞きながら、ジェラールは無我夢中で走った。彼は振り向かなかった。神様の言いつけに従わなければならない。決して振り返ってはいけない気がした。

湾の最奥にある神殿騎士団の本部には、まだ敵の手は及んでおらず、戦火を逃れた群衆が押しかけていた。

死傷者が続々と運び込まれる中、夫を亡くした妻は両手で顔を覆って泣き崩れ、稚児が帰らぬ親を呼ぶ。人々は少ない水とひとつかみのパンをめぐって諍った。

そんな人々に向かって、神は与え、神は奪いたもう、と黒衣の修道士が慰めの言葉をかけたが、それがかえって彼らの怒りを買った。聖職者たちは言葉巧みに人々を戦場に駆り立てることはあっても、自身の手を血で汚すことはなく、また自身の血にまみれることもなく、飢えと寒さとは無縁だった。

ジェラールは礼拝堂の隅に膝を抱いてうずくまり、床をただ見つめていた。母の悲鳴が頭から離れず、戦に加わっていた父も生きて戻ってくることはなかった。友達も皆死んだ。街も、故郷も、なにもかもが炎に包まれてしまった。

そのとき、名を呼ばれてジェラールは顔をあげた。

大男は鎖帷子を身につけ、その上に白い八尾形の紋章十字を縫いつけた袖無し外衣を着ていた。鉄製の籠手や膝当てには返り血がこびりつき、革鞘に収まった十字鐔の剣を携えている。中央に突起のある爪楯は、首に吊って背に担いでいた。聖ジャン騎士修道会の平騎士だった。

鎖頭巾をかぶり、濃い頬髭をたくわえた大男が彼を見おろしている。

「やはり、そうだ。ジェラールではないか」

大男の騎士は樽形の大兜を脇に抱えたまま片膝を立てると、彼の肩に手を置いた。

「無事でなによりだ。ひとりか。お前の父と母はどうしたのだ」

騎士の名はロラン。南フランス出身の貴族の三男坊で、寛大で磊落、卑劣な勝利よりも勇敢な死を誇りとする男だった。父とは昵懇で、酒を酌み交わす仲だった。

すると、それまで堰き止められていた感情が溢れ出るように、ジェラールの頬を涙が伝った。彼が一部始終を話すと、ロランは顔を伏せて言った。

「叶うのであれば、街に留まり、皆の仇をとってやりたい。だが、騎士団総長のヴィリエ閣下が深手を負われ、この戦で生き残った聖ジャン騎士も俺を含めたわずか数名。城壁を突破された以上、もはや勝ち目はない。戦力を立て直すためにも、急ぎシープルへ退かねばならん」

ロランは顔をあげると、ジェラールの両肩をつかんで言った。

「ここはまもなく陥落する、お前は俺とともに来るのだ」

外の雨は激しく降り続けている。雷は今や耳をつんざくほどの轟音になっていた。

それまで黙って話を聞いていたピエールが、ふと口を開いた。

「それでは、ラテン語を始めとする読み書きは、その騎士から教わったのですか」

ジェラールは頭を振った。

「いいや、ロランは字が読めなかった。文字は彼の友人から学んだ。今思えば、私は良き友人に囲まれて育ったと思う」

シープル島のレメソス港に避難したあと、ジェラールはロランの口利きで蹄鉄工の徒弟として働くことになった。親方は厳しかった。ことあるごとに理由をつけては、彼を執拗に殴った。親方の息子がアッカの戦いでサラセン人に殺されたことを知ったのは、それからだいぶ経ってからだが、当時のジェラールには、親方の中にある感情を理解できなかった。

半月あまり経った頃、ロランが鍛冶工房を訪ねてきた。彼は親方と激しい言い争いを始めた。口論の末、ロランは親方の腕を剣で斬り落とすと、ジェラールに向かって、俺についてこい、と言った。

彼が向かった先は、ひと気のない海沿いの崖上だった。ロランはジェラールに一振りの剣を与えると、自身も剣を抜き、構えろ、と言った。鍛冶職人として生きていくのなら、剣や馬のことを少しは学ぶ必要がある。だが、ロランがジェラールに教えようとしているのは、人間を効率よく殺す実戦的な技だった。

しかし、ジェラールは拒まなかった。そうすることが当たり前のようにふたりとも無言で剣を構えると、毎日、日が暮れるまで打ち合った。

なぜあんなことをしたのか。その理由が今ならわかる気がした。

アッカは常に戦時下にあった。街には武装した騎士や傭兵が大勢いて諍いも絶えなかったが、それをものともしないほどの活気に満ちていた。市場には驢馬が運んできたミスル（カイロ）の絹織物(シグラトン)や、駱駝の毛織物(カムラン)を始めとする様々な交易品が集まり、人々は豊かな暮らしを享受(きょうじゅ)していた。そして、アッカには、キリストの教会とイスラームの礼拝堂(マスジド)、そしてユダヤ人の会堂が共存していた。

だがそれは、慈悲や寛容の精神から来ているのではなかった。異教徒を見て見ぬ振りをするのは、神にたいする背信だ。多くの人々は腹の底では異教徒を軽蔑し、憎んでいた。しかし、異教徒は金を持っていた。彼らがいなければ街の経済は停滞し、人々の暮らしも立ち行かなくなる。

聖地の人々は実際的で、教義よりも明日の糧を、言い換えれば、信仰よりも異教徒との交易で得られる実利を優先したのだ。殺し合って街を荒廃させるよりは、生かして税を取り立てるほうが建設的と考えたのかもしれない。民族と宗教のるつぼと化したあの街は、西方では考えられないほど異教徒に妥協的だったのだ。

夕陽に輝く地中海に小舟を漕ぎ出して、網を打つ諸肌を脱いだサラセン人の老いた漁夫とその息子。桟橋には、メッシーナ行きの大型船が停泊し、フランク人水夫たちが威勢よく荷揚げをしている。広場や狭い路地は、子供たちの王国だ。鶏や山羊を追いかける肌の黒い少年たちの笑い声がはじけていく。

そして、黒い外衣で身を包み、色つきのベールで顔を覆ったキリスト教徒の娘たち。彼女たちは装飾品で着飾り、香水をつけてサラセン語で談笑している。

あのときに見た黄金に輝く海原を忘れることができない。それが一時的な関係で、やむを得ず共存していたのだったとしても、フランク人とサラセン人双方の血が流れている人間にとって、あの地はまぎれもなく、乳と蜜の流れる場所だったのだ。

あの頃の自分は、両親と故郷を一度に失い、混血児への風当たりが強まったこともあって、ひどく鬱屈していた。寡黙が常となり、人づき合いをさけていた。

だが剣を構えて荒々しく打ち合っていると、故郷や死んだ両親のことを忘れることができた。それだけではない。出自を理由に自分や家族を侮蔑されても、剣があれば、相手を叩きのめすことで誇りを失わずに生きられるような気がした。

騎士ロランも敗戦により名誉を失っていた。彼は親友の仇を討てなかった不甲斐ない自分を憎み、聖地を追われた運命を呪っていた。その癒えぬ傷を、親友の息子に剣を教えることでなだめようとしていたのかもしれない。

だが、それで鬱屈が消えたわけではなかった。

自分たちはどこで道を間違えたのだ。なぜ、こんなことになってしまったのか。

パリに住んでからも鍛冶仕事をしていると、炉の炎が故郷を焼いた戦火に見えて、ときおりそんなことを考える。なぜ神はアッカを見捨てたのか、なぜ我々を助けてくれなかったのか、と。

「しかし、わかりませんね」

ピエールは言った。

「アッカほどではありませんが、シープルは豊かな土地で、異教徒も大勢暮らしていると聞いたことがあります。それなのに、あなたはその土地を離れて、ローマの教義が根強いこのフランスに渡ってきた。なぜです？」

「当初は私もあの地に骨を埋(うず)めるつもりだった。だが、私を庇護(ひご)してくれていたロランが病で死んだので、うしろ楯を失った私は、シープルを離れなければならなくなったんだ」

それだけではなかった。聖ジャン騎士団と神殿騎士団のあいだには、聖地での権力闘争がいまだに続いており、シープル全域に不穏な空気が漂っていた。聖地の難民が大量に流入したため、治安も悪化していた。なによりも、異教徒憎しの感情が民衆に広まり、自分のような混血児にも身の危険が迫っていたのだ。

「一時期はシチリアに渡ることも考えた。あの地には、サラセン人や、そのあいだにできた混血児が大勢暮らしていると聞いていたからね。だが幸か不幸か、私にはフランス人の血もまじっている。晩鐘の虐殺が起きたあの地に行くのはためらわれた……」

当時のシチリアは、フランス王ルイ九世の弟である、シャルル・ダンジューが苛政を敷いていたので反フランス感情が強く、それが原因でフランス人の大虐殺が起きてまもなかった。

「君こそどうなんだ。なぜマルクのような男に従っている?」

ジェラールは、ピエールに向かって言った。

「目当ては金か、それとも王に仕えるためか」

本人の弁によれば、ピエールの一族は小さな荘園をひとつだけ持つ下級騎士の家系で、いわゆる村で暮らす在地領主だという。ピエールはその次男坊らしい。しかし、嫡子でなければ領地の相続権はない。そのため、勉学に秀でた次男三男は聖職に就いたり、大学で法学教授になったりする者が多かった。それすらも叶わなかった者は、諸国を遍歴して仕える君主を見つけなければならない。だが現実は厳しい。山賊に身を落としたり、騎士の道を捨てて修道院に入ったりする者も少なくない。

ピエールは俗語はもとより、ラテン語の読み書きもできるようだった。修道院で暮らした経験が、あるいは聖職者になるための教育を受けたことがあるのかもしれない。ラテン語に疎い諸侯は珍しくないから、彼のような若者は重宝されるはずだ。

この前途有望な若者が、マルクのような男に従う理由がわからなかった。

答えたくないのか、ピエールは黙ってうつむいている。

彼の暗い顔を見ていると、並々ならぬ鬱屈を抱えているように見える。教会を訪れては熱心に祈り、古びた聖書を片時も離さないし、剣の稽古の相手をしてもらい、その礼を言っても、自分は礼に値することはしていないと言いたげに、どこかきまりの悪い、迷惑げな顔をするからだ。

——話せない、あるいは話したくない事情でもあるのだろうか。

そのとき、部屋の戸を叩く音がして、男の声が彼らを呼んだ。

ジェラールとピエールのふたりは顔を見合わせた。昼間に会った鞣し革職人のジャンだ。彼の声が戸の向こうからした。

ひどく切迫した声だった。

V

夕方頃から降り始めた雨は、ロワール地方全域に豪雨をもたらした。葉の落ちた楢(なら)の林道は雨靄が立ち込め、稲光が空を走るたびに雷鳴がとどろいた。

その嵐の中、ジェラールとピエールのふたりは馬を走らせていた。ふたりとも鞍嚢(あんのう)を外した鞍に角灯だけを吊して、腰に剣を帯びている。荷を軽くして馬の足を少しでも速くするためだった。

――間に合うか。

とジェラールはずぶ濡れになりながらも馬鞭(ばべん)を打った。行く手をさえぎる嵐と闇が忌々(いまいま)しかった。

旅籠を訪ねてきた徒弟ジャンは、ふたりに驚くことを伝えた。

ジャンはふたりの頼みを聞いて巡礼者のベアトリスを捜していたが、彼がベアトリスの泊まっていた旅籠を訪ねあてたときは、彼女はすでにオルレアンを発っていた。

トゥールに向かう行商の馬車に便乗して、日暮れ前に出発したのだという。ジャンは人をやって馬車を呼び戻そうとしたが、使いに出した従弟は青ざめた顔をして戻ってきた。従弟によると、捜していた荷馬車は、南に二リュー（約八キロ）ほど離れた森の間道で横転していたという。

単なる事故か、それとも、追い剝ぎや山賊に襲われたのか。ベアトリスは無事だといいのだが、と思ったとき、あれを見てください、とピエールが怒鳴った。

道の前方に黒い大きな影が横たわっている。ジェラールは手綱をおさえると、周囲に目を配った。

報告通りだった。狭い曲がり角で、道を塞ぐようにして二輪馬車が横倒しになっていた。男が車輪の側でうつぶせに倒れている。すでに息はないようだった。

「神よ……」

ピエールが胸の前で十字を切る。ジェラールは馬をおりて言った。

「生きている者がいないか、手分けして捜そう」

ピエールが付近を捜索しているあいだに、ジェラールは鞍から角灯を外して、男の死体に近づいた。側に屈（かが）んで顔を照らす。革頭巾を被った中年男だ。背中に大きな傷がある。

――やはり、手練（てだ）れの技だ。

と彼はつぶやいた。

これが、ただの事故でないことは一目瞭然だった。この男を殺した者の正体を確かめる必要がある。死体を調べているあいだにも雨は激しく降り続けて、空には雷が瞬いた。

凶器は長い刃物だ。傷は深く、背骨を断っている。

騎士の仕業かもしれない、と思ったそのとき、ピエールが戻ってきた。ジェラールは訊いた。

「どうだった、ベアトリスはいたか？」

彼は頭を振って、森のほうに目をやる。

「見落としがあるかもしれません。僕はもう少しだけ向こうを捜してみます」

「わかった。だが油断するなよ」

ピエールの姿はふたたび雨靄に消えていった。

ふいにジェラールは顔をあげた。立つと、前方の森に向けて角灯をかかげた。風の勢いは少しも衰えず、大粒の雨は地を打ち続けている。森の中は闇だ。一瞬だったが、その闇の中に人の気配を感じたのだ。

「そこにいるのは誰だ」ジェラールは言った。

だが応える声はない。雨音を掻き消すほどの雷鳴がとどろいた。

人の姿は見えないが油断は禁物だ、と思った。あたりは暗く、しかも街道の側には雑木や藪（やぶ）がしげっている。身を潜める場所には事欠かないだろう。

そのとき、強烈な青白い光があたりを包み込んだ。森の中に乱立する木々とともに、黒い外套を着た人間の姿が浮かびあがった。

頭巾を目深にかぶり、全身を覆うゆったりとした羊毛の外套を着ている。外套の隙間から、腰に巻いた革帯と剣の柄頭が覗いている。

「何者だ、ここでなにをしている」

ジェラールは強い緊張に襲われて声を投げたが、外套の男は答えない。ひさしの深く垂れた頭巾をかぶっている。その奥からこちらの様子をじっと窺っている。

外套の男は一歩前に出た。そして、腰の柄に手をかけると、ゆっくりと剣を引き抜いていった。

角灯を投げ捨てて、ジェラールも抜き合わせた。早鐘のように鳴る心臓に、落ち着けとつぶやく。

――この男の正体を確かめなければ。

外套の男が握る剣は、剣身が三ピエ近くあった。十字柄は磔刑のキリストを象（かたど）った金属製で、柄頭に嵌め込んだ紅榴石（こうりゅうせき）が、流れ出る血のように光を帯びている。時が移った。雨は小降りになってきたが、敵はまだ動かない。しかし、相手から押し寄せてくるのは、まぎれもない殺意だった。

——しかけてみるか。

ふたたび空が瞬いた。

ジェラールは剣を引きあげて屋根(フォムタアク)(八双)の構えをとった。それを見て、外套の男はわずかに頭を動かした。そして、剣を手にしたまま無造作に近づいてきた。敵との間合いが一足一刀まで詰まると、ジェラールはほとんど反射的に相手の肩口目がけて刃(やいば)を叩きつけた。それと同時に、彼の身体は相手の反撃の刃をさけるように右斜め前に大きく動いている。

敵の身体も応じるように素早く動いて、雄牛(オクス)(霞)の構えをとった。そして、頭上から落ちてくるジェラールの刃を剣の樋で受けると、そのまま刺突すると見せかけて、腕を交差させながら横面を払ってきた。

とっさに横に転がってかわすと、ジェラールは間合いをあけて剣を構えなおした。しかし、相手に斬り込む隙はなく、身震いするほどの緊張を静めようとした。

間違いない。この男だ、と思った。

——この男が荷馬車を襲ったのだ。

敵が遣ったのは、まぎれもなく騎士の剣術だった。この時代、円楯(バックラー)と小剣による伝統的な剣術は、修道士や民衆にも広く知られているが、目の前の男は、アルマーニユ（ドイツ）騎士が密かに口伝する剣術に精通しているようだった。

これは楯を必要としない、攻防が一体化した精妙な殺人術で、四つの基本的な構えがある。また、師の方針によって剣の握り方や構えたときの剣の位置が異なるのだが、目の前の敵は、剣身のつけ根に親指を添える握り方をしているため、裏刃の遣い手でもあるようだった。ジェラール自身、ロランからこの剣術の手ほどきを受けていたので、その恐ろしさは肌身で知っていた。

外套の男はジェラールを正視して、右鋤（右正眼）に構えている。その守りは堅牢で、打ち破る隙は見えない。

すると、地面に捨てた角灯の光が消えて、相手の姿は夜陰に呑まれた。

ジェラールは屋根の構えを崩さなかった。耳を澄まして、雨音にまぎれて闇の中に動くものの気配を探っている。敵も夜目が利くらしい。狼が獲物に跳びかかる隙を窺うように、前方の気配はそろそろと左へ動いている。

突然、その気配が強い殺気を孕んで、真横から迫ってきた。ジェラールは素早く左足を引いて身体をまわすと、左頭上から殺到してくる気配を雄牛の構えで受けた。立て続けに襲いくる連続攻撃を彼が防ぎきると、敵は素早く退いてふたたび闇に消えた。ジェラールは体勢を整えて、ふたたび剣を構えた。手が痺れていた。

右斜めうしろで枝を踏み折る音がしたのは、その直後だった。ジェラールはとっさに振り向くと、顔目がけて飛んでくるものを剣を使って叩き落としたが、小さな陶器を砕いたような手応えを覚えるのと同時に、右肩から腕にかけて泥のような物を浴びていた。

ジェラールは即座に外套をむしりとり、その場に脱ぎ捨てた。異臭を放つその泥に危険なものを感じたのだ。すると、水たまりに落ちた外套がたちまち燻(くすぶ)り出し、激しく燃えあがった。

――馬鹿な。

狼狽(ろうばい)のあまり、ジェラールは一瞬我を失った。その隙を突いて、外套の男が闇の中から猛然と斬り込んできた。鋤の構えで受けたが、防ぎきれず二の腕に焼けるような痛みが走った。相手に剣先を向けながら、傷を負った腕を押さえて、早い引き足でさがる。

外套の男の姿が、火灯りに照らされて浮かびあがっている。

目深に被った頭巾の下にあったのは、顎から頬にかけて生えた髭と、右の頬に走っている深い傷痕だった。

「お前は、アンドレか」

ジェラールは言った。外套の男は答えなかった。敵は素早く間合いに踏み込むと、棒切れでも振りまわすように軽々と剣を打ち込んできた。裏刃で薙(な)ぎ払い、雄牛の構えに移ると、続けざまに鋭い突きを放つ。ジェラールは受けに徹した。敵の一撃は重く、受けるたびに剣を取り落としそうになる。

敵は素早くしりぞいた。剣の構えを屋根に移した。

ジェラールも剣を構えなおしたが、息は切れ、惨めなほどあえいでいた。

自分が窮地に立っていることはよくわかっていた。雨と斬り合いが体力を奪っていた。しかし、この流れを変えようにも、相手には寸分の隙もなく、斬り合いの主導権も握られて反撃の糸口さえつかめずにいた。

外套の男は、じりじりと間合いを詰めてくる。

ジェラールは応じるようにうしろにさがった。

そのとき、森のほうからピエールの声がした。

外套の男は剣先をジェラールに向けたまま、尻さがりに少しずつあとずさり出した。そして急に身をひるがえすと、獣のように茂みの中に飛び込んで姿を消した。

ジェラールはがっくりと膝を折り、突き立てた剣にすがりついた。肩で息をしながら、命拾いした、と思った。あと一度でも斬り合っていたら、自分は殺されていただろう。

しばらくして、ピエールが駆け寄ってきた。

「なにごとですか。剣を打ち合う音が聞こえましたが」

ジェラールが息も絶え絶えに起きたことを話すと、ピエールは剣の柄に手をかけてあたりに目をやった。

「追うだけ無駄だな」

彼はつぶやいた。それ以上はなにも言わなかった。追いかけたところで賊の足跡は雨が洗い流してしまうし、敵が逃げ込んだ先は闇である。誘い込まれて待ち伏せを受ける危険があった。

――それにしても、あの男はなぜあんな物を持っているのだ。

とジェラールは呼気を整えながら、燃えている自分の外套を見た。雨に打たれているのに、外套を焼く炎は消えるどころか、さらに激しさを増していた。

「それで、巡礼の娘は見つかったのか」

ジェラールはようやく立ちあがって、剣を鞘に戻した。斬られた腕の傷を診たが浅手だった。捨てた角灯を拾いあげて、燃える外套の火を移した。

ピエールは頭を振った。

「どうやら、賊は略奪が目的で馬車を襲ったのではないようです。賊は積み荷や金目のものに手をつけた様子がありません。それと、調べて気になったことがあります。男の森に入ってすぐ近くに、巡礼者とおぼしき若い男と女の死体があったのですが、男のほうは裸だったのです。どうやら、賊はふたりを殺して、男が着ていた巡礼用の外套とつば広帽子、それから頭陀袋を盗っていったようです」

「巡礼者の衣服？」

なぜそんなものを奪っていったのか。なにか理由があるに違いないと思ったが、降り続く雨に打たれて、ふたりともずぶ濡れだった。雨と風の勢いは収まりつつあったが、身体は芯まで冷えきっている。

そろそろ街に戻ろう、とジェラールが言ったとき、ふとピエールがうしろの森を振り返った。

「どうした」ジェラールは訊いた。

「今、人の声が聞こえませんでしたか」

「声？　いいや、私にはなにも聞こえないが……」

「間違いない。こちらです」

「待て、ひとりで森に入るな」

ピエールは深い茂みをかきわけて森の奥へと踏み込んでいく。

ジェラールは舌打ちをすると、剣を抜いて彼のあとを追った。

森は様々な恵みを人にわけ与えてくれるが、ならず者や狼、凶暴な悪魔の豚――いわゆる猪などの野獣がひそむ危険な領域でもある。あの外套の男もまだ近くにいるかもしれないのだ。

榴や榛（はしばみ）の樹林は湿った腐葉土の匂いが立ち込めている。木の根や泥に足をとられないように濡れた急な斜面を滑りおりていく。近くでピエールの声がする。枝をかきわけて角灯を前方にかざすと、大木の根もとに、粗衣を着た娘があおむけに倒れていた。彼女は帆立（ほたて）の貝殻を吊りさげた頭陀袋を肩にかけている。気を失っているようだった。

その娘を抱き起こして、ピエールが何度も呼びかけている。

「その娘がベアトリスか」

ジェラールは剣を鞘に戻して言った。ピエールは顔をあげて彼を見る。

「おそらくは。傷を負っているようです。早く旅籠に連れ帰って医者に診せないと」

「待て、不用意に動かさないほうがいい」

彼と場所を替わり、ジェラールは娘を地面にそっと寝かせて、泥まみれの粗衣を脱がせていく。そのとき、娘が苦しげにうわごとを言った。

「灯りをくれ」

ピエールが角灯で手もとを照らすと、娘の顔が浮かびあがった。ほどけた黒い髪が濡れた唇や頬にはりつき、浅黒い肌が泥に汚れている。

彼女の肌着を胸もとから小刀で切り裂くと、汗と血にまみれた乳房があらわになり、隣にいるピエールが十字架を切った。傷は右肩から入り、臍（へそ）のあたりに達している。傷自体は深くないが、出血が続いている。

「彼女の身体を押さえていてくれ」

ジェラールは左手で傷口を圧迫しながら、小刀の切っ先を角灯の中に差し入れて、火であぶっていく。

始めようとしているのは、シープルにいた頃に、サレルノ出身の床屋医者から教わった金創の応急処置だ。焼き鏝（ごて）などを火であぶり、それを傷口に押し当てて焼灼（しょうしゃく）するのだ。激しい痛みをともなうが、出血をこのまま放置すれば命にかかわるだけに、手段を選んでいる場合ではなかった。

熱した小刀を角灯の中から引き抜いたとき、ピエールが顔をあげて言った。

「いったい、なにをするつもりですか」

「傷口を焼いて止血する。乳香や酢があるといいんだが、今はこれしか方法がない」

「待ってください。あなたは、大学で医学を学んだことがあるのですか」

「まさか、私は鍛冶屋だぞ」

ピエールの咎（とが）めるような目が彼をじっと見ている。

「心配するな。私はレメソスの大病院で患者の治療を手伝ったことがあるし、焼灼の経験も一度や二度じゃない。パリ大学出の藪医者よりはうまくできるさ」

ジェラールは娘の傷口に焼けた刃先を押し当てた。

VI

昨夜の嵐は雲を残らず攫っていったらしい。ジェラールが部屋の鎧戸を開け放つと、オルレアンの空は晴天が広がっていた。

木桶の中には薄い氷がはっている。吹きつける北風にも冬の兆しがあったが、身体を包み込むような暖かい陽射しは神の恩寵（おんちょう）のように街中へ降りそそいでいる。

彼はほっとした気分になってうしろに目をやった。娘は寝台に横たわって天井の梁（はり）をながめている。

「気分はどうだ？」

彼は寝台の側にある椅子を引き寄せると、そこに腰をおろした。娘はジェラールを見ておずおずとうなずいた。彼女の顔は火照ったように赤く、目が潤（うる）んでいる。金創のせいで熱が出ているのだろう。

森で助けた娘の意識が戻ったのは、オルレアンの旅籠に運んだ翌朝だった。

初め彼女は困惑してひどく怯えたが、ジェラールたちが辛抱強く事情を説明したかいもあり、少しは落ち着きを取り戻したようだった。床屋医者の見立てによると、彼女の傷が完全に癒えるにはしばらくかかるが、歩くだけなら二、三日も安静にしていれば問題ないという。

　礼を言う彼女に、ジェラールは頭を振った。

「助かったのは、主の御加護だろう。私のことは気にしなくていい。それよりも訊きたいことがある。つらいことを思い出させてすまないが、馬車が襲われたときのことを話してくれないか。君は、巡礼をしているベアトリスだな？」

　娘は黙ってうなずいた。

「いったい、なにがあった？」

「あのときは――」

　ベアトリスは天井に目を戻した。

　そして、自分の身にふりかかった事件について話し始めた。

　彼女の乗った荷馬車が襲撃に遭ったのは、オルレアンを発ってしばらくしてのことだった。賊はひとりだったが、街道で待ち伏せしていたらしい。悪路を進む荷馬車の前に立ち塞がると、剣を抜いていきなり襲いかかってきたという。御者の男は逃げようと驢馬に鞭打ったが、賊が小さな丸い陶器のようなものを投げると、たちまち地面から炎が噴きあがり、驢馬たちは狂奔した。荷馬車は暴走し、ぬかるみに車輪をとられると、道を曲がりきれずに横転した。

　ベアトリスは横倒しになった荷台から這い出た。外は雨で煙っていてよく見えなかったが、森のほうで女の悲鳴がすると、恐ろしくなり、反対側の茂みに向かって走ったという。誰かが猛然と自分を追ってきているのに気づいたのは、その直後だった。振り向いた彼女は、肩を斬られると同時に泥で足を滑らせて暗い傾斜を転げ落ちていった。あとのことは憶えていない。気がついたらこの寝台に横になっていた、と彼女は言った。

「襲ってきた賊のことで他に気づいたことはあるか。顔は見たのか？」

ベアトリスは伏し目がちになると、自分の頬に指先で触れて、言った。

「たぶん、ジェラール様と同じくらいの歳で、男の人だと……それから、目の下から顎にかけて、小刀で斬られたような深い傷痕があったと思います」

「君はこれからどうする。傷が治ったら巡礼を続けるのか」

ベアトリスは目をつぶって、わかりません、と言った。

「君は聖ジャックに参拝するために巡礼の旅をしているらしいな。だが、今はやめたほうがいい。ひとりで越えられるほど、冬のピレネは甘くないし、街道は治安が悪い。若い女の巡礼者は真っ先に狙われる。せめて、夏になるのを待つべきだろう」

「それは、わかっています。でも……」

彼女は窓の外に目をやった。そして、自分には、それでも巡礼を続けなければならない理由がある、と言った。

ベアトリスは、エタンプにある貧しい農家の生まれだという。粗末な藁葺き小屋に家族六人で暮らし、雨の日は糸を紡いで裁縫をして、晴れた日は泥だらけになって家畜の世話や畑仕事を手伝う。生まれた土地から一度も出ることなく、子を産み、老いて死んでいく。教会の信仰と土地に縛られた、ごくありふれた農民だ。

彼女が巡礼を決心したのは、家族のためだった。一番下の弟が重い病に罹ったのだ。医者に診せる金はなく、村の老婆が調薬した軟膏も効果がない。もはや神に縋るしかなく、家族で村の助祭に相談した。すると、助祭は肥えた顔に笑みを浮かべてこう言ったという。

「わからぬのか。このあいだお前たちは、不作を理由に、十分の一税を納めるのに遅れたではないか。ゆえに、神が不信心なお前たちを罰したのだ。だが赦しを得ることはできる。聖ジャックに誓願して赦しを請うのだ。巡礼によってその身にある罪を贖えば、神のお慈悲により、病はたちどころに癒えるであろう」

家族は悩んだ。弟はまだ五つである。しかもひどい高熱に苦しんでおり、巡礼をするどころか、ひとりで床から起きあがることさえままならなかった。

畑の手入れや種蒔きなどの仕事で忙しいため、両親も村を離れることができない。巡礼の代理人を雇うことも考えたが、そんな金など、どこにもなかった。ならば自分が行くしかない。ベアトリスは心配する両親を説得して、弟の代理として巡礼に出たのだという。

彼女の苦悩を理解するとともに、ジェラールはその助祭に嫌悪を覚えた。平復祈願のために、聖ジャックの墓所まで巡礼をするという話はあまり聞いたことがないし、病が治ったという奇跡の噂も耳にしたことはない。いい加減なことを言う男だ、と思った。それに、巡礼には多額の路銀が必要になる。富める貴族や聖職者はともかく、貧しい農民ともなれば、家財や家畜を売り払って工面するしかなく、全財産を失うことになりかねない。おそらく、この娘の家族も例外ではないだろう。

「でも、旅で知り合った人たちは殺されてしまいましたし、路銀もないので続けられるかどうか」

そこまで言うと、ベアトリスは目を閉じて何度も咳をした。

長々と話をさせてすまなかった、少し眠ったほうがいい、と言って、ジェラールは腰をあげた。

戸口に向かいかけたとき、ふとベアトリスが彼を呼んだ。

「あの、荷馬車を襲ってきた人のことで、もうひとつ思い出したことがあるんです。お役に立てるかわかりませんが気になっていて……」

「かまわない、なんでも話してくれ」

「はい、ジェラール様は、その、少し前にこの街で托鉢をしていたお坊様が殺されたことをご存知ですか」

托鉢修道士ベルナールのことを言っているのだろう。ジェラールはもちろんだ、と答えた。

ベアトリスは言った。

「私、そのとき、旅籠の二階から殺した人の顔を見ました。今度も同じ人でした」

「同じ……？」

そこまで言って、ジェラールははっとした。まさかと思いつつ、彼女に訊いた。

「ベアトリス、もしかして、君は荷馬車を襲った賊と、托鉢修道士を殺した賊は同じ男だったと言いたいのか？」

それがなにを意味しているのか、彼女は自分でも気づいている。ベアトリスは怯えた目でジェラールを見た。そして、深くうなずいた。

「これで腑に落ちた」

目の前の卓子には、鱒（ます）の燻製（くんせい）焼きが置いてあった。粉に挽いた胡桃（くるみ）や、胡椒（こしょう）などの香辛料がふんだんにかかっている。

その脂がのった身を指先でむしりながら、ジェラールは言った。

「賊の狙いは、最初から荷馬車の積み荷や金ではなかった。ベアトリスの命だ。ベルナールを殺すときに彼女に顔を見られたので、口封じを考えたんだろう」

ピエールも熱い粥（かゆ）に固いパンをひたしてうなずいた。湯気で鼻の頭が赤くなっている。

「僕も同じ考えです。しかし、これからどうするつもりですか。賊には逃げられてしまいましたし、その足どりも途切れてしまいましたが……」

ジェラールとピエールのふたりは、オルレアンの居酒屋で遅い昼食をとりながら、今後について話し合っていた。狭い店には学生と思われる酔っぱらい客がひとりと、残飯をあさりにきた痩せ犬がうろついているだけで閑散としている。

「そうだな。だが奴を追う手がかりなら、ボルドーにあるかもしれない」

ピエールは食事の手をとめて、ジェラールを見る。

「ボルドー？　どういうことですか」

「托鉢修道士ベルナールの部屋を調べたときのことを憶えているか。あのとき、彼の長持を探っていたら詩篇集が出てきて、あいだにこんなものが挟まっていた」

ジェラールは汚れた指をふき、頭陀袋の中から手紙の束を取り出して、彼に渡した。

ピエールは紙面に目を走らせていく。彼は顔をあげて言った。

「これはベルナールの手紙ですね。ボルドーで暮らしているロベールという人物に宛てて書かれたもののようですが、この手紙と、今回の事件がどう繋がるのですか」

「君は賊がベルナールを殺した動機はなんだと思う？」

「それは、もちろん、金目当てでしょう。事実、殺されたベルナールの巾着は奪われています」

「はたしてそれだけだろうか。金だけが目当てなら、法のおよばない街道で待ち伏せして、通りかかる行商人を襲ったほうが早いし、楽だ。彼らは集団で旅をしていることが多いとはいえ、時と場所を選べば成功させるのはそう難しいことではない。うまくいけば、着る物だけでなく積み荷、馬も手にはいる。仮に失敗しても、森へ逃げ込めば追っ手を振り切れる。しかし、街中となればそうもいかない。人の目があちこちにあるし、盗みや殺人の罪で捕まれば、絞首台に吊される。割に合わない」

「では、賊は金のためではなく、別の目的があって托鉢修道士を殺したと言うのですか？　だとしたら、その目的はいったいなんです？」

「その疑問を解く鍵を、その手紙に書かれているロベールという人物が握っているかもしれない。手紙の内容から推測するに、ベルナールとロベールのふたりは親しい間柄のようだ。彼ならベルナールが殺された理由に心当たりがあるかもしれないし、それがわかれば、この賊……神殿騎士アンドレ・ド・フォスが、次にどう動くのか見えてくるかもしれない。だから――」

その続きを、ピエールはさえぎった。

「待ってくれませんか。あなたは、このふたつの事件にかかわった賊の正体がアンドレであると確信しているようですが、托鉢修道士ベルナールを殺してベアトリスを襲った賊と、僕たちの追っている神殿騎士アンドレが、同一人物であるという確証はありません。頰に古傷があり、剣ができるというだけでは、それがアンドレであるという証にはならない。違いますか」

「確かにそうだが、私はあの男こそアンドレだと思う」

「なぜですか、そう思う根拠はいったいなんなのです？」

ジェラールはためらった。話したところで信じてもらえると思えなかったからだ。

だが、この若者を納得させるためには必要なことだろう。彼は言った。

「私と斬り合ったときに、賊はグレク（ギリシア）の火を使った。おそらく、ベアトリスを襲ったときもだ。それが理由だ」

「まさか」ピエールの顔に困惑の表情が浮かんだ。「なにかの見間違いでは？」

「いいや、確かにあれはグレクの火だった」

「それはつまり、あなたはあの武器を以前に見たことがある、ということですね」

ある、とジェラールはうなずいた。

グレクの火を初めて見たのは、アッカ攻囲戦のときだった。戦闘が始まり、母と一緒に近くの教会の中に避難していると、サラセン軍が投石機で飛ばした油壺が近くに落ちて、外にいた数人の兵士が炎に包まれたのだ。人々は彼らを助けようとして井戸の水を浴びせたが、炎は消えるどころかかえって燃え広がり、さらに多くの犠牲者が出た。

死んだロランによると、グレクの火は聖地でたびたび使われた焼夷兵器の総称で、この兵器の燃料となる液体や物質は粘着性があり、水に触れると火の気もないのに激しく燃える性質があるという。

そのため、この燃える水は海戦で真価を発揮した。それに気づいたのが、ローマ（ビザンツ）帝国の海軍だった。サラセン人は燃える水で満たした小さな素焼きの壺（テラコッタ）に火をつけると、それを敵に向けて投げたが、偉大なローマ帝国は敵船に火炎を浴びせかける発射装置を開発し、その燃料として利用した。

前者は火炎瓶のようなもので、後者は軍船に搭載する巨大な火炎放射器と言える。特にこの火炎を噴射する筒の威力は絶大で、この兵器を船首に備えたローマ海軍の早船（ドウロモイ）と交戦した敵船はことごとく焼き払われ、海の藻屑（もくず）となったという。

聖地を訪れた西方のフランク諸侯たちは、その威力に目を見張り、ローマ海軍が「海上の火」と呼ぶこの発射装置の設計図や燃える水の精製方法を手に入れようと躍（やっ）起（き）になったが、厳重に秘匿された技術だったため、誰ひとりとして作り出すことはできなかったらしい。

「あまり知られていないことだが、聖地の神殿騎士団や聖ジャン騎士団も、燃える黒い水を戦で使ったことがある。彼らがグレクの火について、どれほどの知識を持っていたのか、私にはわからない。だがはっきりと言えるのは、西方で暮らすフランク人の大半は、あの神の炎を見たことさえないはずだ。裏を返せば、あれを扱えるのは聖地を訪れたことのある人間だけだ」

そのグレクの火を、荷馬車を襲撃した賊は使った。

あの男は陶器のような物を投げつけてきた。それを剣で砕くや、外套に刺激臭のする液体がかかり、火の気もないのに激しく燃え出したのだ。外套を焼く炎は、雨に打たれても消えなかった。おそらく、内部が二層になった素焼きの陶器の中に、グレクの火を生む燃料と、それを発火させる液体が入っていたのだろう。

「グレクの火、ボルドーか……」

ピエールは手紙に目を戻した。

「正直に言って、馬車を襲った賊とアンドレが同一人物なのかどうか、僕には判断がつきかねます。この目で確かめたわけではありませんからね。ですが、あなたの言うとおり、手がかりはボルドーにあるのかもしれません」

ジェラールは腕を組んで言った。

「考えを聞かせてくれないか」

　ピエールは目をあげて、うなずく。

「実は、賊が荷馬車を襲撃した際に、巡礼者の服や荷を奪っていったことが頭に引っかかっていたのです。しかし、ボルドーに向かうためだと考えれば腑に落ちます」

　ボルドーは、オルレアンからずっと南下したガロンヌ川沿いに位置する、葡萄酒の輸出で発展した港街だ。パリやトゥールーズほどではないが、エスパーニュ（スペイン）に向かう巡礼の中継地でもあり、各地から大勢の人間が集まってくる。

「ボルドーから出ている運搬用の小舟でガロンヌ川をくだれば、ラ・ロシェルに着きます。そこで大型の商船に乗りかえれば、危険を冒さずに逃亡することが可能です。巡礼者になりすまして人込みにまぎれていれば、人目を引くこともないでしょう」

　ボルドーの北に位置する自治都市ラ・ロシェルは、最新鋭の貿易帆船が集まる港街として知られていた。塩の産地としても有名だが、ボルドー産の赤葡萄酒はアングル（イングランド人）に人気があるため、葡萄の収穫期になると、アングルテルの葡萄酒卸商人が上げ潮を利用して船で大量に買いつけにくる。

　ちょうど今がその時期で、ラ・ロシェルの港は人々で賑わっていることだろう。人が多ければ多いほど逃亡者には都合がよくなる。商人に金を握らせて、動物の革や塩漬け鰊、良質な羊毛を運んできたアングルの商船に潜り込むことができれば、フランスからの脱出も容易だ。

「それにボルドーはアングル人が支配する土地です。陛下の威光も及びません。しかも、クレメンス教皇聖下はガスコーニュの名門の生まれ。ボルドーの司教でもあります。つまり、教会の影響力が強い場所のひとつ。逃げた神殿騎士が聖下の庇護を求めて、この地に向かう可能性は充分にあります」

「詳しいな」

「たいしたことではありません」

餌を求めて寄ってくる犬を追い払いながら、ピエールは言った。

「僕としては、あなたに医術の心得があることのほうが驚きです。ベアトリスを看た床屋医者が、焼灼の痕を見て舌を巻いていましたよ。あなたは鍛冶屋の親方で、聖地帰りの男、そして医者の真似ごともできるわけだ。次はなんです？　水を葡萄にでも変えますか？」

「まあ、そう言うな。私はシープルの聖ジャン騎士団と繋がりがあったからな。小競り合いが起きて、レメソスの大病院で人手が足りなくなったときは、よく手伝いに駆り出されたんだよ」

ふと思い出されたことがあった。アッカで暮らしていた頃に知り合った、ひとりの老いたユダヤ人のことである。字の読み書きや傷の処置は、彼から教わったのだ。もう何年も会っていないが、最後の便りによると、彼は海を越えて南フランスに渡り、ボルドーの近くにある森で隠者のように暮らしているという。

「それで……」

とピエールは言った。

「賊の正体はひとまずおいておくとして、わからないことは他にもあります。これです」

彼は鞄の中から赤い紋章十字架がついた首飾りを取り出して、卓子に置いた。

「この十字架を持つことを許されているのは、神殿騎士団の人間だけです。それが殺された托鉢修道士ベルナールの部屋にあった。ということは、ベルナールは神殿騎士団に連なる者と見るべきですが、不可解なことに、アンドレとおぼしき賊は彼を殺した。そこが、僕にはわからない。どうして、あの男は同胞を手にかけたのです？」

ジェラールは十字架に目を落として唸った。

それは、自分も気になっていたことだった。仲間割れしたのか、あるいは別の理由があるのか。逃亡した神殿騎士について自分たちが知っていること、知らされていることはあまりにも少ない。彼は目を戻して言った。

「そのベルナールの素性についてだが、あれからなにかわかったことはあるか」

ピエールは頭を振った。

「どうやら、あの托鉢修道士は得体の知れない人物のようですね」

彼は街のことに詳しい者に金を握らせて、ベルナールの身近を調べさせたが、出身地や身分、年齢は不明で、同じフランソワ会士たちでさえ、ベルナールがどこから来たのか、いつ頃からオルレアンで暮らし始めたのか、はっきりと答えられる者はいなかったという。

「ここまで調べてなにも出なかったということは、ベルナール自身が、意図的に素性を隠していたと見るのが自然です」

「怪しげな話だ」

ふたりは沈黙し、静寂が漂った。

それを破ったのは、ピエールだった。

「あなたは、アンドレと思われる賊と剣を交えた。奴はどんな男でした?」

「危険な男だ」

ジェラールは杯を手にとって口に運びながら、先日の斬り合いのことを思い出して言った。あのとき、相手はあきらかに自分を侮っていた。あの男が本気を出していたら、今頃こうして生きて酒など飲んではいられなかっただろう。

「私が知っている遣い手に、あれほどの人間はいない」

「僕でも相手をするのは無理ですか」

ピエールは彼の顔をじっと見ている。目がすぼんでいた。ジェラールは杯を戻して言った。

「ゴリアテに挑む勇気は認めるよ。だがやめておけ」

「相手の顔は見ましたか？」

「いいや、頬に傷があるのはわかったが、頭巾で顔を隠していたし、なにぶん暗かった」

ジェラールはそこまで言って押し黙った。逃亡した神殿騎士の捕縛という単純な密命が、にわかに暗雲に包まれていくのを感じた。

ピエールは思案顔でうつむいている。唇を舌で湿らせると、顔をあげて、そのことで僕に考えがあります、と言った。

「あの巡礼の娘を、我々の旅に同行させてはどうでしょうか」

ジェラールの眉根が寄った。この若者はいきなりなにを言い出すのだ、と思った。

「本気で言っているのか」

「もちろんです。今のところ、アンドレとおぼしき男の顔を知っているのは彼女だけです。あの娘がいれば、今後の捜索に役立つでしょう」

ジェラールはふたたび腕を組んだ。

彼の言いたいことはわかる。理にかなっているし、目的を果たす近道になるのは間違いない。だが、その一方で渋る気持ちがあった。この危険な旅に、あの善良な娘を巻き込みたくはなかった。

頭を振った。

「アンドレの人相なら、彼女から聞き出せばすむことだろう。なにも連れていくことはない」

「ですが、確実ではありません。捕まえたが別人だった、という事態は避けたいですから。それに、彼女を連れて行くことを神は望まれているはずです」

ジェラールはピエールをにらんだ。

「神が望んでいる？　そう思う根拠はなんだ。私は予兆など感じなかったがな」

「根拠はあります。馬車が襲われたとき、何人ものキリスト教徒が殺されました。しかし、彼女だけは生き残った。なぜだと思いますか？」

ジェラールは黙って相手を見ている。答えなかった。ピエールは卓子に身をわずかに乗り出した。目が大きく見開いている。

「わかりませんか？　なぜなら、あの娘は主に護られていたからですよ。そして、主は僕たちと彼女を引き合わせました。これは偶然ではありません。これこそ、三人で力を合わせて神殿騎士を捕らえよ、という予兆ではないですか」

ピエールは自分の考えに少しも疑いを持っていないようだった。そんな彼を見ていると、ジェラールの胸に不快なものが込みあげてきた。彼は言った。

「予兆であれ、なんであれ、私は考えを変えるつもりはない。あの娘は必要ない」

ピエールは卓子に身を乗り出した。眉間に深いしわが浮かんでいる。

「神の意に添わない者は罰せられる。あなたは主に逆らう気で？　あなたは、あの憐れな娘をこのまま見捨てるというのですか」

「そんなことをよく言えたものだな。都合のいい言葉を並べ立てているが、結局は、自分たちの目的のために彼女を利用したいだけだろう。そのために、あの娘を危険な目に遭わせてもかまわない、というわけだ」

貧者に救いの手を差し伸べたり、弱者のために身を犠牲にしたりする貴族や聖職者は珍しくないが、そのほとんどは慈悲やキリストの説く愛からくるものではない。彼らの頭には、善行を積むことで天国の門をくぐれるという打算が働いている。醜い偽善だった。この若者も例外ではない。聖職者でもないのに、神のことを持ち出してくるのも気にいらなかった。

「なにを馬鹿なことを」ピエールは椅子の背もたれに体重をあずけた。「憐れなキリスト教徒に、救いの手を差し伸べるのは当然ではないですか」

「けっこう、ご立派な心がけだ。お高くとまったフランク貴族は、嫁資を持たない下賤の女なんて騎行（敵領地財の略奪・破壊）中に殺すか犯すぐらいしか興味がないと思っていたが、私の誤解だったたか。それに、その歳になっても君が騎士に叙任されていない理由もわかったよ」

「それはどういう意味ですか」

ピエールは鼻白んだ。それを見て、ジェラールは意地悪い表情になった。

「君は女の手を借りなければ、賊ひとり捕らえられない腰抜けだからだ」

ピエールの顔が赤く染まった。彼は鞘ぐるみ剣をつかむと椅子を蹴り立った。ジェラールの剣を指して言った。

「いいだろう、僕が臆病者かどうか試してみろ。さあ、抜け」

相手が誰であれ、侮辱されて名誉を傷つけられれば、ためらわず剣を抜き、血を流すことを厭わない。それが騎士の規範である。特に臆病者呼ばわりされることは最大の恥辱であり、それだけで相手を打ち殺す理由になる。この若者が激しい怒りを見せたのは、道理だった。

ピエールは剣の柄に手をかけたまま身構えている。この騒ぎに驚いたのか、店の主人やその娘、酔客が遠くからおそるおそるこちらを見ている。

ジェラールは言った。

「剣を置け。店に迷惑だし、こんなことで血を流すつもりか」

ピエールは剣の柄に手をかけたまま動かない。ジェラールを見おろしている。

「いい機会なのではっきりと言っておく。僕はあなたの協力者ですが、それは、あなたに忠誠を誓っているからではない。あなたは僕に助力を求めたり、命じたりすることはできますが、それを受け入れるかどうかは、僕自身が判断する」

目を細めて、彼は言った。

「あの娘は連れて行く。あなたの指図は受けない」

Ⅶ

踏み固めただけの曲がりくねった道を進んでいくと、街道沿いに手摘みを終えた葡萄畑が広がっていた。丹念に手入れをする農夫たちの姿がある。彼らは葡萄の枝に触れて、芽の形や数を確かめている。

猟犬を連れて狩りに出かける男たちの姿もあった。耕起された黒い畑では馬や牛が馬鍬（まぐわ）を引き、農民たちが小麦の種を蒔く準備をしている。その穏やかな景色の向こうに、雄大なロワール川と、オルレアンの城壁がそびえていた。川の畔（ほとり）では、洗濯女たちが汚れ物に木を燃やした灰をふりかけて濯（すす）ぎ、絞って叩いている。

ジェラールは手綱を軽くおさえると、馬上からその長閑（のどか）な景色をながめた。

時代は変わった、と思った。

昔のフランスは、狼や悪魔が徘徊する不気味な森がたくさん残っており、粗暴な騎士たちが騎行を繰り返す野蛮な時代だったという。殺戮と略奪が横行し、農奴は搾取され、教会による神明裁判が執りおこなわれた。

だが今や広大な森は切り開かれ、農耕技術の向上とともに作物の収穫量も増えた。聖地から様々な知識や文化がもたらされ、騎士道や吟遊詩人を始めとする宮廷文化も洗練されていった。諸侯の小競り合いは今もあちこちで起きているとはいえ、法は遵守され、概(おおむ)ね穏やかで平和な時代になった。

しかし、時代が移っても変わらないものがある。

ジェラールは胴着の上から腕の傷に触れた。

——我々は野蛮人だ。血を流すことを忘れはしない。

聖地であれフランスであれ、それは変わらない。争いは絶えず、今も世界のあちこちで血が流れている。なぜ神はこのような世界を放っておかれるのだろうか。我々はいつになったら平穏な世界で暮らすことができるのか。それは、これまでにも幾度となく頭をよぎった疑問だったが、答えは見つかっていない。見つかる日がくるとも思えなかった。

前方の街道に視線を移すと、馬を並べているピエールとベアトリスの姿があった。

今から数日前のことである。ジェラールたちは、ベアトリスに事情を説明して神殿騎士捕縛の協力を願い出た。命を落としかねない危険な旅である。オルレアンの穀倉地帯を南下して、トゥール、ポワティエを通過すれば、そこはオック語やガスコン語が飛び交う異郷だ。ボルドーではどのような災難が待っているか想像もつかない。ことわられると思っていたが、彼の予想に反して、彼女は二つ返事で引き受けた。助けてもらった礼がしたい、力になりたい、とまで言った。

それを聞いてピエールは喜んだが、ジェラールは気が進まなかった。女連れの旅は面倒だし、足手まといになりかねない。事実、傷が完治していない彼女を気遣って、たびたび休息をとっているため、ボルドーに到着するのは予定より遅れるだろう、と思っている。

そのとき、灌木（かんぼく）の梢から鳥が飛び立ち、晴れた冬空を渡っていった。それを目で追いながら、ジェラールは面倒なことにならなければいいが、とつぶやいた。目の前を左に横切って飛ぶ鳥は凶兆だった。迷信の類だが、一抹の不安が胸にきた。

「どうかしたのですか」

ベアトリスをその場に残して、ピエールが道を引き返してきた。

ジェラールは街に視線を戻した。

「なんでもないさ。この景色も見納めになるかもしれないと思ってね」

ピエールは鼻で笑った。

「ずいぶんと弱気ですね。僕は違いますよ。神殿騎士を捕らえてこの地に戻るつもりです」

「私もそうなることを神に願うよ。なあ、あの娘を本当に連れて行くのか」

「もちろんです。放っておけば、また賊に命を狙われるおそれがありますし、我々には力なきキリスト教徒を守護する義務があります」

ピエールは眉間にしわを浮かべて街のほうに目をやった。彼はぽつりと言った。

「僕たちはもう引き返せない。そろそろ、出発しましょう」

Ⅷ

薄暗い森の中は、葉の落ちた水楢や榛が石柱のように林立していた。木々のあいだを靄が漂っている。空気は硬く冷え、腐朽(ふきゅう)した古木は樹皮を苔(こけ)や黴(かび)に覆われて奇怪な彫像と化していた。森はさながら香を焚(た)いた大聖堂の身廊のようだった。

その森の中を、細かい雨に打たれながら、ひとりの男が馬に乗って進んでいた。頭巾つきの外套を身にまとい、腰に剣を帯びている。馬が怯えたように鼻を鳴らした。

森の出口に差しかかると、外套の男はふと手綱をおさえた。

道の前方に二騎が待ちかまえていた。

　ひとりは、年長の騎士だった。栗毛馬に跨っている。従者と思われる少年が彼のうしろに控えていた。男たちは武装していた。大鎖帷子の上に亜麻の袖無し外衣を着て、鞍に弩を吊していた。彼らの外衣や馬衣（うまぎぬ）には、家柄をあらわす紋章はついていない。

　外套の男が剣の柄に手をかけると、年長の騎士が言った。

「待たれよ。我らに戦う意思はない。そなたは、パリのタンプルから逃亡した神殿騎士、アンドレ・ド・フォスだな」

「…………」

「我らはある御方の命に従い、そなたを捜していた。我が主が――ここでは名を明かせぬが、そなたを丁重（ていちょう）にお連れするようにとの仰（おお）せでな。我々を信じて従ってもらえぬものだろうか」

　外套の男の口もとに嘲（あざけ）るような笑みが浮かんだ。なるほど……と言った。

「お前たちは神の言葉を騙（かた）る詐欺師どもの使いか」

　騎士と従者は顔を見合わせる。

　年長の騎士が外套の男に向かって言った。

「我が主を侮辱するとは無礼な。そなた、自分がなにを言っているのか、わかっておるのか」

「ああ、お前たちの腹の底もな。だがわかっていることは他にもあるぞ。きさまらは、ここで死ぬのだ」

外套の男は腰の剣を引き抜くと、馬腹を蹴った。

年長の騎士はとっさに鞍の弩に手を伸ばしたが、外套の男がすれ違いざまに剣を薙ぐと、彼の右腕が弩ごと宙に舞った。

馬上から崩れ落ちる年長の騎士を見て、年若い従者は顔をあげた。黒い外套の男は相手の喉に切っ先を突きつけて言った。降りそそぐ雨の滴が、頭巾のひさしから絶え間なく落ちていく。

「お前たちの主に伝えるがいい。俺は誰にも従わん。俺をひざまずかせることができるのは、偉大な神だけだ、とな」

第三章　第二の修道士

I

聖マルタンの祝日（十一月十一日）　ガスコーニュ地方　ボルドー

居酒屋の片隅で、ジェラールは腕組みして、丸卓子の上にある木製のエシェク（チエス）盤を見すえている。彼は向かいに座るピエールに言った。

「それで、君の考えは？　これからどうするつもりだ」

ピエールも盤上をじっと見ている。彼は頬杖を突いたまま白い司教の駒を拾いあげると、迷いのない手つきで前に進めた。

「どうするもなにも、修道院の中に入るだけなら、それほど難しくはありませんよ。教会や修道院には、訪ねてくる平復祈願の巡礼者を受け入れる義務がありますからね。巡礼者を装って修道院の扉を叩けば、中に入れてもらえるでしょう」

「しかし、この街には施療院もあるだろう。そちらに行け、と追い返されないか」

「その心配なら無用です。施療院の寝床が塞がっていることはよくあることですので、一夜の宿を求めて、巡礼者が修道院を訪れることは珍しくありません。そのことは修道士たちも理解しているはずですから」

ピエールは顔をあげて言った。

「ただし、何日も滞在するのはまずいですね。托鉢修道士たちに怪しまれます。修道院の内部を調べるにはせめて四、五日は欲しいところですが……」

「そうだな」

ジェラールも赤い貴婦人の駒を手にとると、次の一手を指した。

ボルドーに到着して二日が経っていた。ジェラールたちは当初の予定に従って、神殿騎士アンドレと、托鉢修道士ベルナールの手紙に書かれていたロベールという人物を捜していたが、首尾は思わしくなかった。

ボルドーは異国である。北フランスで話されているオイル語よりも、ガスコン語やオック語が使われることが多く、人々の考え方も北にくらべて異なっている。南フランスには陽気で気さくな者が多い半面、酷薄で自惚（うぬぼ）れが強い北の人間を毛嫌いしている者も少なくない。話を聞き出すだけでも一苦労で、思ったよりもはかどらなかったのである。

だが、今日の夕方に、街で聞き込みをしていたピエールたちが朗報を持ち帰った。街の南門を抜けて少し歩いたところに、フランソワ会の修道院がある。巡礼者や旅の托鉢修道士に食事や寝床を提供したり、街の人々を集めて説教したりする場所なのだが、街の人々の噂によると、近頃その修道院に、アンドレとおぼしき頬に傷痕のある巡礼者がしきりに出入りしているという。

その巡礼者の正体を確かめる必要があったが、問題はその方法だった。市井に出て説教をしているフランソワ会は、贅沢な隠遁生活をしているブノワ修道会にくらべて世情に理解はあるほうだろうが、修道士たちは往々にして外部の人間を警戒するきらいがある。突然の来訪者を彼らがこころよく迎えるとは思えなかった。

ピエールは言った。

「しかし、なぜそうまでして、こちらの素性を隠さなければならないのですか。確かにボルドーはアングル人の街ですが、それでも僕たちがフランス王の使いだと知れば、ないがしろにはできないはずです。彼らの助力だって得られるはずです」

ジェラールは頭を振った。

「そうかもしれない。だが、彼らがアンドレと知った上で匿っていたとしたらどうする？　私は寝首を掻かれるのはごめんだ」

「まさか、そんなことはありえない」

「あるいは、正体を知らずに受け入れているのかもしれない。その彼らに、あなた方の修道院に神を冒瀆する神殿騎士が潜んでいるかもしれない、と告げるのか？　そんなことをしたら、修道士たちはどんな反応をすると思う？」

考えるまでもない。彼らは大騒ぎするだろう。そうなれば、院内の異変を感じとった神殿騎士は警戒するか、逃げ出すに違いない。すべて水の泡だ。

「ですが、巡礼者として修道院に入るのであれば、武器は持ち込めません。丸腰でアンドレを相手にすることになるかもしれませんよ」

「わかっている。しかし、それは覚悟の上だ」

ジェラールは店内に目をやった。聖マルタンの祝日だけあって酒場は盛況だった。朝から大勢の飲み客でごった返していた。猥談に興じる客が哄笑をあげ、別の卓子では男たちが骰子賭博のことで言い争いを始めている。鵞鳥の蒸し焼き料理や、焼き菓子の注文が矢継ぎ早に入り、店の娘が大忙しで酒壺や大皿を運んでいく。

今回の事件に巻き込まれていなければ、今頃、自分も彼らのように酒を酌み交わしていただろう。そう思うと、自分とマルグリットをこのような目に遭わせたフランス王やマルクへの怒りや反感が胸に疼いた。

「しかし、その場合、別の問題が出てきます」

目を戻すと、ピエールは隣の席を見ていた。視線の先にはベアトリスがいる。彼女は焼きたてのガレットを囓りながら、エシェクの盤上を物珍しげに見ている。

「フランソワ会は女人禁制です。彼女は修道院の中に入れません。ですが、賊の顔を見ているのは彼女だけです。神殿騎士を見つけるには彼女が不可欠ですよ」

「やはり、そこが難題だ」

ジェラールは杯をつかんで口に運びかけたが、ふとその手がとまった。杯の中の葡萄酒が鮮血のように揺れている。斬り殺された巡礼者たちの姿が脳裏をよぎった。

追っている神殿騎士は、巡礼者や托鉢修道士を手にかけた冷酷な男だ。時を与えれば、さらに犠牲者が出る恐れがあった。一日でも早く見つけ出して、捕らえなければならない。だがこんなときにかぎって、なにも思い浮かばないのが忌々しかった。

「あの……」

ふたりが押し黙っていると、ベアトリスが言った。彼女は膝のうえに手を置いて、ちらちらと彼らを見ている。

「難しいことはわかりませんが、その、私が女であることを知られなければいいんですよね」

そうだが、とジェラールは彼女に訊いた。

「なにか、いい考えが浮かんだのか」

「それはわかりませんが、でも、それならこうすれば……」

ベアトリスは卓子の上にある食事用の小刀をとった。そして、うしろ髪をひと束(たば)つかむと、刃を添えてなんのためらいも見せずに切り落とした。

ジェラールは言葉を失った。彼女が正気を失ったのではないかと思った。

「なにをしているんだ！」

ピエールが血相を変えて、彼女の手から小刀をもぎとった。

ベアトリスはぽかんとしている。愚鈍というよりは、無垢（むく）な少女を思わせる表情だった。ピエールはまわりに目を配ってから、彼女に小声で言った。

「どういうつもりなんだ。なぜ、こんな馬鹿なことを」

ベアトリスは顎を引いて、肩をすぼめる。うつむくと、ごめんなさい、と言った。

「その、髪を切って男の人になりすませば、私でも修道院に入れると思ったんです」

ジェラールたちは顔を見合わせた。

彼女なりに考えたことなのかもしれないが、それは全員を危険に晒す方法だった。

髪を切るのは、娼婦が受ける罰のひとつである。また、男装は女であることを否定し、創造主への冒瀆行為と見なされる。キリスト教世界において、大罪のひとつだった。時と場合によっては逮捕されて裁判にかけられる。

だが、彼女の無知は責められなかった。ローマの教義を農民が知っているはずがないし、教会も積極的に教えようとはしなかった。むしろ誤った解釈をしかねないとして、一時期は彼らに聖書を読むことさえ禁じたのだ。

ピエールは言った。

「お前が髪を切ることはない」

「でも……」

「いいから。それにほら、怪我をしているじゃないか」

ベアトリスの左手から血が流れている。髪を切るときに指を傷つけたのだろう。

「診せなさい」

ピエールはその手を取ろうとしたが、ベアトリスはいきなり席を立つと、怯えたようにあとずさった。怪我をした左手を隠すように右手で包み込んで、胸もとに押し当てる。声がかすかに震えていた。

「あ、あの、これぐらいなら大丈夫ですから……」

ピエールは面食らったようだった。彼女に手招きして言った。

「ああ、わかったから、とにかくこっちに戻ってくれないか」

そして、椅子に座った彼女に向かって、こんなことは二度としないように、なにか思いついたら、行動に移す前に相談するようにと彼は言った。それは歳若い無知な妻に辛抱強く言い聞かせている夫のようにも見えた。

それを見て、ジェラールの頭にある考えが浮かんだ。我ながら突拍子もないことを考えつくものだとあきれたが、他に案がないのだから仕方がない。

彼はエシェク盤にある自分の駒を拾いあげると、ピエールの司教の駒をとり、そのまま王手をかけた。

「先ほどの話だが……」彼は言った。「やはり巡礼者として門を叩くしかないと思う。だがその際に、君たちが夫婦を装うというのはどうだろうか」

ピエールとベアトリスは、あっけにとられたような顔をしている。ジェラールはそんなふたりを見ながら続けた。

「修道院に入る方法だよ。旅籠や施療院は満室で泊まれる場所がない。自分たちは平復祈願の巡礼をしているが、旅の途中で妻の体調が悪くなったので、しばらく泊めてほしい、と頼めばいい。つまり、ひと芝居打つんだ。これなら、妻……ベアトリスの体調不良を理由に、修道院の滞在を長引かせられるだろう。事実、彼女の傷はまだ完全に治っていないんだ。いくらなんでも怪我に苦しむ善良な巡礼者を野良犬のように追い払ったりはしないはずだ」

ピエールは気が乗らない様子だ。思わぬ提案にとまどっているようにも見える。

「それはどうでしょうか。神に仕える修道士を欺くというのは、いささか気が引けますが。それに、これは神の秘蹟を冒瀆する行為です。不謹慎ではないですか」

「そんなに大げさなものじゃない。ちょっとした芝居をするだけだ」

「いや、しかし、お前だって、そんなことは望まないだろう？」

ピエールはそう言ってベアトリスを見たが、彼女は目を伏せた。顔や耳が赤くなっている。お役に立てるのでしたら私は構いません、とつぶやいた。

「本気なのか？」

彼女はうなずいた。

「皆どうかしてる」

ピエールは手もとの酒杯をつかんで、ひと息に空けた。卓子に肘を突いて、鬱憤（うっぷん）をぶつける場所を探すように盤面をにらみつけたが、この流れを変えることはできないと気づいたのだろう。彼は目を閉じて大きなため息をつくと、自分の王の駒を指で倒した。

II

陽が沈み、晩課の鐘が鳴っていた。人の姿や騒ぎ声は街路から消え、ボルドーは静寂に包まれる。ときおり、薄汚れた物乞いの咳や、野良犬の鳴き声がするだけで、サンテ＝ロワ門の南東にあるフランソワ会の修道院も静まりかえっていた。

正面扉口を叩いて訪（おと）ないを告げると、ジェラールはうしろを見た。

ピエールは縁のある帽子を被っていた。連れ添うベアトリスも垂れ頭巾をかけている。ふたりとも羊毛を織った外套を着て、帆立の貝殻と十字架を縫いつけた頭陀袋を肩にかけている。手にはひょうたんを紐で吊した樫の杖を持っていた。

――背丈や年齢もちょうどいいし、似合いのふたりではないか。

とジェラールは笑みを浮かべた。ピエールにベアトリスが寄り添っているところを見ると、本当の若夫婦に見える。そして自分は、巡礼の旅を案内する年上の知人を演じればいい。馬や剣などの荷は旅籠の主人にあずけたので、不審に思われる心配もないだろう。

すると、彼の無遠慮な視線に気づいたのか、ピエールが言った。

「……なにか？」

いや、なんでもない、とジェラールは苦笑して顔を戻す。

そんな露骨に嫌そうな顔をしなくてもいいだろうに、と思ったが、そんなことを言えば、この若者はさらに不機嫌になるだろう。

しばらく待っていると、修道院の正面扉口がわずかに開いて、額の後退した貧相な老人が顔を覗かせた。頭巾のついた代赭色の修道衣に身を包み、三つの結び目のある荒縄を腰に巻いている、縄紐の人と呼ばれているフランソワ会の托鉢修道士だ。

ジェラールはつば広帽子を脱いで名乗った。

「このような時刻に申しわけありません。私たちは聖ジャックの墓所を目指して、パリから巡礼を続けている者です。友人の妻の体調がよくないので、こちらで二、三日休ませていただきたいのですが」

　老修道士は眉間に皺を寄せて、彼らを凝視している。訛りの強いオック語で言った。

「巡礼の方々ですか。それでしたら、街の南東に、聖ジャック参拝の巡礼者を泊める施療院がありますので、そちらを訪ねられたらいいでしょう」

　すると、ピエールが脱いだ帽子を胸にやり、一歩前に出て言った。

「それが、聖人の祝日ということもありまして、街の旅籠はどこも満室なのです。施療院の寝台もすべて埋まっています。もうここしかないのです。それに妻は身重でして、野宿させるわけにもいきません。お願いです。お坊様、どうか、どうか神の御慈悲を……」

　その堂に入った演技に、ジェラールは舌を巻いた。しかも身重などと、もっともらしいことをつけ加えている。相手がことわりにくくなることを見越してのことだろう。ピエールはこういう駆け引きに慣れている様子だった。

　老修道士は鉄製の角灯を持ちあげて、三人の顔を照らした。そして、ベアトリスの顔を食い入るように見ると、思案するように目を伏せた。

　修道院側としては、このような遅い時間に訪ねてきた巡礼者を迎え入れたくはないはずだが、助けを求める巡礼者を無下に追い返すべきでない、とキリスト教徒としての良心が咎めているのだろう。

もうひと押しだと思っていると、ジェラールはあることに気づいた。

老修道士が着ている羊毛の粗衣はところどころ穴があいてほつれており、履き物もかなり傷んでいる。清貧の誓いを守っているのか、あるいは単純に金がないのか。

——うまく行くといいが。

ジェラールはピエールたちを少しさがらせると、腰の巾着からグロ銀貨を取り出して、老修道士の手に握らせた。

顔をあげた彼に向かって、ジェラールは分別臭くうなずいた。

「少ないですが、これは私たちの気持ちです。どうかお納めください」

老修道士は狼狽した。いや、これは受けとれぬと言ったが、その一方でなにかを催促するような目を向けてくる。

ジェラールはすぐに察した。銀貨をさらに二枚つけ足すと、老修道士は金を懐にしまい、取り繕うように咳をした。それが取引成立の合図だった。

老修道士が案内したのは、修道士たちが利用する共同寝室ではなく、修道院の二階にある来賓室だった。来賓室と言っても、麻布をはりつけた採光用の小さな覗き窓と、獣脂蠟燭の手燭しかなく、あとは藁布団を敷いた古い寝台がふたつあるだけだった。粗削りの石壁に木製の十字架がかかっている。

とはいえ、街の安旅籠にくらべればこれでも天と地の差がある。布団は清潔で、蚤(のみ)をたたき出す必要もなさそうだった。

「今夜は、このお部屋をお使いください。お連れのご婦人は薬を飲ませて隣室に案内しました。あとで様子を見に行かれるとよいでしょう。それでは、私はこれで……」

修道院の規則をこまごまと説明し終えると、老修道士は頭を垂れた。

ジェラールはあらためて礼を言った。彼は部屋を出て行く老人を呼びとめた。

「最後にもうひとつお訊きしてもよろしいでしょうか」

老修道士は振り向き、無言のまま手振りで先をうながした。

事前に考えた作り話を、ジェラールは話して聞かせた。

「最近、この修道院を訪れた巡礼者の中に、アンドレという男はいませんでしたか」

「アンドレ？」

「はい。彼は道中で知り合った巡礼仲間でして、この街で落ち合うことになっていたのです。ひょっとして、こちらにいるのではないかと思いまして……」

老人は顎髭をなでて首を傾げている。彼は頭を振った。

「そのような者は知りませんな。他の施療院や修道院はあたってみましたか」

ジェラールは深刻そうにうなずいて見せる。

「そうですか。それは、さぞご心配でしょう。承知しました。そのような巡礼者を見なかったか、ほかの兄弟にも聞いてみることにしましょう」

老修道士が去ると、ピエールは部屋の戸を閉めて言った。

「金を握らせるなんて、なかなか悪知恵が働きますね」

ジェラールは寝台に腰をおろして肩を揉んだ。ひどく凝っている。思ったよりも緊張していたらしい。不慣れなことをしたせいで気疲れしていた。

「責める相手が違うと思うのだがな。そちらこそ、身重なんて作り話をよく思いついたものだ」

「…………」

「まあいいさ、うまく入り込めただけでも良しとしようじゃないか。神殿騎士のことでなにかわかれば、先ほどの修道士が教えてくれるだろう。それに食事時になれば、街で喜捨を集めているほかの托鉢修道士や、寄食している巡礼者がこの修道院の食堂に集まってくる。そのときに、頬に傷のある男を捜せばいい」

「アンドレが姿を見せたら即座に捕らえますか」

ジェラールはうなずいたが、腑に落ちないものを感じていた。それは、この街に来たときから胸にあるものだった。

ピエールは言った。

「どうかしましたか」

「少し気になることがある。アンドレとおぼしき男がこの修道院を頻繁に訪れているという噂だが、それが事実だとしたら、奴はなぜこの修道院を選んだのだろうか。教会の庇護を求めるのであれば、大聖堂の門を叩くべきだし、街には神殿騎士団の支部もある。そちらのほうが奴にとって安全のはずだ」

「人目につくのを避けたかったのではないですか」

「本当にそれだけか？　アンドレとおぼしき男が、ラ・ロシェル行きの舟に乗って港を出たという報せは入ってきていないのだろう？　なぜ？　どうして奴はさっさと逃げない？　それができないなにか別の理由があるのではないか？」

ピエールは床板に目を落とすと、腕を組んで言った。

「つまり、神殿騎士アンドレはなんらかの目的があって、この修道院を訪れたと？」

「どうかな。私の考え過ぎかもしれないが……」

蠟燭の灯芯が�燻るような音を立てて燃えている。その光をじっと見ながら、ジェラールは考え込んだ。

Ⅲ

石壁に囲まれた修道院の空気は冷え切っていた。部屋で祈りを捧げる者がいるのか、どこからともなくささやくような声がする。その闇に呑まれた人気のない修道院の廊下を、老修道士は角灯で足もとを照らしながら歩いていた。

彼は貨幣の重みを懐に感じながら、今しがた部屋に案内した三人の巡礼者のことを思い出している。

――妙な巡礼者たちだ。

彼らが宿を求めて修道院を訪ねてきたとき、最初に感じたのは強い不審だった。経験上、巡礼者は信用できなかった。彼らの多くは神を讃え、贖罪のために旅をする敬虔なキリスト教徒だが、中には巡礼者を装った盗賊もいるからだ。

そうとは露知らず、ならず者たちに一夜の宿を提供したあげく、備蓄品や貴重な宝物を盗まれたという修道院も少なくない。そのため、彼は素性の疑わしい巡礼者が来たときは、修道院の権威を損なわないように言葉を選びつつ、なにかしら理由をつけて追い返していた。

しかし、金を握らされたとき、彼の考えは少し変わった。これはいい稼ぎになるかもしれない、と思ったのだ。

――うまくいけば、こちらの懐が温かくなる。

と老修道士がほくそ笑んだとき、うしろから声がした。

ぎょっとして振り向くと、柱の物陰にひとりの修道士が立っていた。

「なんだ、そなたか」

老修道士はほっとして、かかげた角灯をおろした。相手は顔見知りのフランソワ会士だった。その小柄な修道士は頭巾を目深に被り、うつむきがちにしている。

「驚かせるでない。突然闇の中から囁(ささや)きかけてきたので、悪魔かと思ったぞ」

「申しわけありません」

相手の修道士は頭を垂れた。

「まあよい。しかし、そなたが自分の部屋から出てくるとは珍しいな。近頃は気分がすぐれないと言って、ほとんど顔を見せなかったではないか。このようなところで、なにをしているのだ」

「はあ、先ほど人の話し声が聞こえましたので、なにかあったのではないかと思いまして」

「来客があったのだ。旅の巡礼者でな、一夜の宿を欲しがっていたので、二階の来賓室に案内してきたところだ」

頭巾の托鉢修道士はわずかに顎を引いて、言った。

「それは妙ですね。冬が近いこの時季に巡礼者ですか。しかもこのような遅い時刻に？　そのような怪しげな者たちを泊めてよろしかったのですか」

「これ、言葉を慎まぬか。他の兄弟たちの了解はすでに取ってある。それに彼ら巡礼者は、贖罪のために十字架を授かりに行くのだ。贖罪は苦しみをともなうものだ。寒さの厳しくなるこの時季に、宿を探してさまよわねばならぬこともあるだろう」

そこで思わぬ報酬を得たことを思い出して、彼はふたたびしまりのない顔になったが、修道士の視線に気づいて、すぐに取り繕うように言った。

「それに今日は聖人の祝日だ。この輝かしき日に、慈悲を与えずに、巡礼者を追い返すことを神はお望みにはならないだろう。神はいかなるときでも、救いを求める善良なキリスト教徒を拒まれない。そうではないか？」

「その通りでございます。失言をお許しください。それでは、私はそろそろ部屋に戻らせていただきます。まだ読まねばならぬ書物がありますので」

そう言って、頭巾の修道士は頭を垂れた。踵（きびす）を返して歩み去っていく。

すると、老修道士はふと思い出したことがあって、彼を呼びとめた。

「そうだ。そなた、アンドレという名の巡礼者を知らぬか」

「アンドレ？」

修道士は振り返った。唾を飲み込む音がして、喉仏が上下した。

「いいえ、そのような者は存じませぬが……その男がどうかされたのですか」

「いやなに、今話した巡礼者がその男を捜しているらしくてな。なんでも知り合いだとか。いや、知らぬのならよいのだ。呼びとめて悪かった。私はもう休む。そなたも書見もほどほどにしないと、身体を壊すぞ」

「肝に、銘じておきます」

頭巾を被った修道士はうなずくと、足早に暗闇の中に消えていった。

IV

「奴は、本当にこの修道院にいるのか？」

ジェラールは汚れた藁を箒(ほうき)で掃き集めながら言った。ちらりとうしろに目をやると、ピエールは彼に背を向けて、土で固めた床を掃いている。ふたりとも托鉢修道士の粗末な貫頭衣に着替えて腰に荒縄を結んでいた。羊毛織りの修道衣は毛羽立っていて獣臭く、着心地のいいものではない。ピエールは手を休めずに言った。

「あなたは、僕の言葉を疑うのですか。僕があなたを騙していると？」

「そうは言っていない。しかし、これだけ時間をかけても見つからないんだ。やり方を変えるべきだろう」

修道院を訪れて二日が経った。ジェラールたちは噂の真偽を確かめるために頬に傷のある男にかんする情報を集めていたが、手がかりになるものは一向に見つからなかった。

見通しの甘さや誤算があったことは否めない。フランソワ会の修道院は街の中にあるため、書籍商や写本工房の職人を始めとする様々な俗人が出入りしている。また、修道院には見習いである修練士や助修士と呼ばれている俗人雇用者も住み着いており、彼らも平修道士とは違う生活を送っている。そのひとりひとりを調べるのは想像以上に骨が折れ、素性を隠しているので大手を振って調べるわけにもいかず、捜索は遅々として進んでいなかった。

そこでジェラールたちは、ベアトリスの体調がよくなるまで逗留させてもらうことを条件に、フランソワ会士たちに雑事の手伝いを申し出た。そのほうが修道院の中を自由に動けるため、都合がよいと判断したのだ。

今ふたりは、老修道士に命じられて、驢馬を繋いだ厩を掃除している。だがこうして床を箒で掃いていると、神殿騎士はこの修道院にいないのではないか、と疑念が強くなってくる。

ピエールはため息をついた。

「わかりました。それではこうしましょう。僕は引き続き、教会や修道院の関係者を調べます。あなたは、ベアトリスと一緒に街中を頼みます」

「わかった。ところで、ロベールという男のことで、あれからなにかわかったことはあるか？」

ピエールは頭を振った。

「こちらも人を使って捜させていますが、大きな街です。同じ名前の人間はごまんといますよ。托鉢修道士ベルナールの手紙には、名前以外のことはなにも書かれていませんでしたから、見つけ出すのは難しいでしょう」

「そうか。では、修道院のほうは任せる。私たちは街で捜すとしよう」

ジェラールが言うと、ピエールは背を向けてふたたび床を掃き始めた。

V

赤く染まった西空に荘厳な音色が響き渡っている。晩課を報せるために、ボルドーにひしめく教会や聖堂が一斉に鐘を鳴らしていた。

ジェラールとベアトリスのふたりは、大聖堂の正面扉口の前に並んで腰をおろしていた。彼らは行き交う人々に目をやっている。

大聖堂の広場には、焼き菓子や巡礼の記念品を売る様々な露店が出ていた。地元の農民、遠方の巡礼者、説教をする托鉢修道士、それにアングルの商人で賑わっていたが、陽が西に傾くにつれて人の姿は減りつつあった。

「なにか気づいたことはあるか」

ジェラールが頭をそっと寄せて訊くと、ベアトリスは頭を振り、ごめんなさい、と言った。

「なに、気に病むことはない。こちらだって簡単にことが運ぶとは考えていないさ」

「でも……」

「根気よく捜すよ。そう気を落とすな」

そう言って広場に目を戻したが、ジェラールは内心焦りを覚えていた。

最初は、物乞いや盗人が潜む路地裏を重点的に捜すつもりだった。アンドレが潜んでいるとすれば、おそらく、そういった闇に近い場所だと思ったからだ。

だが思案の末、ジェラールはその考えを捨てた。フランスを放浪していたときに知ったことだが、路地裏に巣くう物乞いやならず者は、仲間意識が強いだけでなく、自分の縄張りを荒らされることをひどく嫌う。アンドレのようなよそ者が路地裏を歩けば、必ず騒動が起き、彼の噂はすぐに広まることだろう。裏を返せば、そんな路地裏よりも、街の広場や人込みの中にまぎれて移動したほうが、遥(はる)かに人の目につきにくい。そんな理由から、ジェラールたちは朝から大聖堂の前に座り、ほどこしを求める巡礼者の振りをしながら、行き交う人々を監視していたのだが、今のところ収穫はなかった。

神殿騎士アンドレは、今もこの街のどこかに潜んでいる。不思議なことにその確信が揺らぐことはなかったが、時間をかければかけるほど、敵に利を与えるような気がしていた。だが、焦ったところで事態が好転するわけではない。気持ちを切りかえる必要があった。

「しかし、話に聞いてはいたが、活気のある街だ」

ジェラールは振り向いて、背後の大聖堂を見あげた。鐘楼が西日を浴びて朱に染まっている。

ボルドーは五十年ほど前から葡萄酒の取引を盛んにおこなうようになり、それにともない街の経済も大きく発展してきたという。現在も大聖堂の大がかりな再建が進められているらしく、石を鑿（のみ）で削る職人や、彼らに作業の指示を出す親方の姿があった。日が暮れてきたので、彼らは仕事道具を片づけて引きあげ始めていた。

風が出てきている。ジェラールは顔を戻すと、外套の胸もとをかき寄せた。

「冷え込んできたな。寒くはないか」

ベアトリスは広場に目をやりながら頭を振った。だがその背は猫のように丸まり、腕は小刻みに震えている。ジェラールが外套を脱ぎ、それをなにも言わずに彼女の肩にかけると、ベアトリスは顔をあげて彼を見た。

「どうした？」

ジェラールは言った。

彼女は視線を落とす。顔や耳たぶが真っ赤になった。ありがとうございます、と彼女はうつむいたまま、消え入りそうな声で言った。

ジェラールは、ベアトリスの横顔を見ながら、放浪していた頃にかかわった女たちのことを思い出していた。生まれや境遇に違いはあれど、彼女たちに共通して言えることは、人に優しくされた経験がない、あるいは夫に暴力を振るわれていたり、幼い頃に両親に虐待されたなど、不遇な過去を経験しているということだった。人から愛されたいと渇望している一方で、嫌われることを恐れるあまり、人とのかかわりを避けている。

――この娘も、そんなひとりなのかもしれない。

そう思っていると、ふいにベアトリスが言った。

「あの、それはなんですか」

彼女はジェラールの胸もとから覗いているサラセンの魔除けを見ている。ああ、これか、と言って奥から引っ張り出して見せてやると、ベアトリスはつぶやいた。

「不思議……私、こんなもの見たことないです」

「この魔除けは、聖地の異教徒たちが鍛えた特別な鉄を材料にしているんだ。表面に波紋のような模様が浮かぶのが特徴でね、この鉄で作った剣は強靭で錆びにくく、決して折れないとも言われている。私の父の形見だよ」

「お父様の……」

ベアトリスは顔をあげて言った。

「ジェラール様のお父様は、その、どんなかたなんですか」

ジェラールは答えに窮した。父のことを訊かれると、どう話していいのかわからず、いつも困惑してしまう。

「私、変なことを言ったみたいで、その、ごめんなさい……」

「いや、そうではないんだよ」

父はサラセン人であり、彼らの大半がそうであるように、父もイスラーム教徒だった。この地に暮らす多くのキリスト教徒にとって、異教徒は、異端者に勝るとも劣らない罪深い存在である。本人やその家族は、死んでもなお偏見や差別から逃れることはできない。異教徒に敵意を抱く者がいる以上、父や自分のことを喋ることは危険がともなう。

だが彼女の顔を見ていると、この娘にならば話してもよいのではないか、という気持ちになった。膝に置いた自分の手を見つめながら、ジェラールは言った。

「私の父は、サラセン人なんだ」

「サラセン、人？」

ベアトリスは首を傾げた。言葉の意味が理解できないらしい。

ジェラールは微笑んだ。

「そうか、知らないか。そうかもしれないな。サラセン人というのは、聖地で暮らすムスリムを指す言葉でね、つまり異教徒だ。私の父はイスラーム教徒なんだ」

それを聞いて、ベアトリスの目が大きく見開いた。

「どうした、私のことが怖くなったかい？」

「いえ、ごめんなさい。その、少し驚いてしまって……」

彼女はうつむいて、視線を自分の足もとに落とした。この娘はいつも下を向いているな、と思いながらジェラールは言った。

「なにを謝ることがある。君はなにも悪いことはしていないのだろう。それに心配しなくていい。父は異教徒だが、母と私はれっきとしたキリスト教徒だ。母はともかく、私はあまり善い信徒とはいえないが」

「あの、ジェラール様は結婚されていると聞きましたが、相手のかたは……」

「ああ、フランス人だよ。もちろん善良で敬虔なキリスト教徒だ。今もひとりきりで私の帰りを待っているよ」

　ジェラールは沈む夕陽に目をやった。

　寒々とした秋風に吹かれているせいかもしれない。パリに残してきたマルグリットのことが思い出されて、ふと強い寂寥感に襲われた。彼女は無事だろうか。寒さに震えてはいないか。怪我や病気はしていないだろうか。自分は生きてパリに戻れるだろうか。やってくる感傷は、去っていくたびに、彼の心を斬りつけていった。

「家族のことを大切に思っているんですね」

　ベアトリスはそんな彼の横顔をじっと見ている。彼女は視線を通りに向けた。

　藍色の空は刻が移るにつれてその深みを増し、今や黄昏の光が消えかかっている。彼女の榛色の澄んだ瞳は、闇に呑まれつつある街を見つめていた。

　今日はこの辺で修道院に引きあげるとしよう、そう言って、ジェラールが首に魔除けをかけ直したときだった。

　ふいにベアトリスが立ちあがった。人込みに目を配る。

　彼女の顔は真っ青になっている。ジェラールは訊いた。

「どうした？」

「今、頬に傷のある男のひとがいたような気がするんです」

　彼は人込みに目を走らせた。猫の額ほどの広さしかない大聖堂の前広場は、帰路を急ぐ人々で混雑している。売り台に並べた陶器を片づける露天商や、バスケット織りの修道衣をまとったベギン会の女、野良犬を追いかけて路地を駆けていく子供たち。荷車を牽く野菜売りの姿があったが、それらしき男はいない。

ジェラールは言った。

「そいつはどんな服を着ていた?」

「ええと、托鉢修道士様の姿を……あ、あれです。あのひとです!」

ベアトリスが声を張りあげて指さすと、その声に気づいたのか、人込みの中にいた、ふたりの托鉢修道士が振り向いて彼らを見た。背の高い男と、やや小柄な男だった。ふたりとも頭巾を目深に被っている。

男たちは急に背を向けて走り出した。

「邪魔だ。どいてくれ」

ジェラールは逃走する男たちを追った。人込みをかきわけ、突き飛ばし、つまずいて転びそうになった。彼は振り向いた。ついてくるベアトリスに向かって怒鳴った。

「君はここで待っていろ、いいな」

「——でも」

「いいからここにいるんだ」

ふたりの托鉢修道士は広場を駆けていく。パリやオルレアンなどの城塞都市と同様に、ボルドーも城壁の中は木造の家屋でひしめき、狭い路地が迷路のように入り組んでいる。少しでも離されると見失ってしまうだろう。ジェラールは走りにくい修道衣とサンダルに苛立った。

すると、前を走る男たちが二手に分かれた。背の高い男が右手の暗い路地裏に飛込むと、小柄な男は左手の狭い道に入る。

ジェラールは迷わず左の道を選んだ。

相手との距離は縮まりつつある。あと少しで追いつけると思った矢先だった。サント＝カトリーヌ通りに入るや、彼は子供や女、物乞いの集団に行く手を阻まれた。人々は狭い路地の真ん中に群がり、地面に落ちている貨幣を争うようにして拾い集めている。托鉢修道士がわざと金をばら撒いたのだ。

――どこだ、どこに行った？

彼らを押しのけて、あたりに目を走らせた。近くにサン＝メクサン教会がたたずんでいるだけで、怪しい人物は見あたらない。彼は舌打ちをした。どこかに潜んでいるのか。あるいは、よそ者にはわからない抜け道を使ったのか。どちらにせよ、土地鑑がないのが悔やまれた。

すると、勘のようなものが働き、ジェラールは教会の墓地に足を踏み入れた。墓石が並んでいるあたりはすでに暗い。その闇のどこかで、何者かが自分を注視しているような感じを覚えた。墓地の奥へと進んでいき、墓石の裏側や建物の陰など、人が身を潜められそうな場所を調べていく。

だがなにも見つからない。考えすぎだったか、と思い、踵を返しかけたときだった。

うしろで足音がして、ジェラールは振り向いた。

三トワーズ（六メートル弱）ほど離れたところにある木箱の側に、黒い人影が立っていた。自分が追っていた小柄なフランソワ会士に間違いなかった。

ジェラールは言った。

「何者だ、なぜ私を見て逃げた？」

托鉢修道士は肩で浅く息をしていた。抜き身の短剣を両手で握りしめて、その切っ先を彼に向けている。

——話す気がないのなら、話をさせるまでだ。

とジェラールは相手に向かって一歩踏み出した。

突然托鉢修道士がわめき声をあげて諸手突きにぶつかってきた。よたよたと走り寄ってくる。ジェラールはその一撃を難なくよけると、すれ違いざまに相手の足に爪先を引っかけた。托鉢修道士は勢いよく前にのめり、顔から地面に倒れ込んだ。

托鉢修道士は立てずにもがいている。ジェラールは足もとに落ちている短剣を拾いあげると、それを遠くに投げ捨ててから、托鉢修道士の肩をつかんで、その顔を見た。目だけが大きい鶏のような顔をした男だった。

——こいつは……

男の顔に見覚えがあった。

それは、巡礼者を装ってフランソワ会の修道院に潜り込んだ翌日のことだ。九時課（午後三時）の前に昼食の運びとなり、ジェラールたちは他の托鉢修道士と一緒に食堂の細長い卓子についていた。彼らの前には喜捨のパンや粥、水で薄めた葡萄酒が用意してあった。

主の祈りが済んで食事が始まると、ジェラールは陶器の水差しをとって杯に葡萄酒を注ぎつつ、托鉢修道士たちの顔を見ていった。

老若の男たちが並んで座り、黙々と食事をとっている。頬に傷のある男がいないか目を配っていると、ふと斜向かいに座っている托鉢修道士に目がとまった。

鶏のような顔をした痩せぎすの男だった。彼はちぎって葡萄酒にひたしたパンを口に運びながら、ピエールやベアトリスをじっと見ている。

そのときは薄気味の悪い男だと思ったが、アンドレを見つけることに気をとられていたのであまり関心を寄せなかった。しかし、その判断は誤りだったのかもしれない。

「お前は、フランソワ会の修道院にいた男だな。一緒に歩いていたもうひとりの男はどこへ行った？　彼は何者だ」

鶏男は答えない。怯えた目を彼に向けて、オック語とオイル語が交じった祈りの言葉をつぶやいている。

「答えろと言っている。お前は――」

突然、ジェラールは目に激しい痛みを感じた。托鉢修道士が顔に砂を投げつけてきたのだ。彼は押しのけられ、転倒して地面に頭を打った。

ようやくまわりが見えるようになったときには、鶏男の姿はすでに消えていた。

迂闊（うかつ）だった、とジェラールは身体を起こして自分を罵った。しかし、悔やんだところでどうにもならない。男には逃げられてしまったが、これで次にやるべきことが決まった。だが、まずはその前にベアトリスのところへ戻ったほうがいいだろう。陽も落ちたことだし、自分のことを心配して待っているはずだ。

しかし、広場に戻ると、ジェラールは自分の顔が強ばるのを感じた。

大聖堂の前には、誰もいなかった。

VI

ベアトリスは肩で息をしながらあたりを見渡した。

道幅の狭い、人気がない通りに出ていた。道の両側には家屋が迫り出すように建っていて、日は差さず寒々としている。汚泥で濡れた通りには、強い悪臭が漂っていた。いつのまにか、入り組んだ路地裏に迷い込んでしまったらしい。

――どうしよう。

と彼女はつぶやいた。

追いかけてしまったけれど、もう引き返そうかと思った。しかし、自分がどこを歩いているのかさえ、わからなかった。道を尋ねるにしても人が通りかかる様子はない。

彼女は顔をあげて空を見た。薄雲が西日を浴びて朱色に染まっている。東の空はすでに星が瞬いていた。

まもなく夜になる。そう思うと、ひとりでいるのが急に怖くなり、ベアトリスはあたりに視線を走らせた。

――とにかく、来た道を引き返そう。表通りに戻れるかもしれない。

そう自分を励まして視線を戻すと、彼女は思わず息を呑んだ。

前方の路地に人がいる。つば広帽子を被り、襤褸の袖つき短衣を着た若い男だ。男は無言のままゆっくりと彼女に近づいてくる。今すぐにこの場から逃げなければと思った。しかし、足がすくんで動かない。神様、と彼女はつぶやいた。

そのとき、近くで教会の鐘が鳴った。

ベアトリスの身体が呪縛から解けたように大きく震えた。彼女は踵を返して走り出したが、すぐに身体がなにかにぶつかった。顔をあげた。目の前に濃い髭を生やした大男が立っていた。

髭面の男は笑みを浮かべて言った。

「お嬢ちゃん、こんな場所を、あんたみたいな若い娘がひとりでうろついてちゃいけねえなあ。人攫いにでもあったら大変じゃねえか」

彼はベアトリスの胸の膨らみや腰のあたりを舐め回すように見ている。彼女はあとずさった。

襤褸着の男が近づいてきて言った。

「待てよ、ジャック。話が違うじゃねえか。その娘は巡礼者だぜ。なあ、その娘は見逃してやったらどうだ」

「お前は黙ってろ、俺に指図するんじゃねえ」

ジャックと呼ばれた髭面の男が、振り向いて怒鳴る。

「なに、かまうこたねえよ。これは神様の贈り物に違いねえ。もらわなきゃ罰が当たるぜ。それともお前、こんな小娘が怖いのかよ」

「俺がいつ怖いなんて言った」襤褸着の男は答えた。「俺が気にしているのは、その娘が十字架を授かりにいく巡礼者ってことだ。手をつければ、それこそ神様の罰が当たるかもしれねえよ。そんなの俺はごめんだね」

言い争う男たちを前に、ベアトリスは尻さがりにあとずさる。人攫いたちは彼女の動きに気づいていない。

だが背を向けた瞬間、彼女は二の腕をつかまれて男たちのもとに引き戻された。ベアトリスは男の手を振りほどこうとしたが、相手の身体はびくともしない。

髭面の男はニタニタと笑っている。

「馬鹿な小娘だ。俺たちから逃げられると思ったのかよ。なに、売り飛ばす前に、かわいがってやるから――」

ベアトリスは自分の腕をつかむ男の手に噛みついた。

髭面の男が悲鳴をあげて手を放す。その隙に駆け出したが、彼女は編んだ髪をつかまれると、顔に平手打ちを浴びて、地面に倒れ込んだ。顔をあげる。

髭面の男の顔は怒気で赤く膨らんでいた。彼は懐から小刀を抜き出した。

「このアマ、この俺を甘く見やがって。なんなら、この場で殺してもいいんだぜ」

髭面の男は、小刀の切っ先をベアトリスの顔に突きつけた。襤褸着の男が、ジャック、頭を冷やせ、と言ったが、相手の男は、うるさい、と一蹴した。

「女の分際でなめやがって。俺は馬鹿にされるのだけは、我慢ならねえんだ」

——殺される。

彼女は顔をそむけて目をつぶった。

突然頭上で鈍い音がして、髭面の男のくぐもった声がした。

ベアトリスはおそるおそる目をあけた。顔をあげて言葉を失った。

髭面の男の胸から短剣の切っ先が突き出ている。

彼の背後に男がいた。頭巾を目深にかぶった男だ。フランソワ会士が着る代赭色の僧衣に身を包んでいる。彼が短剣を引き抜くと、髭面の男は血を流してベアトリスの足もとにくずおれた。

彼女は口を手で覆って悲鳴をあげた。

「この野郎」

襤褸着の男は懐に手を突っ込んで、小刀を抜いた。彼は獣じみた声を出して托鉢修道士に向かっていったが、その切っ先が届くよりも先に、相手の刃が彼の胸を深々と刺していた。

路地裏にふたつの死体が転がった。托鉢修道士は死んだ男の外套で短剣についた血をぬぐうと、ベアトリスを見て身体を起こした。

路地に差し込んだ西日が托鉢修道士の半身を赤く染める。頭巾で顔の上半分は隠れているが、男の頬には十字架のような大きな傷痕があった。

頬に傷のある托鉢修道士は、彼女をじっと見つめている。

ベアトリスは自分の顔が青ざめて、身体も震えているのがわかった。

今度こそ殺される、と思った。だが男は短剣を腰の鞘に戻すと、なにごともなかったように背を向けてその場から去っていった。

遠くで自分を呼ぶ声がした。振り向くと、彼女のほうに向かって走ってくるジェラールの姿が目に入った。それを見た途端、身体中から力が抜けて、彼女はその場に嘔吐(おうと)した。

Ⅶ

その夜ふけ、ジェラールが修道院の礼拝堂を訪れると、入り口の扉が半分ほど開いており、漏れた灯りとともにささやくような人の声がした。

彼は扉のあいだから中の様子を窺った。托鉢修道士が至聖所の祭壇の前にひざまずいている。

祈りを捧げている托鉢修道士の正体は、ピエールだった。

灯芯の燻る音がするだけで礼拝堂は静まりかえっている。厳かな空気の中で、彼は両手を合わせて、うつむきがちに祈りの言葉をつぶやいている。

ジェラールは黙ってその姿を見ていた。この神聖な行為を邪魔してはいけない気がしたのだ。

やがて、長い祈りと瞑想（めいそう）が終わった。十字を切って立ちあがると、ピエールは振り向いて言った。

「いつまでそうやって覗き見しているつもりですか」

ジェラールは悪かった、と言って礼拝堂の中に足を踏み入れた。

「つい声をかけそびれてな。しかし、ずいぶんと熱心に祈るのだな」

「そんなことはありませんが……修道院で暮らしていたときの習慣ですよ」

ピエールは目をそらしてつぶやく。その横顔には詮索を嫌がるような表情が浮かんでいる。

ジェラールは至聖所の十字架に目をやった。彼は言った。

「そうか。ところで、君は南フランスに来たことがあるのか」

「なぜ、そう思うのですか」

視線を戻すと、ピエールは顎を引いてジェラールを見ている。

「半分は勘だ。君はこのあたりの土地鑑もあるようだし、ガスコン語やオック語も不自由なく聞き取れるみたいだから、もしやと思ってな」

ピエールは黙っている。しばらくして、彼は言った。

「別に隠していたわけではありません。このあたりの土地鑑があるのは道理で、僕は仕える主君を探して、南フランスを遍歴していたことがあるんですよ」

ジェノヴァ、マルセイユ、トゥールーズ……彼は様々な土地の名をあげた。彼がシチリアを訪れていたことにジェラールは驚いたが、ピレネを越えたり、聖地に渡ったりしたことはないようだった。

「あとは、民衆の反乱を鎮圧するために、フランドルまで遠征したこともあります」

「それは、フランス王がフランドルに兵を差し向けたときのことか」

そのとき、ピエールの顔に一瞬苦しげな表情があらわれた。彼はうなずいた。

「そうです。僕はクールトレで戦ったんです」

その反乱が起きたのは、今から五年前の一三〇二年五月十八日、夜明け前の早朝だった。フランドル地方のブリュージュという街で、織物工ピエール・ド・コナンクと、ギョーム・ド・ジュリエ率いる民衆が、街を占領するフランス軍に対して突如として武装蜂起した。フランス王フィリップ四世の派遣した総督ジャック・ド・シャティヨンが民衆を弾圧し、圧政を敷いたことがその原因だった。織布工と肉屋組合を中心とした市民は暴徒と化し、街に駐屯していたフランス兵を虐殺した。「ブリュージュの朝」と呼ばれている事件である。フランドルの民衆は、以前からフランス王に強い反感を持っていたので、この反乱は近隣にまたたくまに広がり、戦火はクールトレ市にまでおよんだ。

この報せを受けたフランス王は、ただちに反乱鎮圧の軍をフランドルに差し向けた。指揮を執るのは、アルトワ伯ロベール二世である。当時のフランスの書記官長ピエール・フロートもこれに同行した。一方、クールトレ市を攻囲中だったフランドル民衆軍も、これを迎え撃つため守りの陣を張り、同年七月十一日、両軍はクールトレ市の近くにある湿地帯に布陣し、リス川を挟んで対峙した。このとき、ピエールは従騎士として主とともにフランス軍の戦列に加っていた。

当初、戦況はフランス軍が優勢だった。兵の数はフランドル民衆軍が勝っていたが、その多くは戦の経験がなく訓練も受けていない市民だった。一方、数ではやや劣るもの、フランス軍は選りすぐりの騎士とジェノヴァ傭兵で構成されていた。彼らは名誉や金のために人殺しの訓練を積んできた職業軍人である。この時代、騎士ひとりの戦闘力は徒の十倍に匹敵すると考えられていた。しかも、徒に有利な市街戦ではなく、騎兵がその力を存分に発揮する野戦である。ジェノヴァ傭兵も高性能の弩を使いこなし、勝つためには手段を選ばない集団として知られていた。

フランドル民衆軍は防戦にまわらざるを得なかった。弩の太矢が楯を割り、民衆軍の死体が転がっていく。彼らは押されて、じりじりと後退していった。やがてフランドル民衆軍を押しつつフランス軍の傭兵隊が小川にさしかかると、勝利を確信したフランス騎士たちは功を焦り、邪魔だと言わんばかりに彼らを蹴散らして前に出た。

──しょせんは平民、戦の作法も知らぬ卑しい者どもめ。

騎士たちは密集隊形をとり、斜めにかかげていた騎槍の穂先を水平におろした。そして、その鋭い切っ先を対峙する民衆軍に向けると、馬腹を蹴り、敵めがけて全力疾走で突撃を開始した。この時代において、騎馬による凄まじい突進をとめられる者はいなかった。真鍮製の突撃喇叭が鳴り響く中を、色彩あふれる人馬の波が押し寄せていった。騎馬による勇敢な突撃こそが、栄誉ある伝統的なフランス騎士の戦い方だった。

だが、この傲慢が彼らを破滅に導いた。フランドル民衆軍は騎士たちが突撃してくることを予想し、その対抗策として深い溝を掘っていたのだ。しかも、小川の周辺は前日の氾濫でぬかるみになっている。馬の機動力はことごとく削がれ、騎士たちの足並みは乱れに乱れた。そこに、フランドル民衆軍が鬨の声をあげて殺到した。

「結果はあなたも知ってのとおり、フランス軍は壊滅しました」

とピエールは言った。

「騎士たちは馬上から引きずりおろされ、捕虜にされることもなく殺されました。騎馬突撃を封じられ、数で劣っていては屈強な騎士でも勝ち目がなかったのです」

この戦いで、アルトワ伯やジャック・ド・シャティヨン、書記官長ピエール・フロートは討ち死にし、戦が終わったとき、戦場にはおびただしい数の騎士の死体と、彼らがつけていた金の拍車がいくつも落ちていたという。この戦が、別名「金拍車の戦い」と呼ばれている所以（ゆえん）である。

「しかし、よく君は生き残れたな。どうやって逃げのびた？」

ピエールは目を閉じている。彼は口を開けてなにか言いかけたが、すぐにつぐむと、頭を振って答えた。

「僕は、突撃には加わっていませんでしたから。だから助かりました。ほかに理由があるとすれば神のご加護……そう、あのとき僕は理解したのです。フランス軍が負けたのは、王の側についた多くの兵が神を軽んじ、信仰を蔑（ないがし）ろにしていたから……だから、神は我々に敗北という名の罰をお与えになったのだ、と」

「そうではないだろう。フランス軍は古い戦い方にこだわり、相手を甘く見すぎた。だから負けた。神は関係ない」

「いいえ、あれは神意です。でなければ、高貴な貴族やその騎士たちが、下劣な平民と戦って負けるはずがない。そんなこと神がお許しになるはずがない！」

自分が興奮していることに気づいたのか、ピエールはばつの悪い顔になった。

「もうこの話はやめましょう。それでも続けるというのなら、僕は去ります」

ジェラールは彼を引きとめた。ここに来たのは、ピエールと話をするためなのだ。

「今日、ベアトリスと街に出たんだが、思わぬ収穫があった」

大聖堂の広場や墓地で起きたことを話しているあいだ、ピエールは両腕を修道衣の袖の中に入れて、深沈と考え込むようにうつむいていた。ジェラールの話が終わると、彼は顔をあげて言った。

「ベアトリスが見た頬に傷のある男ですが、アンドレに間違いないでしょう。人攫いにつかまった彼女を助けたというのが理解できませんが……」

「私も同感だ。彼女も不思議がっていたよ。一度は自分を殺そうとした男に、今度は命を救われたのだからな」

「それで、ベアトリスの様子はどうですか？」

「幸いなことに、たいした怪我はしていない。今は薬を飲ませて休ませている。少し無理をさせてしまったようだ」

ピエールは言った。

「そうですか。実は、僕のほうでもわかったことがあります。修練士たちの調べは無駄骨に終わりましたが、今朝、聖書を納めにきた写本工房の職人が面白いことを話してくれましてね」

今から三日前のことだ。その職人がガロンヌ川の畔を歩いていると、フランソワ会の修道衣を着た小柄な男と、黒い外套姿の男が水車の側で人目を避けるようにして話をしているところに出くわしたという。職人が不審に思ってその様子を見ていると、黒い外套の男が気づいて、彼に鋭い目をよこした。そのときに見た男の顔には大きな傷があった、ということだった。

「まさか、その黒衣の男と一緒に話をしていた托鉢修道士というのは……」

ジェラールが訊くよりも先に、ピエールはうなずいて答えた。

「ええ、その托鉢修道士は、鶏のような面相をしていたそうです」

Ⅷ

「……よくわかりませんな」

老修道士は書物台の椅子に腰かけて、書物に描かれている野草の細密画を熱心にながめている。彼は頁をめくって言った。

「そもそも、あなた方は、この修道院には一夜の宿を求めてきただけではないのですか。なぜそのようなことを気になさるのです」

フランソワ会の修道院にある工房には、天秤や青銅の乳鉢といった薬の調合に使う様々な器材があった。壁の棚にも聖ジャンの草やヘレボルスの葉、クマツヅラの名を記した白い薬壺が並んでいる。これらの薬は、遠出する修道士たちや巡礼者にわけ与えたり、病人を治療する際に使われたりするという。

青銅の乳鉢を手にとり、その細部を見ながらジェラールは言った。

「深い意味はありません。ただ、私はその托鉢修道士と街で少し話をしましてね。彼の信仰心に大変な感銘を受けたのです。もう一度じかに会って、そのときのお礼をしたいと思っているのです。差し支えなければ、教えていただけませんか。ここには、鶏のような顔をした修道士がいるはずです。彼の名は？　彼はどこにいるのですか」

老修道士は目だけをあげてジェラールたちを見た。その顔には疑うような表情が浮かんでいる。彼は頭を振った。

「そういうことでしたら、その者には私から礼を伝えておきましょう。日も落ちましたゆえ、どうか、今日はお引きとりください」

「では、これではどうです」

ジェラールは金の詰まった革袋を、老修道士の前に置く。

「これでも話す気にはなりませんか」

ジェラールは相手が答えるのを待った。ピエールも腕を組んで、老修道士を見すえている。老修道士はため息をついた。手もとの書物を閉じて、まあ、これぐらいなら構わないだろう、という感じで言った。

「やれやれ、あのような者に興味を持つとは、あなた方は実に変わっている」

革袋を自分の懐にそそくさと入れながら、老修道士は答えた。

「あなた方の言う男は、おそらく兄弟ロベールのことでしょう」

ジェラールは言葉に詰まった。ややあって訊いた。

「彼の名は、ロベールと言うのですか？」

「そうですよ。それがなにか？」

どういうことなのか、と思った。ロベールとは、オルレアンで殺された托鉢修道士ベルナールの手紙に書かれていた友人の名だ。自分たちは神殿騎士の行方を追う一方で、ロベールも捜していたが、今までなんの手がかりも得られなかった。むろん、この修道院の中も調べたが、そんな名前の男はひとりもいなかったのだ。なぜ今になって、彼の名が出てくるのか。

ジェラールは先をうながした。

「それで？」

「それが、なんといいますか、兄弟ロベールは気が弱いところがありましてな。部屋に閉じこもって書見や瞑想に耽って（ふけって）いることが多く、人前に出ることは滅多にありません。あの者がこの修道院にいることを知っている兄弟は、私を含めたほんの一握りでしょう」

ジェラールは首をひねる。

老修道士は気が弱いと言ったが、昼食のときに見たロベールの目つき……あれはそういう人間の目だっただろうか。怯えているというより、浅からぬ敵意を、猜疑を含んではいなかったか。それに、神に仕える立場にありながら、あの男は懐に刃物を隠し持っていた。なにか裏がありそうな気がした。

ジェラールは老修道士に訊いた。

「彼がこの修道院に来たのはいつです？　ここに来る前はなにをしていたんですか」

「さあて、私にはなんとも。私がこの街に腰を落ち着けたのは最近のことでして、古参の托鉢修道士たちも、ロベールとは交流がほとんどないため、よくは知らないようです。ロベール本人は、自分のことを南フランスに領地を持つ、高貴な家の生まれだと言っておりますが、詳しい出自を知る者はおりません。ただ……」

少し考える仕草をして、老修道士は続けた。

「ただ、これは以前本人が漏らしたことなのですが、あの兄弟は、この修道院に来る前は、武装した大規模な巡礼団——十字軍に加わって海を渡り、シープル島のレメソスにある神殿騎士団の城で働いていたようなのです」

その話が事実ならいつの頃だろうか、と思った。見たところ、ロベールは五十を超えているように思える。となれば、可能性があるのは次のふたつだろう。

ひとつは、三十七年前にフランス王のルイ九世が、聖都奪還のために兵を率いてチュニスに遠征したとき。そしてもうひとつが、そのルイが病歿した翌年におこなわれた、彼の弟であるアンジュー伯シャルルと、アングルテルの王太子だったエドワード一世による聖地遠征である。

どちらの軍勢にいたにせよ、シープルの神殿騎士団で働いたことがあるのなら、ロベールが、神殿騎士となんらかの繋がりを持っていたとしても不思議ではない。

ジェラールは礼を言うと、ピエールを促して工房を出た。

ロベールが使っている個室は、一階の共同寝室のすぐ隣にあった。

就寝の時間に入っていたが、ジェラールたちは構わずに部屋の戸を叩いた。しかし、応える声はない。人の気配も感じられなかった。

彼は声をかけて、中に入った。

ロベールの部屋は、来賓室同様に質素だった。藁布団の寝台と長持がある。書見台の上に一冊の書物が置いてあった。

ジェラールは書物を手にとって開いた。聖書だった。ラテン語で隙間なく埋まっている。余白に赤字で注釈が書き込まれていた。

さらに頁をめくる。すると、そのはずみで一枚の羊皮紙が床に滑り落ちた。

拾いあげて黙読すると、ジェラールはその羊皮紙をピエールに渡した。

紙面に目を走らせる。ピエールは顔をあげて言った。

「これは、オルレアンで殺された托鉢修道士ベルナールが書いた手紙です。それがここにあるということは……」

「ああ、この部屋の主が、私たちの捜していたロベールに違いない。しかし、こんな時間に彼はどこへ行ったのだ」

ふたりはさらに部屋の中を調べたが、ロベールの行き先を示す手がかりになりそうなものはなかった。

そのとき、ピエールがこれを見てください、と言った。

彼は手燭を持って、寝台の下を覗き込んでいる。燃えかすのようなものが奥の床に散らばっているらしい。ピエールは腕を伸ばして、燃え残った羊皮紙の切れ端をつまむと、それをジェラールに差し出した。

ジェラールは羊皮紙を見るなり言った。

「どうやら手紙の一部のようだな。焼いて処分しようとしたぐらいだ。よほど人に見られたくないものなのだろうと思ったが、なるほど、ロベールのやったことは道理だ」

手紙の切れ端には、神殿騎士団の赤い紋章十字架が描かれていた。ピエールは彼の手もとを覗き込んで、言った。眉根が寄っている。

「どういうことなんですか。なぜこの男の手紙に彼らの紋章十字架が？」

「想像はつくが、その答えを知るには、ロベール本人を問い質すほうがいいだろう」

するると、外の廊下から慌ただしい足音がして、老修道士が寝室に駆け込んできた。

彼は部屋を荒らしているふたりを見ると、にわかに不機嫌な顔になった。

「なんということを……ここは我が兄弟の寝室ですぞ。どのような権限があって勝手に――」

ジェラールはその先を言わせなかった。立ちあがって相手に詰め寄ると、肩を摑み、凄みを利かせて言った。

「ロベールはどこにいる。今すぐに教えるんだ」

IX

ボルドーの街を夜霧が動いている。灯りがなければ自分の足もとさえ判然としない濃密な闇の中をしばらく進むと、ジェラールはここだ、と言って角灯をかかげた。

木骨壁の平屋が多い中で、その廃屋は珍しく二階建てだった。壁はひび割れ、建物に使われている木材は腐って黒ずんでいる。鎧戸はすべて固く閉じられており、外から屋内の様子はまったく窺えなかった。

彼らがいるのは、街の南東にあるルセル城門にほど近い、ガロンヌ川の畔だった。老修道士の話によると、ロベールはこの廃屋に暮らす貧民に会うと言って出かけたまま、まだ戻ってきていないという。

――こんな夜遅くに、彼はここでなにをしているのか。

善からぬことに違いない、と思った。ロベールの行動はいかにも不審で、ジェラールは彼から危険な臭いを嗅ぎとっていた。

同じことを、ピエールも考えているのかもしれない。彼はたたずんで廃屋をじっと見つめていたが、その横顔に汗が浮かんでいた。

ジェラールは言った。

「ここからは、二手に分かれよう。私は正面から中に入って二階を調べる。君は裏口から一階と地下を捜してくれ。くれぐれも油断するなよ」

「わかりました、なにかあれば呼んでください」

ピエールのうしろ姿が闇に消えるのを見届けると、ジェラールも灯りを吹き消して戸をあけた。

屋内は真っ暗で静まりかえっていた。自分の鼻先もわからなかったが、闇に目が慣れてくると、古い椅子や炉辺（ろばた）がおぼろげに見えてきた。奥に小部屋がいくつかある。

家の中は思ったよりも広いようだった。

——やはり、ベアトリスを修道院に置いてきたのは正解だった。

とジェラールは心の中でつぶやいて足を踏み入れた。

この廃屋は身を潜めるには絶好の場所だ。不意打ちや待ち伏せにも適している。ここで敵に襲われたら防ぎようがないだろう。しかも、狭い屋内では役立つどころかかえって邪魔になるため、剣は持ってきていなかった。差し迫った事態になったときは、懐に忍ばせた短剣一本で切り抜けなければならないことを考えると、足手まといを連れてくるわけにはいかなかった。

ジェラールは壁に沿って進み、突き当たりの戸を押しひらいた。前方に二階にあがる狭い階段が続いている。彼は足もとに気をつけながらあがっていった。

人の話し声がしたのは、最後の階段を上りきったときだった。

彼は身をかがめた。

二階には部屋がふたつある。そのうち左手にある戸が少し開いていて、中からわずかに灯りが漏れていた。音を立てないように忍び足で近づいていく。戸を少しだけ押して部屋の中を覗くと、床板に置いた手燭を挟んで、ふたりの男が向かい合っていた。

ひとりは、托鉢修道士のロベールだった。彼は鎧戸の側にある椅子に腰かけて、頭巾を被り、黒い外套を着た背の高い男を見つめている。一本の手燭が仄暗く照らす中で、男たちはなにか話し合っているようだった。

ジェラールは男たちを注視しながら耳をそばだてた。すると途切れ途切れにだが、彼らの話す内容が聞き取れた。

「計画を実行に……書状は……」

「しかし、なぜこんなことに……神は罪なき者を守護されるのでは……」

「神の真意など……だが……は各地に……を放って我々の動きを……オルレアンでは……」

「そんな……では……すでに……？」

黒い外套の男は黙ってうなずく。すると、ロベールの顔に呆然とした表情が浮かんだ。彼は顔を両手で覆い、身体を震わせて泣き出した。

黒い外套の男は、そんなロベールをじっと見おろしている。彼がなにか言うと、ロベールは顔をあげた。そして、彼はわかりました、と答えて、肩にかけた布施袋の中から一枚の金貨をとり出すと、それを相手の男に渡した。

黒い外套の男は、金貨を自分の巾着に入れた。腰のうしろに手をまわしながら、ロベールに近づいていく。

ロベールは椅子を蹴り立った。彼は頭を振りながら言った。

「そんな、なぜです？　これが閣下のお考えなのですか。我々は同じ……」

その声は唐突に途切れた。男がロベールの肩をつかみ、隠し持っていた短剣で彼の腹を刺していた。

「これは神の御旨なのだ。なにも恐れることはない……なにも」

そう言って男が離れると、ロベールは床に倒れた。

ジェラールは一部始終を目撃しながらも、動けなかった。手が震えて、顔から汗が流れる。まさか、相手の男がロベールを殺すとは思いもよらなかった。

――しっかりしろ、怖じ気づいている場合か。

彼は立ちあがった。

戸に手をかけて部屋に踏み込むと、ロベールを刺した黒い外套の男が振り返った。

「……神殿騎士アンドレ・ド・フォスだな？」

ジェラールは訊いたが、黒い外套の男は答えなかった。わずかに首を傾げる。男が持っていたのは、鐔のない槍の穂先のような形をした奇妙な短剣だった。剣身の根本には親指を添える窪（くぼ）みがあり、刃の表面に波紋のような模様が浮かんでいる。

言葉を交わすつもりはないらしいな、と思ったとき、唐突に男が言った。

「お前のことは憶えているぞ。森で剣を交えた男だな。俺を追ってきたのか」

ジェラールはうなずいた。

「フランス王の命により、お前を逮捕する。武器を捨てろ、おとなしく従えば手荒な真似はしない」

男はにやりと笑った。無言だった。

あっと思ったときには、男が走り寄ってきて短剣で斬りつけてきた。ジェラールはとっさにさがった。二閃、三閃とする攻撃を躱(かわ)し、続いて襲う刃をくぐって逃れると、身体を入れ替えて得物を構えた。彼は自分の胸もとが切り裂かれていることに気づいた。

ジェラールは大声で言った。

「ピエール、二階だ」

それを聞いて、黒い外套の男は腰の鞄の中に手を突っ込んだ。取り出したのは、小さな素焼きの陶器だった。彼はそれを床に投げて叩き割った。すると砕け散った場所から火の手があがり、それはたちまち床に燃え広がると、ロベールの死体を呑み込んだ。

――グレクの火か。

ジェラールは炎の熱にあとずさった。ロベールからアンドレに目を戻して言った。

「なぜこの男を殺した？　仲間ではないのか」

だが相手は無言で腰を落とすと、ふたたび斬りつけてきた。ジェラールは胸先に迫る切っ先を躱し続けたが、しだいに着ている修道衣は襤褸切れのようになり、息もあがり始めた。

——なにをしている。ピエール早く来い。

熱い空気の中で、ジェラールは焦燥に駆られながらも守りに徹した。アンドレが間合いを詰めれば、応じてうしろにさがる。自分からは決して斬り込まなかった。

その動きに焦れたのか、アンドレは短剣を逆手に握りなおすと、頭巾を脱ぎ、外套を留める胸もとの紐をほどいた。

男の歳は二十代か、あるいは三十過ぎに思われた。髪は短く、濃い顎髭をたくわえている。鳶色の瞳に炎が赤く照り返し、悪魔に憑かれた人間のそれに見える。男の顔には頬から顎にかけて古い刀傷があった。

アンドレの顔に凄惨な笑みが浮かんだ。彼は外套を脱ぎ捨てて無造作に近づいてくる。そして、急に身をおどらせると、ジェラールの喉目がけて刃を突き立ててきた。

ジェラールはさがった。壁がすぐうしろに迫っている。彼はとっさに短剣を捨てて、振りおろされる相手の腕を両手でつかんだ。目と鼻の先に、短剣の鋭い切っ先がある。

短剣を握るアンドレの両腕に獰猛な力がこもった。ジェラールも負けじと渾身の力を込めて押し戻していく。すると、一瞬力の均衡が崩れて、ジェラールは相手の腹に蹴りを入れることができた。うっとうめいてアンドレがあとずさる。その隙にジェラールは短剣を拾いあげると、踏み込んで素早く斬りつけた。

その一閃は、相手の腰に届いたようだった。

斬り飛ばされたアンドレの巾着が、音を立てて床に落ちた。それを見たアンドレが、憎悪に満ちた目で彼を振り向いた。

ジェラールはふたたび腰を沈める。そのとき、頭上で異様な音がした。はっと顔をあげると、紅蓮(ぐれん)の炎に包まれた梁が焼け落ちてくるのが目に入った。

ふたりが弾かれたように飛び退(の)くと、同時に倒壊した梁から火の粉が舞いあがり、ジェラールは凄まじい熱気に思わず顔をそむけた。

床に燃え移った炎は壁を這いあがり、天井にまで燃え広がっている。この廃屋が焼け崩れるのも時間の問題だろう。

——これ以上は駄目だ。

すると、足もとに落ちているアンドレの巾着に目がとまった。

ジェラールがその巾着を拾いあげたとき、鎧戸を開け放つ音がして、部屋に外の冷たい風が吹き込んできた。燃えさかる梁の向こうからアンドレの声が言った。

「その巾着を大事にもっていろ。いずれ返してもらう……必ず……」

ジェラールは相手の名を呼んだが、灼熱の向こうから声が返ってくることはなかった。

炎に包まれた廃屋から命からがら飛び出すと、ピエールが駆け寄ってきた。ジェラールは腰を折って、激しく咳き込んだ。彼は言った。

「今までどこにいたんだ。呼んだのが聞こえなかったのか」

「申しわけありません。地下にいたので聞こえなかったようです」

ピエールは短剣を鞘に収めた。

「二階が燃えているのに気づいて助けに行こうとしたのですが、アンドレと思われる男とばったり遭ってしまって。斬り合いましたが、こちらも逃げられました」

そう言って、彼は焼け落ちる廃屋に目をやった。

X

翌朝、ジェラールはフランソワ会修道院にある工房を訪ねた。

托鉢修道士ロベールが、逃亡中の神殿騎士アンドレ・ド・フォスに殺された。そのことを、自分たちの素性と目的も含めて修道院の人々に伝えるためだった。

彼が危惧した通りに修道院は騒然となった。しかし、これは結果的に良い方向に転んだ。ジェラールたちを非難し、その責任を問う修道士も少なくなかったが、彼らも神に仕える者の端くれである。神殿騎士逮捕の協力を申し出る者が出てきたのだ。工房で働く老修道士もそのひとりだった。

老修道士は頭を垂れると、ジェラールに言った。

「お呼びだてして申し訳ない。今度のことでお耳に入れておきたいことがありましてな。まずは、これをごらんください」

手渡されたのは一通の手紙だ。老修道士に宛てて、パリに暮らす彼の友人が送ってくれたものだという。

ジェラールは黙読して顔をあげた。

「この手紙は、パリのタンプルに暮らす神殿騎士たちが逮捕されたことを伝えていますね。これがどうかしたのですか？」

「じつは、その手紙の内容をロベールに話したことがあったのですが、それを聞いた途端、あの者はひどくあわてましてな。それ以来、部屋に閉じこもるようになり、どうしたのかと聞いても口を堅くして話そうとしませんでした。これが、あなた方が追う男を捜す手がかりになるといいのですが。しかし……」

老修道士は頭を振り、大きなため息をついた。

「しかし、まだ信じられませんな。あなた方の話によれば、ロベールを手にかけたのは、パリから逃亡した神殿騎士という話ではないですか。本当に神に仕える信仰の騎士がロベールを殺したのですか？　あの者の日頃の悪しきおこないを神が咎め、ご自身で裁かれたのでは？」

「ロベールの死に、神の意志が介在したかどうかは、私にはわかりません。ですがこの手紙を見せられて、あなたの話を聞いた今、あれを主の裁きと考えるのはいかがなものでしょう。ロベールは神殿騎士団となんらかの繋がりがあった。そして昨夜、それが原因で殺されたように思えます」

そのとき、ピエールが工房に駆け込んできた。

「どうだった」

ジェラールが訊くと、彼は頭を振った。

「やはり、アンドレはラ・ロシェル行きの船には乗っていないようです。神殿騎士団の支部も調べましたが、こちらにも顔を出していません。仲間の密偵からも、アンドレを見たという報せはきていませんし……それから、今朝早く巡礼者と思われる男が、馬に乗って南に向かったのを見た者がいます」

「アンドレだと思うか？」

ピエールはうなずいた。目撃者によると、くだんの巡礼者は腰に剣を帯びていたという。背丈や特徴も、神殿騎士アンドレと一致していた。

「そうなると、問題は奴の行き先だが……」

フランスは広い。アンドレの目的さえわからないのに、闇雲に捜したところで見つけられるとは思えなかった。それに、今回のように後手になるのは避けたい。

なにか手がかりはないのか、と思案していると、昨夜のことで思い出したことがあった。

ジェラールは頭陀袋の中を探った。とり出したのは、アンドレの巾着だ。

あの男はこれに執着しているように見えた。きっとなにかあるに違いない。

調べると、四つ折りにした羊皮紙の切れ端と、二枚の鋳造金貨が入っていた。

切れ端にはなにも書かれていなかった。なにかから破りとったような跡がある。おそらく、手紙だろう。

硬貨はともにフロリンだった。表に百合の花模様がある。フロリン金貨はイタリーで鋳造された通貨で、商取引でもっとも信用のある貨幣のひとつとして知られている。昨夜、ロベールがアンドレに手渡したのは、この金貨ではなかったか。

すると、ジェラールは奇妙なことに気づいた。フロリンの裏面には、フローレンス（フィレンツェ）の守護聖人である洗礼者聖ジャンの立像があるはずだが、この金貨は二枚ともキリストの御姿に変わっている。その御姿の下に「Ⅲ」という数字が刻まれている。二枚目の金貨を調べると、こちらには「Ⅰ」とあった。しかも、それぞれ裏面の縁に奇妙な文字で銘が入っていた。

ジェラールは近くの手燭を引き寄せた。鈍い輝きを放つ金貨をじっと見る。

——これは贋金（がんきん）か？

——なぜこんなものが？

周辺に刻まれているのは、ラテン文字ではなかった。右から左に書かれ、蚯蚓（みみず）が這い回ったようなその奇妙な文字はサラセン、つまり異教徒の文字だ。だが聖地で流通していた古いディナール貨やディルハム貨以外に、サラセン文字の銘が入った貨幣は見たことがない。

どうしたのか、と尋ねるピエールを無視して、ジェラールは老修道士に訊いた。

「この修道院の中に、サラセン人の……異教徒の文字を読める者はいませんか」

老修道士は頭を振った。

無理もない。フランソワ会士の学識は高いとは言えない。ラテン語さえ満足に読めない者も大勢いる。ガスコン語やオック語を解する者は少なくないだろうが、サラセン人の言葉に通じている者がいなくても不思議ではない。

こんなことなら、サラセンの文字を死んだ父やラビから学んでおけばよかった、と思ったが、今さら悔やんだところでどうにもなるまい。

すると、ラビという言葉が、神の導きのように、彼の頭を駆けめぐった。そうだ、彼がいた、と思った。もう何年も会っていない、その古い友人のことを考えていると、ピエールの声がしつこく呼んだ。

「どうしたんです？　さっきから黙って」

ジェラールは彼を見て言った。

「ピエール、今日中にベアトリスと旅支度をしろ。明日ここを発つ」

「どういうことです。いったいどこに向かうのですか」

「説明ならあとでする。とにかく急いでくれ」

ピエールが首を傾げながらも工房を出て行くと、ジェラールは頭陀袋の中から一通の書簡を取り出して、老修道士に差し出した。

「頼みがあります。この手紙を、サントの旅籠にいるマルクという男に届けるように手配していただけませんか。彼は私たちの仲間で、同じ神殿騎士を追っています」

書簡には、殺された修道士たちの素性を詳しく調べてほしいと書いてある。ベルナールとロベールは、いずれも神殿騎士団と深いかかわりがある。

偶然とは思えなかった。彼らには、人に知られていない隠された繋がりがあるはずだ。それが判明すれば、アンドレの目的もおのずと見えてくるかもしれない。見えれば、先手が打てる。

「承知しました」

老修道士は頭を垂れると、俗語まじりのラテン語で祝福の言葉をつぶやき、十字を切った。

翌日、ジェラールたちはボルドーを発った。街の門は通行人で混雑しており、彼らに目をとめる者はほとんどいなかったが、街の外にある木陰に座っていた男は違った。彼はジェラールたちが走り去るのを見届けると、腰に剣を帯びたまま自分の馬に飛び乗り、拍車をかけた。

そして、三人のあとを追い始めた。

第四章　隠者の棲む森

I

聖マルタンの祝日から五日後（十一月十六日）　ボルドーの南東

ジェラールは目を細めて森を見ている。鞍を修繕する手をとめて、警戒するような顔つきになっていた。

その夜は森が騒がしかった。北からの強い風が吹くたびに枝葉は波打ち、地に積もる枯れ葉が軋むような音を立てた。鬱蒼とした森の奥は濃い夜陰に包まれている。先を見通すことは少しもできなかった。

ふと、子供の頃に母が言っていたことを思い出した。森には悪魔が潜んでいて、人間を悪しき道に引きずり込もうと虎視眈々と様子を窺っている。だから、決してひとりで森の奥に入ってはいけない、と。それは、あながち間違いではないのかもしれない。森は安らげる場所だが、夜になると危険な領域へと一変する。いつなんどき狼や夜盗に襲われてもいいように、抜き身の剣を側に突き立ててあるとはいえ、森の中での野営は落ち着かなかった。

枝に吊して火にかけた鋳鍋から湯気が立ち、燕麦の粥がぐつぐつと煮立っている。

ベアトリスは焚き火の側に腰をおろして、燃える粗朶をじっと見ていた。夜の森は寒い。彼女は外套にくるまり、顎を埋めて手を擦り合わせている。

――故郷にいる家族のことを思い出しているのだろうか。

とジェラールも視線を火に移した。

故郷。それは自分にとって二度と手に入らぬものであり、物悲しげな色合いを帯びて思い返される存在だった。

ふと、自分の本心はどこにあるのだろうか、と思った。

ときおり考えることがある。自分の本当の望みは、パリを離れて平穏な土地で家族と暮らすことではなく、なにもかも捨てて聖地に帰ることではないのか、と。心のどこかに、あの頃に戻りたいという望郷の念があるのではないか。希望に満ちあふれていた時代、美しいアッカの街並みが忘れられなかった。人は自分で思う以上に、生まれた土地に縛られている。そのことが、彼の心を暗くした。

「ベアトリス――」

ジェラールは彼女に言った。

「夜が明けたら、君をボルドーまで送り届ける。そこからオスタバに向かえば、他の巡礼者たちと合流できるはずだ」

ベアトリスは顔をあげた。目が見開いている。ジェラールはうなずいた。

「君は家族のためにも、巡礼に戻るべきだと私は思う」

自分と同じように、ベアトリスにも使命がある。彼女の帰りを心待ちにしている家族がいる。この娘は充分に力になってくれた。これ以上、自分たちの都合で引きとめるべきではない。彼女を、いつまでもこんなことに巻き込んではいけない気がした。

ベアトリスはうつむいた。その顔は火灯りに照らされて、赤黒く染まっている。どうした、と声をかけると、彼女は言った。

「こんなこと言っていいのかわかりませんけど、あの……せめて、この森での用事が済むまで側に置いてもらえませんか」

ジェラールは困惑した。オルレアン近郊では斬られ、ボルドーではあやうく人攫いの男たちに殺されそうになった。そんな目に遭ってもなお、この娘は自分たちと一緒にいたいという。

もしかしたら、この娘は巡礼を続けることに不安を感じているのではないか。それなら、自分たちと一緒にいたいと思うのも納得できる。旅の連れに武装した男ふたりがいるのだから、彼女としては、これ以上にないほど心強いのだろう。

「わかった」

ジェラールはため息をついた。彼女を連れ回した責任は自分にもある。せめてこの娘が安心して巡礼を続けられるようになるまでは、面倒を見るべきだった。

「だが、君は本当にそれでいいのか。一刻も早く巡礼を成し遂げて、家族のもとに戻りたいのではないのか」

「それは……」

と彼女が目を伏せてなにか言いかけたときだった。下草をかきわける音がして、あたりの見回りに出ていたピエールが戻ってきた。

ジェラールは粗朶を手折り、石を積んだ竈(かまど)の中に投げ込んで言った。

「森の様子はどうだ、なにかあらわれたか」

ピエールは抜き身の剣を地面に突き立てて、火の側にどっかりと腰をおろした。ベアトリスが鋳鍋の粥を椀に盛る。彼女が素手のままピエールに差し出すと、彼は受けとろうとしたが、熱すぎるのかすぐに外套の端でくるんで持ち直した。彼は息で吹き冷まして、頭を振った。

「人どころか、狼一匹出てきませんよ。ふたりでなにを話していたんですか」

「なに、たいしたことじゃない」

ジェラールは彼女をちらりと見た。それ以上はなにも言わなかった。

「しかし、こんなことで本当に捜している男が見つかるのですか」

ピエールは粥を啜って言った。

「また無駄骨に終わらなければいいのですが」

「そうならないという保証はないよ。だがこの森に彼が暮らしているのなら、いずれ私たちに気づいて様子を探りに来るはずだ。今も……」

とジェラールはあたりに目をやった。

「この森のどこかに身を潜めて、私たちを見張っているかもしれない」

ピエールも同じように視線を向ける。眉間にしわを浮かべて言った。

「そうだといいのですが、そのエズラとかいうユダヤ人は信用できるのですか」

「それは、君自身が会って確かめるといい」

ラビ・エズラは、聖地におけるサラセン人の文化や歴史に造詣の深いタルムード学者だ。ヘブライ語はもちろん、ラテン語やアラム語にも精通しているため、彼の助力を得られれば、フロリン金貨の文字を読み解き、そこに隠されている秘密を解明してくれるかもしれない。

彼とは聖地にいたときからのつき合いで、もう何年も顔を合わせていないが、手紙のやりとりは今でも続けていた。最後の便りによると、エズラはボルドーから東に向けて馬を半日飛ばしたところにある森の奥で、仲間とともに隠修士のように暮らしているという。

そのため、彼らが暮らしているこの森を訪れたのだが、不慣れな森の中を歩き回って、ひとりの男を捜すのは容易なことではない。

そこでジェラールたちは、森近くにある小川の畔で野営をして、相手が見つけてく
れるのを待つことにした。怪しんでエズラか、あるいは彼の仲間が姿をあらわすので
はないか、と考えたのだ。

ピエールはしばらくのあいだ、対岸の暗い森を見ていた。目を戻して言った。

「あなたがどう思おうとも、僕は信じませんね。連中は身勝手で傲慢です。意地汚さ
では又売り商やロンバルディア人に勝るとも劣らない、キリストを神の子と認めない
不敬な輩ではないですか」

「いかにもフランス人らしい物の考え方だな」

ジェラールは燃えつきた灰をかき出しながら、言った。

「確かにそういうユダヤ人はいる。自分たちさえよければ、他の人間がどうなろうと
知ったことじゃないという奴らがな。だが、それはユダヤ人にかぎった話じゃない。
フランスやアングルテルにも唾棄すべき人間はいる。ユダヤ教徒だけが偏狭で傲慢と
いうわけではないさ」

「しかし、連中は主を十字架にかけさせて、その尊い血を流させた罪深い者たちだ」

「だから石を投げてもかまわないと？　キリストの復讐のために？　主が争いを好

み、血を流すことを望まれていると本気で思っているのか？」

「連中が血を流すのは当然の報いですよ。使徒マテュー（マタイ）も、福音書に書き残しているではないですか。『その血の責任は我々と子孫にある』とユダヤ人が自らを指してそう言ったと。いいですか、あの連中は、それだけの罪を犯したんだ。連中は子々孫々、未来永劫その罪を償わなければならないんだ」

「マテューか」

ジェラールはつぶやいた。新しい枝を手折って、投げ込む。弾ける火の粉を見つめて言った。

「キリストが天に召されようとしているとき、あの御方に寄り添って涙を流していたのは、女だった。男たちではない。彼らに、ユダを非難する資格があるのか」

「使徒を侮辱するなんて、畏れ多いことを……」

「私は事実を言ったまでだ。過ちを犯さぬ人間などいない。邪悪なキリスト教徒がいるように、善良なユダヤ人だっている。君は彼らと言葉をかわし、理解しようと努めたことはあるのか」

ピエールは嘲笑（あざわら）った。

「どうして僕がそんなことをしなければならないんです。主を否定する罪深い者たちの言葉に耳を貸すなんて馬鹿げてる」

ジェラールは頭を振った。この傲慢な青二才にはなにも見えていない。そして、見ようともしない。

キリスト教徒の中には――どんな善人でも洗礼を受けていなければ辺獄行きで、異教徒は家畜以下の存在、彼らを殺してモスクやマドラサに火をかけることが、その憐れな魂を救う唯一の方法であると信じて疑わない者たちがいる。また、神の裁定に不満を抱き、裁かれた者に情けをかける行為は不敬の極みである――そんな考えを持つ者たちもいる。彼らと同じような考えを持つ人間はサラセン人にもいた。そして、ユダヤ人にも……この若者も、そんな者たちと同類なのだろうか。彼はそのことに気づいているのか。

ピエールは持っている粥椀を捨てて立ちあがると、側にあった自分の剣を地面から引き抜いた。

「なにをするつもりだ」

とジェラールは訊いた。

「わかりませんか。ユダヤ人どもをおびき寄せるんですよ」

ピエールは薄笑いを浮かべて言った。剣をさげて近づいてくる。

「待つのは飽きました。ここで僕らが打ち合っていれば、連中は剣の音で気づくはずです。なに、ただの遊びですよ」

答えるや、彼はいきなり斬りつけてきた。

立ちあがってとっさに引き抜いた剣がその一撃の防禦に間に合った。危うく受け損ないそうになり、ジェラールは言った。

「馬鹿なことはやめろ」

突然始まった斬り合いに、ベアトリスは目を大きく見開いてふたりを見ている。繰り出される剣を受けながら、ジェラールは彼女に言った。

「危ないから離れていろ」

確かにこれは遊びだ。今でこそ宮廷儀礼や騎士道がもてはやされているが、そもそも騎士の本質とは、主君との契約に従い、敵と戦うことにある。

粗暴で気性の荒い彼らが、暇つぶしと訓練をかねて、抜き身の剣で斬り合うことはよくあることだった。もっとも、この遊びは白熱することが多く、本気の殺し合いに発展して、鼻の先を削ぎ落とされたり、指を切り落とされたりする者も少なくない。

ふたりは重い剣を軽々と振りまわして打ち合った。硬い金属が激しくぶつかり合い、焚き火の炎がゆらめくたびにふたりの火影も躍った。暗い森に剣戟の音が響き渡った。

相手の打ち込みをさがって躱すと、ジェラールは剣をおろした。近づいてくるピエールに向かって、もういい、充分だ、と言った。

「やめろ、うんざりだ」

ピエールは黙ってジェラールを見すえている。顔に汗ひとつかかず、息も乱れていない。やがて、彼は剣を鞘に戻した。

「あなたは違うのですか」ピエールは言った。

「なんだと？」

「あなただって、僕たちを粗野で野蛮な連中だと見くだしているのではないですか。聖地を守護する傲慢な騎士修道士たちが、西から海を渡ってきた俗世の騎士を侮るようにね」

「………」

「だけど、自惚れないことです。あなたの中には異教徒の血だけでなく、僕たちと同じフランク人の血も流れている。自分だけは違うなどと思わないほうがいい。あなたも、あなたが軽蔑している者たちと同類なんですよ」

ピエールが背を向けて焚き火の側に戻っていくと、ジェラールは剣を木鞘に戻した。ひどく不快な気持ちに満たされていた。

彼の言うことは当たっていた。自分は西方のフランク人を軽蔑している。

事実、アッカを訪れた西方のフランク人の多くは無知で野蛮だった。彼らは聖地の異教徒を野蛮だと決め込み、自分たちこそ神に選ばれた理性のある人間だと言い放った。いったい彼らが聖地になにをもたらしたというのか。破壊と死、そして憎しみだけではなかったのか。

——私はあのような連中とは違う。

それは、聖地に生まれたキリスト教徒の矜持だった。

ジェラールはため息をついて、ベアトリスに目をやった。彼女は自分の手のひらをじっと見ている。

彼女に声をかけようとして、ふと彼は木に繋いだ馬たちの異変に気づいた。彼らは前肢で地面をしきりに掻いたり、鼻孔を開いて臭いを嗅いだりしている。そのうちの一頭が、耳を立てて暗い森のほうを食い入るように見つめている。

「どうした？　あそこになにがある」

ジェラールは不安がる馬の頸を愛撫しながら言った。森に目をやる。

彼らは、そこになにかの気配を感じとっているらしい。

ピエールも馬たちの様子に気づいたようだった。森に目を配っている。彼の手はすでに剣の柄にかかっていた。

すると、ふいに風の音が消えた。藪をかきわける物音がして、森の暗がりから襤褸の袖つき短衣を着た若い男が出てきた。太矢をつがえた櫟製の弩を胸の高さに構えている。彼の長い赤髪は乱れて、半ば目にかかっている。青い目がまばたきもせずにジエラールたちを見すえていた。

「何者だ」

ピエールが剣を抜いて言った。

赤毛の男は答えない。いつでも太矢を放てるように、弓床の引き金に片手を添えている。獲物袋を持っていないところを見るかぎり、狩りの最中というわけでもないらしい。

「質問に答えろ、誰だと訊いている」

「待て、私が話をする」

今にも斬りかかりそうなピエールを手で制して、ジェラールは赤毛の男に言った。

「私はジェラール。パリから来た。君は賢者エズラの使いではないのか」

赤毛の男はわずかに顎を引いた。黙っている。ジェラールは続けた。

「私はエズラの古い友人で、彼を訪ねてこの森にきた。彼のことを知っているのなら、引き合わせてもらえないだろうか」

赤毛の男は弩を構えたまま動かない。つぶやくように証しはあるか、と言った。

「これをラビに見せてくれ。私が誰かわかるはずだ」

そう言って、ジェラールは首にかけていた魔除けを外すと、赤毛の男に向かって投げた。片手でつかみとると、赤毛の男はゆっくりとあとずさった。やがて彼の姿は闇の中に消えた。風の音が、また戻ってきた。

「今の男を信じるのですか」

ピエールが森のほうを見ながら言った。ジェラールは頭を振る。

「今は待つしかない」

暗い森の奥にふたたび人の気配がしたのは、それからしばらくしてのことだった。

今度はひとりではなかった。禿頭の大男が、赤毛の男を従えてあらわれた。色黒で毛深く、半眼で厳めしい顔つきをしている。手斧を無造作に肩に担いでいる姿は、粗暴な木樵か炭焼き人を思わせた。

禿頭の大男は、ジェラールに魔除けを投げ返して言った。

「ラビがお会いになる。武器はあずからせてもらう。それからそこにいる娘は、お前たちが信用に値する人間かどうかわかるまで、俺の仲間とここに残ってもらう」

それを聞いて、ベアトリスの顔に心もとなげな表情が浮かんだ。

「いい気になるな」

ピエールは剣をさげたまま禿頭の大男をにらみつける。

「お前たちが、盗賊ではないという保証がどこにある」

禿頭の顔がにわかに険しくなった。彼は赤毛の男に素早く目配せした。赤毛の男は弩を構えて、ピエールに狙いを定める。彼は引き金に手を添えた。

「やめないか」

ジェラールは腰の剣帯を外して、鞘ぐるみ禿頭の前に放った。続けて小刀も捨てる。丸腰になるのは避けたかったが、相手の警戒を解くには、他に手段がない。それに弩を侮ってはならなかった。この凶悪な武器は誰でも容易に扱うことができ、なおかつ楯や鎖帷子を貫くほどの威力がある。騎士ですら恐れる武器のひとつだった。

「お前もだ。この男の言うことに従え」

ジェラールはちらりとピエールを見て言った。禿頭の大男に目を戻して、うなずいた。

「そちらの要求に従おう。ラビのところに案内してくれ」

II

禿頭の大男のあとについて、森の暗い獣道をしばらく進むと、ほどなくして前方に石造りの古い建物が見えてきた。

朽ちかけた修道院の廃墟だった。敷地を取り囲む外壁は、一部を残して崩れている。門の側にある木の厩と、修道士の宿舎とおぼしき建物、そして信仰の象徴である聖堂はあちこちに傷みがあるものの、その形をまだ保っていた。

「ユダヤ人がいるのは、ここみたいですね」

禿頭の大男は修道院の門をぐぐり、聖堂の中に入っていく。それを見て、ピエールの口もとが歪んだ。

「ユダの末裔が神の家に暮らすなど、笑い話にもならないな」

「文句を言うな。行くぞ」

ジェラールは振り向いて言った。

厩に馬を繋いで、荒れ果てた敷地に足を踏み入れる。

聖堂の円錐形の尖塔は崩落して、色褪せた屋根はおびただしい蔦や雑草で覆われていた。修復された形跡はなく、今では野鳥の棲家となっているようだった。

ふたりは正面扉口の脇にある小さな戸を潜って聖堂の中に入った。ここもひどい有様だった。柱に苔と蔦が絡みつき、割れた石床の亀裂から雑草が生えている。

祭壇の前を通り抜けて、奥の集会場に進む。すると、禿頭の大男が長卓子を動かして、その下にある床板を外していた。あらわれたのは、人ひとりが通れるほどの隠し階段だった。

禿頭の大男は階段の壁にかかっている角灯を取った。ジェラールたちに言った。

「この下だ、ついてきな。いいか、くだらんことを考えるなよ。俺やラビの身になにかあれば、あの娘の命はない」

「わかっている」

　ジェラールはうなずいた。

　彼に続いて、狭い螺旋階段をおりていく。すると、階段をおりた先に地下室へ続く鉄戸があり、その隙間から灯りが漏れていた。

　禿頭の大男は戸を七回、間隔を置いて叩いた。やがて戸が開き、中年の女が顔を覗かせた。禿男を見ると、女は彼らのために道をあけた。

　そこは、パリ大学の書庫を思わせるような場所だった。

　壁一面の棚に様々な分野の書物が収められていた。棚に収まりきらなかった書物は、床に積まれて墓標のようになっている。大学と違うのは、書物に盗難防止用の鎖がついていないことぐらいだろう。

　その書物に埋もれるようにして、ひとりの老人が書見台で書き物をしていた。頭蓋帽をかぶり、額と腕に聖句箱を巻きつけている。七枝燭台の淡い光に照らされて、白い長老鬚を胸もとまでたらした姿が浮かびあがっている。

「ひさしいな、ジェラールよ」

　中年の女が地下室の戸を閉めると、エズラは手もとから目を離さずに言った。ペン先にインクを含ませて、仔牛皮紙へ一字一句祈りを込めるように字を刻んでいく。

「じかに話をするのは、アッカで別れて以来になるか。挨拶は無用だ。用件を言え」

ジェラールは緊張を覚えた。やはり、エズラは自分たちの来訪を歓迎していないようだった。

「先月のことになりますが、ラビは、パリの神殿騎士たちが王の命により逮捕、投獄されたことを存知ですか」

「むろんだ、悪魔崇拝の嫌疑をかけられたそうだな」

「その際に捕縛を逃れた騎士がいるのですが、私はフランス書記官長の命を受けて、その男を追っています。あなたはかつて聖地で多くの人々に教えを説いた賢者だ。逃げた神殿騎士を捕らえるために、その力を貸していただきたいのです」

「ことわる」

エズラは言った。トーラー巻物の聖なる字を指示棒でなぞっていく。こちらを見ようともしなかった。

「なにゆえ、わしがフランス王のために働かねばならん」

「この仕事が終われば、いくらか金が手に入ります。それを半分お渡しします」

金か、とエズラは嘲笑った。

「そんなはした金のために、我々を迫害するキリスト教徒に手を貸せと？　同胞の財産を強盗のように奪い、領地から追放した卑劣なフランス王に従えと？　お前はわしを侮辱するのか」

「王ではなく、私に力を貸して欲しいのです」

「同じことだ。それに北の人間の言葉は信用ならん。二枚舌を使い、約束を平気で反故にする。王など、その最たるものだ」

「では、どうすれば力を貸していただけるのですか。なにが望みですか」

「わしの望みは最初から決まっている。お前たちが、今すぐにこの森から立ち去ることだ」

「しかし、私にはあなたしか――」

「聞こえなかったのか。消えろ、と言っている」

とりつく島もない。だが、ここまで来てあきらめるわけにはいかなかった。ジェラールはその場にひざまずいて、頭を垂れた。

「あなたの助けが必要なのです。どうかお力添えを……」

エズラは書き物を続けたが、ふいに手をとめて、大きなため息をついた。なぜそこまでするのだ、と言った。

「お前がフランス王に従う理由はなんだ？」

「……マルグリットの、妻の命です」

「妻だと？」

「はい」

　顔をあげると、エズラはジェラールをじっと見ている。

「お前が妻帯したことは、前に交わした手紙に書かれていたので知っているが、いったい、なにがあったのだ？」

　ジェラールは彼にすべてを打ち明けた。この森を訪れることになった経緯や、自分と妻の置かれている現状を包み隠さず話した。エズラは言った。

「なるほど、あの野心的なフランス王の考えそうなことだ」

「それでは……」

　エズラは頭を振って書き物に戻った。

「しかし、わしにはかかわりのないことだ。キリスト教徒がどうなろうと、知ったことではない」

　ジェラールは目を閉じた。聖地にいた頃の彼は、こんなことを言う人間ではなかった。慈悲の心があり、異教徒にも救いの手を差し伸べていた。なぜだろうと思った。長い隠遁生活が、彼を変えてしまったのだろうか。

「無駄ですよ」

　ピエールがエズラを指して言った。

「言ったはずです。これがユダヤ人の本性なのだ、と。こいつらは自分たちのことしか考えない身勝手な連中です。貧困に苦しむキリスト教徒に高利で金子を貸して暴利をむさぼるくせに、同じユダヤ人からは利子をとらない。主イエスを侮辱する、野蛮で傲慢な連中です。充分な見返りもなしに、僕たちに力を貸すはずがない。つまるところ、こいつらが欲しいのは金なんだ」

　エズラもじろりとピエールを見る。

「憐れな異教徒よ。お前はなにも知らないのだな。確かに金貸しを営んでいるユダヤ人はいるが、それはほんの一握りにすぎない。多くの者は田畑を耕し、日々の暮らしに心を砕いているのだ」

　ピエールは鼻で笑った。

「それはそうだろう。だが、そいつらも機会があれば田畑を捨てて金貸しに走るだろうさ。ユダと同じで、強欲の罪に囚われた奴らだからな」

「欲だと？　ではお前たちは違うというのか。お前たちこそ思い出してみるがいい。キリスト教徒が、お前たちが、聖都エルサレムやコンスタンティノープルでどれほどの蛮行を繰り広げたのか。会堂に避難していた女子供を焼き殺し、殺した異教徒の肉を喰らい、キリストの聖職者たちは欲に目がくらんで金や財宝をかき集めた。この男はな——」

　側に控えている禿頭の大男に目をやり、エズラは言った。

「この男はヴュルツブルクに妹と両親の四人で暮らしていたが、九年前、聖体のパンを侮辱した罪でキリスト教徒たちに家族を皆殺しにされた。濡れ衣だよ。なんてことはない。この男の財産を狙った強欲なキリスト教徒たちが仕組んだことだったのだ。そこの女もそうだ。家を焼かれ、子供も殺された」

「…………」

「お前たちキリスト教徒は、かつて激しい迫害を受けた。ローマの円形闘技場で生きたまま獣に喰われ、人々から石を投げられ、耐え難い侮蔑を受けた。それでも当時の信者の多くは、ナザレのイエスの教えを頑なに守って死んでいった。だが今の信者たちの堕落振りはなんだ？　イエスは弟子の足もとにひざまずいてその足を洗ったが、彼の後継者たちは自分の足を洗わせている。貧民から十分の一税を容赦なく取り立て、瘰癧患者を街から追い出し、娼婦に石を投げている。お前たちは救いを求めて神に祈っておきながら、人を欺き、奪い、殺すことばかり考えている。お前たちキリスト教徒は救いようのない獣ではないか！」

「呪われたユダヤめ、もう一度言ってみろ」

ピエールの顔はこの侮辱で真っ赤になり、声は凄まじい殺気を孕んでいた。

ピエールがエズラに向かって一歩近づくと、禿男が彼の前に出てその行く手を阻んだ。男の右手はすでに手斧の柄にかかっている。

馬鹿な真似はするな、とジェラールはピエールの肩をうしろからつかんだ。

ピエールはその手を振りほどき、エズラに言った。

「いいか、よく聞け。自分たちだけが神に愛されていると思うなよ。神はお前たちユダヤ人の傲慢さを決して赦さない」

エズラは頭を振り、書き物に戻った。

「やはり、キリスト教徒は思慮浅く野蛮だ。我々とは永遠に相容れぬ。武器は返そう。森にいる娘も呼び寄せるといい。今夜はこの修道院で休め。だが明日はここを立ち去ってもらうぞ」

「どういうつもりだ」

地下室から出ると、ジェラールは振り向いて、ピエールをにらんだ。目の前の男を殴りたくなる衝動に駆られたが、かろうじて抑えて言った。

「なぜエズラにあんなことを言った？　あれでは協力は望めないぞ。自分がなにをしたのか、わかっているのか」

ピエールは目をそらしている。その態度にさらなる怒りを呼び起こされて、ジェラールは彼の胸をつかむと、その身体を力任せに壁に押しつけた。相手に向かって言葉を重ねた。

「お前がユダヤ人を嫌うのは勝手だ。しかし、私の邪魔をすることだけは許さない。

この次もあんな馬鹿なことを言ったら、お前をパリに送り返してやる。いいな」

「あなたに、そんな権限があるとでも？」

「なに……？」

「わかっているはずです。そんなことをすれば、マルク様はあなたの行為を裏切りと見なすでしょう。あなたの妻はモンフォーコンに吊されることになる」

憎たらしい青二才だ。だがその一方で、この若者をそこまで駆り立てるものの正体が気になった。ピエールの目からは、自分は正しいことをしているという強い信念が感じられたが、その一方で、どこか不安や怯えのような感情も垣間見えたからだ。

ジェラールは言った。

「なぜそれほどまでにユダヤ人を憎む？」

「憎んでなどいませんよ。神の教えに耳を貸そうとしない、あの愚かな老人を軽蔑し、憐れんでいるだけです。もっとも、キリストを否定する不信仰者ども……一部のイスラーム教徒やユダヤ人らは、もはや救いようがなく、彼らがさらに罪を重ねるというのなら殺さねばなりませんがね」

「では、サラセンの血を引く私はなんだ？　私もお前の敵か」

「あなたはキリスト教徒だ。異教徒どもとは違う。ですが、あまり奴らを擁護しないほうがいい。そんなことをしていると、あなたの魂も堕落することになる」

「ほう、そうか。キリスト教徒の鑑だな。お前はそうまでして、天の王国に入りたいのか」

ピエールはつかのま目を伏せた。彼はお前になにがわかる、とつぶやくと、ジェラールの腕に手をかけて振りほどき、その場から去っていった。

III

地下の書斎にはいつもの平穏と静寂が戻っていた。

エズラは椅子の背もたれに体重をあずけると、目をつぶって右手を揉んだ。書き物で酷使した指の関節が、ここぞとばかりに疼きだしている。歳を取り、身体のあちこちに罅が入り始めていた。

――妻か。

と彼は目をあけた。天井に映った火影を見つめながら、十七年前の忌まわしい記憶を思い起こしている。

当時アングルテル（イングランド）やガスコーニュ（フランス南西部の一地方）では、長脛王の異名を持つアングルの王エドワード一世の命により、多くのユダヤ人が私財を差し押さえられたうえ、追放されるという憂き目にあっていた。

エドワード一世王は狼のように強欲な男だった。王は反ユダヤ法令を認可すると、冒瀆罪や貨幣削り落としなどの罪状で領内のユダヤ人を逮捕し、彼らの財産を没収したあとで絞首刑にかけたのだ。そのやり方は容赦がなく、一片の慈悲もなかった。

エズラも例外ではなかった。ボルドーで床屋医者をしていた彼も財産を奪われ、家族ともども街を放逐された。逆らうことは死を意味していた。

「あなた、お願いです。私たちも改宗しましょう。このままでは皆殺されてしまいます。私は、あの子をそんな目に遭わせたくないのです」

幼いひとり娘を案じるあまり、妻はそう懇願したが、エズラは許さなかった。お前は命惜しさに神を裏切るのか、なんという不信仰なことを言う女だ、と一喝した。

しかし、彼女は正しかった。ある晩、旅の途中に立ち寄った街で、娘が熱を出した。妻は薬と食べ物を探しに行ったきり戻らなかったが、翌朝、路地裏で死体となって見つかった。

彼女は首を絞められて殺されていた。しかも身ぐるみ剝がされ、凌辱までされていた。後日、犯人が捕まった。ユダヤ人を殺しても罪にはならない、むしろ、神はその行為を喜ばれるだろうと、ドミニコ会の修道士に吹き込まれた街の者の仕業だった。

ドミニコ会士は、自分は当然のことをしたまでだ、夜ふけに街を出歩く淫（みだ）らなユダヤ女を神が罰したのだ、と聴衆に訴え、人々は彼の言葉を信じた。

それを知ったエズラは、両手で顔を覆った。こんなことになるのなら、妻の改宗を許せばよかった、と嘆いた。妻を死に追いやったのは、自分のような気がしてならなかった。

だが神の試練は、これで終わりではなかった。母を失った悲しみが追い打ちをかけたのか、娘の容態が悪化した。

——すぐに休ませなければ。

エズラは街の旅籠の戸を叩いてまわった。しかし、ユダヤ人と知って泊めてくれるところはなかった。ある者はかかわり合いをさけ、またある者は彼を罵った。

何度目かの旅籠を訪れたときだった。エズラは胸をつかまれると、旅籠の外に放り出された。

「この薄汚いユダ公が」

旅籠の主人はエズラの顔に唾を吐きかけて言った。

「お前たちを泊めるとな、悪い噂が立って商売に差し障るんだ。とっとと失せな」

「お願いだ、一晩でいい。せめて娘だけでも休ませてくれ。頼む……どうか、このままでは娘は死んでしまう」

エズラはすがりつき、執拗に食いさがった。身体のあちこちを蹴られて、額からも血が流れたが、娘の命がかかっている。あきらめることなどできなかった。

街の人々が騒ぎに気づいて集まり出した。旅籠の主人は舌打ちして、エズラに手を差し出した。

「だったら金だ。まずは金をよこしな。それなら厩か納屋ぐらいなら使わせてやるよ。あんた、善良なキリスト教徒から金を取り立てて、たんまり儲けているんだろう？　それぐらい出せよ。なあ？」

しかし、彼が提示した額は法外なものだった。エズラに払える額ではないことを見越して言ったのはあきらかだった。抗議すると、主人はエズラをふたたび殴りつけ、倒れたところを何度も足蹴にした。周囲の人々は彼を助けようとはしなかった。子供たちは大人を真似て、エズラに石を投げる。

「お前たち、なにをしている」

別の男の声がして、エズラは血まみれの顔をあげた。頭巾をかぶり、貫頭衣を着たフランソワ会の托鉢修道士が立っていた。彼は旅籠の主人から話を聞くと、エズラを見おろして言った。

「その呪われた血を引いた娘を連れて、即刻この街から立ち去れ。ここはお前たちのような不敬な者たちが来るべき場所ではない」

エズラは娘を両腕に抱きかかえると、足を引きずりながら街の門に向かった。しょせん、こんなものだ、とつぶやいた。

ナザレのイエスが説く愛は矮小だ。証明せずとも、それは彼の正統な後継者と、彼の教えを信じる者たちの振るまいや言動が物語っている。彼らに慈悲の精神などない。それはつまり、イエスにもなかったということだ。彼らにとって異教徒は道を誤った人間ではなく、家畜以下の存在でしかないのだ。

街を追われたエズラは、風雨の中を行くあてもなくさまよい歩いた。身体を休める場所はなく、ほどなくして娘は息を引きとった。まだ四つだった。

エズラは娘の亡骸を胸に抱いて、オリーブの木陰に腰をおろした。娘の無垢な顔を見ていると、家族と過ごした日々が脳裏に浮かんでは消えていった。

なぜ私たちだけがこのような目に遭うのか。なぜ帰る故郷はなく、財産も職も奪われ、家族や同胞は理不尽な理由で殺されるのか。なぜ我々は、いつまでもこの残酷な仕打ちを受けなければならないのか。

「神よ、なぜです」

エズラは嘆き、天を見て言った。

「なぜ、あなたは私の手から最愛の妻と子を奪われたのか。これがあなたの望まれたことなのですか。いったい、なぜ……」

自分は神の教えを守り、改宗を迫る者どもをはねつけてきた。すべて神への畏敬と愛ゆえにだった。それなのに、神は救いの手を差し伸べるどころか、自分を裏切り、痛めつけ、苦しめる。妻と娘を助けてはくれなかった。助けられたはずなのに、見殺しにした。

自分が分別を失って、神に不敬な言葉を吐いていることはわかっていた。だが、預言者エレミヤやヨブのように抗議せずにはいられなかった。神の御心がどこにあるのかわからなかった。孤独だった。信仰が崩れかかっていた。ほんのわずかでいい。光を感じたかった。

「なぜ、なにもおっしゃってくださらないのですか」

エズラは呼びかけ続けたが、神はなにも答えてはくれなかった。

やがて雨はやみ、あたりに夜の闇が訪れた。エズラは蠅のたかる娘の亡骸を前に、背を丸めてうずくまっていた。地面に額を押しつけて、岩のようになっていた。

苦痛をともなった感情が涙とともに洗い流されると、胸の底に残っていたのはキリスト教徒への憎しみだけだった。

――神を恨むことなどできぬ。だがあの異教徒どもは違う。

エズラはうめき声を洩らして地面の泥を掻きむしった。身体の中で暴れている巨大な獣を抑え込もうとしたが、その獣は積年の屈辱と、妻子の血を糧に檻（おり）を食い破ろうとしていた。

――偽預言者を信じる、野蛮なキリスト異教徒どもめ。

呪われろ、とエズラはつぶやいた。

――ありとあらゆる災いがキリスト教徒にふりかかり、卑劣で堕落した者たちの子孫に神が永遠の苦しみを与えんことを。彼らが地獄に堕ち、その魂が悪魔たちに食われんことを。


家族のことを思い出すたびに、エズラは眠れぬ夜を過ごす。

キリスト教に改宗してさえいれば、妻と娘は死なずにすんだのではないか。そんな思いが彼を責め立て、妻と娘が殺される悪夢を毎夜のように見るのだ。信仰と引きかえに喪ったものは大きく、家族を救うことができなかった後悔と、少しでも神を恨み、その存在を疑ったことに対する罪の意識が彼を苦しめた。

それだけではない。妻子を喪ってからというもの、エズラの腹の底には、どす黒い悪魔が棲みついてしまった。それはたびたび出てきて、キリスト教徒への憎悪を煽り立てる。彼らを傷つけ、苦しめろ、殺してしまえ、と耳にささやく。

エズラは戦慄した。そのささやきに負けてしまいそうになる自分に気づいたのだ。すべてのキリスト教徒が邪悪ではない。善人もいると頭ではわかっている。だが理屈ではなかった。檻の獣がいつか解き放たれ、その復讐に燃える牙が、善良で無関係なキリスト教徒へ向けられるような気がして、エズラは俗世から距離を置いた。

そして信仰の迷いを振り払い、妻子を奪われた喪失感をまぎらわすように、タルムードの研究に没頭していった。善きユダヤ教徒でいれば、いずれ本当の救い主があらわれて、天上の国にて死んだ妻子と再会できると信じた。いや、信じたかったのだ。だがなぜだろうか。神の御心を知りたいと、善き者でいたいと願うほど、それから遠ざかっていくような気がした。

――レアよ、ミリアムよ。

エズラは死んだ妻と娘の姿を思い描き、心の中で語りかけた。

愛するわしの家族よ。お前たちの肉体は塵(ちり)となり、魂は神の御許に召された。だが、わしのもとに残されたのは深い悲しみと怒りだけだ。お前たちを失ってからというもの、わしは抜け殻も同然だ。なにをしても人生に喜びを感じられなくなってしまった。今や神に召されてお前たちと再会することだけを願っている。そして今、昔のわしのように愛する者を救おうとしている男がいる。その男は無知なキリスト教徒だが悪人ではない。なあ、教えてくれ。わしはどうしたらよいのだ。

死者はなにも語らない。語る術(すべ)を持たない。

だが、エズラには自分のなすべきことがわかっていた。ただ、胸に抑え込んできた怒りや悲しみを誰かに聞いて欲しかった。理解して欲しかった。あなたの気持ちはよくわかる、今まで辛かっただろう、と肩を抱いて、ともに犠牲になった者たちを悼んでもらいたかったのだ。

「そうだな……」

とエズラは潤んだ目で微笑んだ。

「棗椰子のように優美で慈悲深いお前たちのことだ。おそらく、わしと同じことを考えるだろう」

エズラは椅子から腰をあげると、王冠と獅子の刺繍をほどこした覆いで聖なるトーラー巻物をくるんだ。そして、シェマを朗唱しながら聖櫃へ収めていった。

Ⅳ

ジェラールは地下の書斎を出たあと、修道院の厩で馬の手入れをした。手桶に井戸の水を汲んで、馬の脚を洗う。それが終わると、鞍下の汗をふいていく。彼は馬に話しかけた。

——今日はおたがいに疲れたな。なに、こういうことだってあるさ。

ひとりで馬の世話をしていると、自分でも気持ちが沈んでいるのがわかった。

エズラの助力を得られないかもしれないという予感はあった。

彼の家族はキリスト教徒に殺されたと聞いている。エズラが自分たちを嫌悪する気持ちは理解できるし、その心の有り様は誰にも責められない。エズラは長く迫害されてきた、孤独で憐れむべき老人なのだ。しかし、それでもあれほど強く拒絶されるとは思わなかった。

——これからどうすればいいのか。

こうなっては、神殿騎士の追跡は絶望的だ。他に手がかりでもあればいいのだが、それも望めない。打つ手なしだった。

すると、馬が顔をよせて、彼の胸に鼻先を押し当ててきた。

「なんだ、さびしいのか？」

彼は馬の顎下を掻いた。

「私もだよ。私もマルゴの顔を見たい」

父の影響もあり、子供の頃から馬が好きだった。臆病で荒々しいこの動物は、人間のように仲間を裏切らないし、殺し合いもしない。彼らは心を許せる家族だった。

そのとき、馬が頭をあげて修道院と炭焼き小屋のほうを見た。角灯の灯りが近づいてくる。

ジェラールは歩み寄ってくる人影に声をかけた。

「ラビ、このような夜ふけに、どうされましたか」

灯りを持っていたのは、賢者エズラだった。彼は痩せた腕を伸ばして、馬の額に触れると、驚かせてすまんな、と言った。

「なに、夜風に当たるついでに、少し話をしようと思ってな」

「それは構いませんが、先ほどは私の連れが非礼を働き、お詫びの言葉もありません」

頭を垂れると、エズラは言った。

「気にしてなどおらんさ。あの年頃の若者は、常に正しさを求めているものだ。ゆえに間違える。ゆえに見えなくなる。そういうことが、いつの時代にも繰り返されてきた。そして、これからも……しかし、わしこそあのような態度をとったというのに、お前は怒らぬのだな」

ジェラールは目をそらした。

「なにも感じないと言えば嘘になります。ですが、あなたには、様々なことを教えていただきました。文字の読み書きや、傷の手当ての仕方、感謝すれど恨むなど……」

「そうだな。あの頃はなにもかもが幸せだった。わしの妻がいて、お前の両親がいて、ロランとも酒を酌み交わしたものだ。お前はまだほんの子供だった」

懐かしくも温かい記憶が、ふたりのあいだに沈黙を運んできた。エズラの言うように、あの頃はなんの不安もなかった。輝かしい未来だけが目の前に広がっていて、この世は素晴らしいと思うことができた。だが今はどうだろう。森の中で黄昏を迎えたときのように、先の見えない人生への不安と恐れがあった。

　ふいに静けさを破って、エズラが言った。

「そういえば、先ほどお前は自分には妻がいるといったな。よい妻か？　名はなんといったかな」

　ジェラールは首を傾げた。エズラは俗世とのかかわり合いを拒み、隠遁生活に余生をつぎ込んでいる男なのだ。なぜそんなことを訊くのだろうか。

　風に揺さぶられて森が乾いた音を立てる。そのざわめきに誘われたように、ジェラールは夜空に目をやった。銀貨のように輝く月には、荊をかぶったカインを思わせる模様が浮かんでいる。

　その美しい姿を見ていると、不思議と話すことにためらいを感じなくなり、ジェラールはマルグリットとの馴れ初めや、彼女と過ごしたパリでの生活を心に任せるままに話していった。

　エズラは黙って聞いていたが、ふいに相好を崩した。

「良き妻には王冠の価値がある。お前は果報者だな」

「ですが、最近思うことがあります。私は彼女と一緒になるべきではなかった、と」

「不思議なことを言う。今の話を聞いたかぎりでは、不仲というわけではないようだ。なにか不満でもあるのか」

ジェラールは頭を振る。

「そういうことではありません。お忘れですか、私にはサラセン人の血が流れているのですよ」

そのひと言で、自分がなにを言いたいのか、エズラにはわかったはずだ。

「母はキリスト教徒でした。ですが、異教徒の父と結婚して私を産んだことで、人々から白い眼を向けられたのです。母の親族や友人たちの中にさえ、母のことを不信心者に股を広げた穢らわしい女、キリスト教徒の裏切り者だと言って非難した者がいました。アッカやシープルにいた聖職者や修道士たちでさえも、私と同じ境遇の子供たちを指さして言ったものです。これは呪われた異教徒の子供、不浄な血、アッカに破滅をもたらす存在だと。神は決してこのような者たちをお認めにならない、と」

馬の頭を愛撫しながら、ジェラールは続けた。

「母と父はたがいを深く愛していました。ですが、敬虔なキリスト教徒でもあった母は、人々に後ろ指をさされるたびに傷ついたのです」

夜中に泣きはらして目を赤くした母の姿が思い出されて、話しているあいだにも、虚しさとやり場のない怒りが胸を満たしていくのを感じた。

「私を含めた、あの時代に聖地で生まれた子らは、神と教会から見捨てられた卑小な人間なのです。そんな男を夫にした女がどんな人生を送るのか、あなたにならわかるはずです。母や私が受けた苦しみを、彼女や子供には味わってほしくはない」

「いいや、それは違うぞ」

エズラは一歩踏み出して、言った。

「神はお前を見捨ててなどおらん。お前が神に背を向けているだけだ」

ジェラールはうつむいて、頭を振った。

「それでは、なぜエルサレム王国は滅んだのですか。アッカが戦火に包まれたとき、街の人々は誰もが神に救いを求めた。それなのに、彼らは殺された。女子供も容赦なく……洗礼を受ける前の赤子でさえも……神は私たちを見捨てた。私たちのような異教徒の子供をお認めにはならず、捨て置かれたのです」

「そう思いたくなる気持ちは理解できる。しかし、そうではない。なにごとにも時があるのだ。天の下のできごとには、すべて定められた時がある。生まれる時、死ぬ時、植える時、植えたものを抜く時、殺す時……神の御心を理解しようと思うなど傲慢だと思わんか。我ら人間が、星や海、太陽や大地を、そのすべてを築く術を知っているか。矮小な人間が、宇宙を創造した偉大な存在に異を唱えられるとでも？　その真意を読みとれるとでも思っているのか」

ジェラールはさっと顔をあげた。

「それでは、アッカが戦火に包まれたのは、神の深遠な考えや計画があったからだと？　あなたの家族がキリスト教徒に殺されたのも、神の御意志だと言われるのですか。それを黙って受けいれろ、と？」

「そうだ、我々にはそれしかできない」

「そんな馬鹿な……！」

ジェラールはエズラに詰め寄った。言葉をぶつけた。

「それでは、アッカの人々は、そこで暮らしていた子供たちは、あの乳飲み子たちは殺されるために生まれてきたとでも言うのですか？　神がそれを望んでいたとでも？あの残酷な仕打ちを神御自身が？　それが真実なら、そのような神など私は、私は――」

「それ以上は言ってはならん！」

ジェラールははっとした。彼はエズラの顔を見て口をつぐんだ。

この老人も苦しんでいるのだ。だが、神を否定することだけはできない。それだけは許されない。神に選ばれた民であること。それが、彼の誇りなのだ。

「頼む、お前と友でいさせてくれ。お前の苦しみはわかるつもりだ。わしも妻子を奪われた。他者の愚かな行為を憎み、神がなさったことを恨んだときもある。だからといって卑屈になり、神に背を向けてはならん。なぜなら、我々には選ぶことが許されているのだから」

ジェラールが黙って見返すと、エズラはうなずいた。

「そう、我々には自由意志がある。ユダヤの賢者マイモン（マイモニデス）はかつてこう言った。人それぞれに選択がある。もし彼が善の道に向かい、正義であろうとするならば、そうする選択がある。もし彼が悪の道に向かい、邪悪になろうとするならば、そうする選択がある。だからトーラーには、人は我々のひとりのように善悪を知る者となったと書かれているのだ、と」

エズラは夜空を仰いだ。天上のどこかで、今も自分たちを見ているだろう神の姿を探すように。

「神は我々の行く末をあますことなくご存知だ。しかし、これから先、お前が、我々が、どのような選択をするのか、それは神がお決めになることではない。お前はその両腕を神から与えられた。それを使えば土を耕したり、羊を飼ったりすることができる。だが人を殺すこともできるだろう。神はかぎりなく善良で公正であり、慈悲深い御方でもある。お前が神から与えられた力を正しいことに使えば、神はいつかお前の祈りに応えてくださるだろう」

「しかし……」

とジェラールは言った。

「しかし、私はあなたとは違う。自分の血に誇りなど持てないし、家族を奪った敵や神に憎しみを覚えてしまう。それに、自分がなにをしたいのか。自分になにができるのか。どこへ向かうべきなのか。なにひとつわからないのです。ましてや神の御心に添うなど……」

「わしとて同じだよ。この歳まで神によって生かされたが、この世はいまだ理解できぬことだらけだ。欲から逃れることもできず、悩み苦しんでいる。たかが二十年と少し生きただけのお前に、なにがわかるというのだ？　血と肉を持った人間である以上、これらから逃れることはできん。それを理解したうえで、これからどうするのか考えるのだ」

ジェラールは朽ちた聖堂を見あげた。昔はそこに置かれていたであろう十字架はすでになく、人々を正しき道に導くはずだった神の家は、今では無惨な廃墟と化している。

かつて、人々は贖罪のために聖地へと旅立った。遠征に加わったすべての者がそうだったわけではない。富や名声を得るという野心を抱いていた者も中にはいた。多くの者たちは、希望を胸に危険な海を渡ったのだ。しかし、自分は違う。神に見捨てられたと感じて、この地に逃れてきた。希望など、はなからなかった。

故郷を喪失し、両親を殺されて以来、ある疑問がずっと胸に燻っている。なぜ人は憎しみあうのか。どうして他者を許し、認め、ともに手を携えて生きていくことができないのか。人を蔑み、侮辱し、争いを呼び込むのか。

フランク人とサラセン人は長年、殺し合ってきた。積もった憎しみは火のように激しく、家族や友人を殺された悲しみは海よりも深い。そんなことが、これからも続いていくのだろうか。神はこの争いを見て、どう思われているのだろう。

だがその憎しみの中で、異教徒同士である父と母は愛し合い、自分は生まれた。

「ジェラールよ、忘れるな。僧衣が修道士を作るのではない。信仰や愛といった言葉をどれだけ口にしようとも、それに行動がともなっていなければ、なんの意味もないのだ。人の真の価値は、その人間の行為によって決まる。王や教皇、皇帝であっても、神の教えに反するおこないをすれば地獄に堕ちる。その一方で、卑しい身分の貧者であっても、人を助ければ天の門は開かれる。お前の中にサラセン人の血が流れていたとしても、それがお前の価値を決めるのではないのだ」

「…………」

ジェラールは目を閉じた。エズラの言葉が身体に染みこみ、魂に触れたのを感じた。

「ところで、逃亡した神殿騎士を追っていると言ったが、わしになにをさせるつもりだったのだ？」

エズラを見ると、彼は肩をすくめて言った。

「勘違いするな。まだ手を貸すとは言っておらん。ただ、少しばかり興味が湧いたのでな。わけを話してみろ。これ、なにを笑っておる」

「いいえ、申しわけありません。実は神殿騎士を追う手がかりになりそうなものを見つけたのですが、それがどのような意味を持っているのか、わからないのです。これです」

ジェラールはアンドレの巾着に入っていた二枚のフロリン金貨と、羊皮紙の切れ端をエズラに渡した。エズラは手もとに灯りを近づけて、そのふたつをまじまじと見ている。彼は顔をあげて言った。

「これは、しばらくわしがあずかる。書斎で少し調べてみたい」

「わかりました。頼みます」

エズラがひとりごとをぶつぶつ言いながら去ると、ジェラールは苦笑した。馬の世話を切りあげて、修道院の二階にある寝室に向かった。ここにきて旅の疲れが出たらしい。身体はだるく、脚も重く感じられた。思えばこの旅を始めてからというもの、気を張りつめてばかりだった。しかし、友人のエズラに心の苦しみを打ち明けたことで、少し気持ちが楽になったようでもある。

自分にあてがわれた部屋の前まで来たとき、ジェラールは隣の部屋を見た。

まだ決まったことではないが、エズラはフロリン金貨の調査に乗り気のように思える。そのことも含めて、一度ピエールと今後の行動について話し合ったほうがいいだろうと思い、そちらに足を向けた。

ジェラールは部屋の戸を叩いて、呼びかけた。だが返事はない。ピエール、入るぞ、と言って戸をあける。やはり誰もいなかった。

大きな修道院ではない。となれば、彼が行きそうな場所はかぎられている。

ジェラールは部屋を出た。


ベアトリスは素焼きの手燭を持って部屋から出てきた。彼女は髪をほどいて、麻の白い長袖つきの肌着（シュミーズ）に着替えていた。少し首を傾げると、ジェラール様、こんな夜ふけにどうかされたのですか、と言った。

ジェラールは訊いた。

「休んでいるところをすまない。ピエールを捜しているんだが、彼は来ていないか」

「ピエール様ですか」

ベアトリスの顔には困惑したような表情が浮かんでいる。

「先ほど少しお話をしましたけど、すぐに出て行かれましたよ」

それからうつむき、小さな声で言った。彼女の頬や耳が赤くなった。

「あの方が、こんな時間に、私のところに来ると思ったのですか」

「いや、いないのならいいんだ。悪かった。ゆっくりと休んでくれ」

ジェラールは彼女に詫びると、早々に引きあげた。

あの男は、と思った。

——いったいどこへ行ったのだ。

そして、外の厩まで足を運んだとき、彼は強い疑念に囚われた。馬具一式と、繋いであった馬が一頭消えていた。ピエールの葦毛だった。

V

ジェラールが修道院の地下室を訪れたのは、翌日の夕方だった。エズラに話したいことがあるという。

鉄戸をあけると、部屋の中には赤毛の若い男以外の全員が集まっていた。昨夜から姿を見なかったピエールも彼らの中にいる。

遅いではないか、とエズラは言ったが、ジェラールがうなずいて戸を閉めると、彼は木製の卓子に分厚い書物を置き、書物にかぶっている埃(ほこり)を払って続けた。

「昨夜お前からあずかったあの奇妙な金貨と、羊皮紙の切れ端だが、調べたところ興味深いことがわかったのでな、話しておこうと思ったのだ」

エズラは羊皮紙の切れ端を手にして言った。

「先に結論から言うと、これはもとは手紙の一部で、そこに何者かがなんらかの目的があって暗号を記したものではないかと考えている」

「暗号だって？　よくもそんなでたらめが言えるな」

ピエールが口を挟んだ。

「僕だって同じことを考えたさ。だから火に炙ったし、他の方法を試してもみた。だけど、なにも出てこなかったんだ」

「年寄りの話は最後まで聞くものだ」

エズラは手もとの書物を開いた。そこには様々な薬草を描いた色鮮やかな細密画が並んでいた。『ディオスコリデスの薬物誌』の写本である。その隣には『ニコラの解毒剤一覧』が置いてあった。

彼はその側に、羊皮紙の切れ端と、灰の入った白い小さな陶器を置いた。

「よく見ていろ」

エズラは陶器から灰をひとすくいすると、羊皮紙の上にふりかけた。灰を念入りに擦りつけていく。彼が余分な灰を払い落としたとき、そこには緻密な文章が浮かびあがっていた。

エズラは顔をあげて言った。子供のように目が輝いている。

「見ての通りだ。おそらくこの文章を書いた者は、煤のインクを使うかわりに、特殊な植物から染み出す白い液体を用いたのだろう。この液体は乾燥すると透明になるため、書いても文字はすぐに消えてしまう。だが灰をふりかけると、植物と灰の成分が反応して、消えていた文字が浮かびあがる。こんな手の込んだ方法を使った理由はひとつしかない。人の目から記されている内容を隠すためだ」

「しかし、ここに書かれているのは、文章というよりは文字の羅列にすぎません。ラテン文字が不規則に並んでいるだけで、内容は意味不明です」

ジェラールがそのことを指摘すると、エズラはにやりと笑った。

「そうだろう。読めなくて当然だ。だから、これは暗号文なのだ」

顔を見合わせるジェラールたちに向かって、エズラは言った。

「お前たちは、換字式暗号というのを知っているか」

換字式暗号とは、ローマ帝国が東西に分裂する前から使われてきた強力な暗号だという。たとえば秘密文書の平文を、AはHに、BはRといったように別の文字や記号に置き換えることで、意味不明な文章に変えてしまい、対応する文字を知らないと読めなくしてしまう方法だ。

この暗号を好んで使ったのは、サラセンの学者や西欧の修道士たちだ。特に聖地のサラセン人は学識高く、代数学、天頂を始めとする天文学に秀でており、暗号の作成や解読に関する書物も何冊か著している。エズラは聖地にいたときに彼らと交流があり、同じような暗号文書を解読した経験があるという。

「そこで、これが役に立つ」

彼は懐から二枚のフロリン金貨を出して、卓子の上に置いた。皆にも見えるように手燭を引き寄せる。

「お前たちも知っての通り、このフロリン金貨は本物ではない。材質は同じものを使っているが、精巧な贋作だ。その証拠に、金貨の裏側の縁に沿って、サラセン文字の羅列が打刻してあるのがわかるだろう。本物にこのような細工はない。おそらく、この金貨の鋳造には、相応の地位と知識を備えた者がかかわっているに違いない」

「例えば、神殿騎士団のような……？」

ピエールが言った。彼はエズラの顔をじっと見ている。

かもしれん、とエズラは答えた。

「それで問題のサラセン文字の羅列だが、これだけでは意味不明だ。だから――」

エズラは白い紙を使い、フロリン金貨に刻まれているサラセン文字を、間隔をあけて一文字ずつ書き写していった。

「まずこのようにする。そして、分けたサラセン文字をラテン文字のアルファベー順に置き換えていく。サラセン文字のアリフはラテン文字のAに、バーはBに相当するので……」

エズラが鵞ペンを置くと、紙には九つのラテン文字が記されていた。

「一見これも、不規則で無意味な文字の羅列だが、じつはそうではない。おそらく、これは、羊皮紙の切れ端に記してある暗号を読み解くための鍵——その一部ではないかと思う」

「つまり、アンドレの巾着に入っていた羊皮紙の切れ端は暗号を用いたなんらかの密書で、フロリン金貨はそれを読み解くために必要な道具だと？」

ジェラールが羊皮紙を手に取って言うと、エズラはうなずいた。

「しかし、暗号文書の解読には、おそらくこの金貨だけでは足らないだろう」

「なぜ？」

壁に背をもたれているピエールが訊くと、エズラは彼をちらりと見て言った。

「フロリン金貨一枚に打刻してあるサラセン文字は、アルファベーに置き換えると、九文字にしかならん。二十四文字にはほど遠い。等分に考えれば、我々が持っているこの二枚の他に、最低でもあと一枚あると考えるべきだろう。事実、一枚目の金貨には『Ⅲ』が、二枚目には『Ⅰ』いう数字が刻まれている。『Ⅱ』と刻まれた金貨がどこかにあるはずだ」

「……あの、少しいいですか」

するると、それまで黙っていたベアトリスが口を開いた。彼女は机の上に置かれているフロリン金貨をじっと見ている。皆の視線が集まると、ベアトリスは顔をあげておずおずと続けた。

「私、たぶん、これとよく似た物を見たことがあります」

ジェラールは彼女に訊いた。

「それはいつのことだ？」

「オルレアンで、托鉢修道士様が殺された事件を憶えていますか」

彼女の顔が曇った。

「前にもお話ししましたが、あのとき、私は旅籠の二階からその人が殺されるところを見ました。そのとき、あの人が托鉢修道士様の懐から金貨のようなものを盗み取るところを見たんです。ただ、暗かったので、これと同じ物かどうかまではわかりませんけど……」

その可能性は充分にあると思った。それなら、アンドレが托鉢修道士ベルナールを襲った理由に説明がつく。

あの神殿騎士は、オルレアンでベルナールを、ボルドーではロベールを殺した。すべては、この二枚の金貨を手に入れるために。

ピエールは羊皮紙の切れ端とフロリン金貨に目を落としている。

ジェラールが声をかけると、彼は目をあげた。

「今の話を聞いて、思い出したことがあります。これは出立前にマルク様から聞いたことですが、アンドレが逮捕に抵抗してタンプルを脱出したのは、騎士団のある幹部から密命を受けたからではないか、ということでした。密命の仔細は不明ですが、もしかしたらこの暗号文と金貨は、そのこととなにか繋がりがあるのかもしれません」

ジェラールの眉根が寄った。

「なぜ、そんな大事なことを黙っていた」

「噂の域を出ない話でしたので、伝える必要はないと考えたのです」

「いいか。必要かどうかを判断するのは私だ。これ以上の隠しごとはするな」

ピエールは肩をすくめて見せた。

「しかし、これだけでは、どうにもならないな」

ジェラールは言った。結局アンドレの行方はわからずじまいだ。謎が深まっただけという気がした。

「そう落ち込むこともあるまい」

エズラは書物を閉じた。

「お前たちの追う神殿騎士が、その金貨を手に入れようと暗躍しているのなら、お前が金貨と暗号文の羊皮紙を持っているかぎり、いずれ奴はお前の前にあらわれる。暗号を解読するには、その羊皮紙と、三枚の金貨が必要不可欠だからな。今は焦らず、待つことだ。これは、もうしばらくわしがあずかろう。今一度詳しく調べてみたい。他にもなにかわかるかもしれんからな」

エズラが金貨と羊皮紙の切れ端を懐におさめたとき、鉄戸が開いて、赤毛の男が地下室に入ってきた。

彼はエズラの耳もとになにかささやいた。エズラの顔に険しい表情があらわれる。彼が赤毛の男の顔を見て小さくうなずくと、ジェラールは言った。

「どうかしたのですか？」

赤毛の男は彼を見すえる。その目がすぼんだ。

「お前たちには、ほかにも仲間がいるのか」

「いいや、なぜそんなことを訊く？」

「理由はこれだ」

そう言って、赤毛の男は短剣を卓子の上に放った。

ベアトリスが短い悲鳴をあげた。短剣の刃には血がついている。

ジェラールはその短剣を手にとった。鐔のない槍の穂先のような形をしている。彼は赤毛の男に訊いた。

「これをどこで見つけた？」

「この森の中だ。正確にはここから一リュー(約四キロ)も離れていないところにある岩場だが、そこに盗賊か、あるいは傭兵と思われる男の死体が転がっていて、その背に刺さっていた」

「盗賊? この森を根城にしているならず者か?」

「いや、この森にはそういう連中はほとんどいないし、出入りしている奴の顔も知っているが、殺されていた男の顔には見覚えはない。あんたたちと同じ、外から来たよそ者だろう」

「殺した奴は?」

「わからない。だが死体の近くには別の足跡があったし、あんたたちの他にも、この森に入り込んでいる者がいるようだ」

赤毛の男は言った。

「あんた、この短剣に見憶えがあるみたいだな」

ある、とジェラールは答えた。

問題の短剣は、神殿騎士アンドレが使っているものとよく似ている。そのことを話すと、エズラが近づいてきて自分にも短剣を見せるように言った。

「ジェラールよ。本当にこれを神殿騎士が使ったのか。それは間違いないのだな?」

「ボルドーでは、その短剣で殺されかけましたよ」

「これは、献身者の短剣かもしれん」

ジェラールたちは顔を見合わせる。

「正道から逸脱した者たち。名を口に出すのもはばかられる、悪魔に籠絡されたムスリムの異端者たちを指す言葉だ。お前たちも、暗殺者教団という言葉を一度は耳にしたことがあるだろう？」

ピエールが言った。

「ええ。しかし、僕は彼らの存在を信じていませんね。あんなもの、聖地帰りの騎士が誇張して流す風説の類でしょう」

「いいや、あれは事実なのだ」

エズラは長老鬚に手をやり、壁の書架を見あげた。

「今から百年以上も前――聖都エルサレムをめぐってサラセン軍とフランク軍が争い、血を流していたときのことだ。海を越えた遥か東の地、アンティオキアとダマスカスの境界に、人殺しを生業とするムスリムの集団が住んでいた。『山の長老』と呼ばれる頭領に率いられたこの教団は、イスラームの異端を信奉し、自分たちのことを『新しい教義』と呼んだ。彼らは権勢を誇るために、キリスト、イスラーム両陣営と手を組み、ときには、金で雇われて刺客を放ち、敵対するサラセンの権力者や聖地諸侯の命を奪った」

刺客となり暗殺活動をおこなうのは、『献身者』と呼ばれる信徒らしい。この献身者は、殺人者として徹底的に訓練される。彼らはまさに神出鬼没だ。様々な言語や文化、宗教の教義を学んで現地の人間になりすまし、暗殺対象者へ密かに近づいて、白昼堂々と確実に命を奪う。伝え聞いたところによれば、彼らは剣ではなく、標的に接近できる暗殺用の特殊な短剣を好んだという。モンフェラート伯コンラードの暗殺にかかわり、聖地を訪れたアングルの王エドワード一世を寝所で襲って深手を負わせた賊も、この教団が送り込んだ刺客ではないかと言われている。高邁なスルタンとして名高いサラーフ・アッディーンや、フランスの聖ルイ王も命を狙われたことがあったという。

そこまで言って、エズラは血のついた短剣に目を落とした。

「これが、その教団が使っていた短剣かもしれん。わしがまだ若かった頃、これと同じものをひとりの老いたムスリムに見せてもらったことがある」

ジェラールも短剣を見たが、すぐに目を戻した。

「しかし、その話が本当なら、なぜアンドレがこれを?」

「わからぬ。彼らは五十年以上も前に、略奪と殺戮しか知らぬ東方の血に飢えた蛮族、タタール（蒙古人）の軍勢に攻め滅ぼされたと聞いている。だが教団の規模は大きい。虐殺から生きのびた者がいたのかもしれん。あるいは彼らの業を受け継いだ者がな。それに暗殺者教団は、神殿騎士団や聖ジャン騎士団と手を結んだこともあり、密接な繋がりがあったと言われている」

エズラは顎髭を撫でまわしながら、部屋の中を歩きまわった。

「とはいえ、かの者たちのことは、わしの師が遺した書物にわずかに記述されているだけでな、これが本当に教団の使っていた短剣なのか確かめるすべはない。聖地について、我々が知っていることなど、沙漠の中にある砂粒にすぎん」

書斎に沈黙が広がっていく。

「どちらにせよ……」

その静寂を破って、エズラが言った。

「森に入り込んでいる者には、充分に注意しておいたほうがいいだろう」

VI

外を強い風が吹いている。修道士たちの宿舎に寝藁と蠟燭を持ち込んで横になっていると、鎧戸を閉めた窓の外から、葉のざわめきや梢のしなる音がした。

ジェラールは腕まくらをして、蜘蛛（くも）の巣が張った天井を見つめていた。風の音を聞きながら考えごとに耽っていた。

赤毛の男が話したことで、あれこれと思案していたのではなかった。彼の報告には驚いたが、怪しげな男があたりをうろついているといっても、深い森の奥にあるこの修道院を容易に見つけられるとは思えない。差し迫った危険はないと思っている。

それよりも、エズラから聞かされたことが気にかかっていた。フロリン金貨の暗号、暗殺者教団、アンドレの目的……事態はますます混迷の兆しを見せ、どれも自分の手にあまることのように思われた。

マルグリットのことも気がかりだった。パリを発ってから、だいぶ日が経っている。もしかしたら、彼女はあれからずっと鎖に繋がれたままなのではないか。水や食べ物も満足に与えられず、自分の帰りをひたすらに待っているのではないか。

そんな不吉な想像が頭に浮かび、彼は胸の魔除けを探り出して、握りしめた。

そうしていると、アッカで過ごした日々が思い出された。

あの頃は、誇りと希望に満ちあふれていた。

アッカの繁栄は永遠に続くのだと信じて疑わなかった。いずれは自分たちが、異教の友人と手を携えて、この街を守っていくのだと思っていた。

だが、アッカが陥落してエルサレム王国が滅んだとき、すべては一変した。

生き延びた人々の心には癒えることのない傷が残り、彼らはその傷の痛みから逃れるために、昨日まで肩を並べていた異教の隣人を憎むべき敵とみなした。

それまで神の名を使って勝利を説いていた司祭や修道士たちは、自分たちに矢が向くことを恐れて彼らを煽った。そうだ。我らはなにひとつ間違っていない。神の怒りを招いたのは、異教徒の肩を持つ裏切り者がいたからだ。奴らを見つけ出して、罰するのだ。その言葉は、迷い苦しむ人々の心を大麻(ハシーシュ)のように酔わせた。

キリスト教徒たちは武器をとった。そして彼らは異教徒はおろか、混血児にまで憎悪の目を向けた。サラセン人の血が身体に流れている――ただそれだけの理由で、シープルで多くの混血児が殺されたのだ。差別と迫害が始まっていた。

騎士ロランは、人々の殺し合う音を聞きながら病で息を引きとった。彼を埋葬した日、暗雲の下でそびえる教会の十字架を見たとき、ジェラールははっきりと感じた。

――神は自分たちを見捨てた。もはや、自分の居場所はどこにもないのだ、と。

彼はシープルを去った。

だが、この疎外感はフランスを放浪しているときも消えなかった。どこに行っても異教徒の子という言葉がついてまわった。よそ者である自分を受け入れてくれる街や集落はなく、ジェラールは生きるために多くの罪を犯した。そのたびに、彼の心は固く冷えていった。やがて冬が訪れた。彼は飢えと寒さで行き倒れた。雪を頬に感じながら、思ったものだった。

――神よ、これがあなたの御意志ですか。

そして、悲憤が胸に衝きあげてきて、涙が雪を溶かした。

自分はどうすればいいのか。どうすればこの苦しみから解放されるのか。もし今ここで神が、いや、悪魔でもいい。この場にあらわれて、自分に生きる価値や目的を与えてくれるのなら、どんなにいいだろう、と思った。だがその苦しみも、これでようやく終わる。終わってくれる。

ああ、鐘の音が聞こえるな、と彼は目を閉じてつぶやいた。

ふと誰かに呼びかけられた気がした。目をあけると、髭面の男が彼の顔を覗き込んでいた。そのうしろには、若い娘が胸に手を当てて立っている。娘の頭のうしろには、教会の十字架が月の光を浴びて輝いていた。

ジェラールは美しい、と思った。それが、鍛冶屋の親方と、のちに妻となるマルグリットだった。

エズラは、この世に起きることはすべてなんらかの意味があり、神は自分を見捨てたのではない、と言った。その考えを素直に受け入れることはできない。だがあのとき親方に拾われ、マルグリットに出会い、そして今自分がここにいるのは、ただの偶然ではないような気もしていた。

——だとしたら。

とジェラールは目を閉じた。だとしたら、自分をここに導いた存在はなにを望んでいるのだろうか。自分になにをさせようとしているのだろうか。

Ⅶ

陽が沈み、森にはふたたび夜のとばりがおりた。

その濃い闇の中を、灯りも持たずに移動している男たちがいた。彼らは薄汚れた長袖胴着や鎖帷子を着、弩や剣で武装している。ときおり足をとめて、獣のように息を潜めて周囲を窺った。

男たちは物音を立てずに森の中を進んでいたが、ふいに先頭を歩いていた斥候(せっこう)が軽く右手をあげると、彼らの動きがぴたりととまった。その中から無精髭をたくわえた熊のような大男が前に出てきた。彼は斥候の側に並んでうずくまり、あれか、と言った。

前方に修道院の廃墟があった。敷地を囲む外壁は崩れ落ち、建物の残骸も草に埋もれて、かつての姿は見る影もない。月明かりに照らされて、見捨てられた神の家が仄暗く浮かびあがっていた。

「旦那、本当に約束の金はもらえるんだろうな」

髭面の男は振り向いて言った。彼の視線は、少し離れた木陰に立っている外套の男に向いている。外套の男は頬をわずかに歪めて、腰に帯びた剣の柄頭を軽く叩いた。

髭面の男はしばらく相手を猜疑の目で見つめていたが、やがて鼻を鳴らして顔を戻した。

——まあ、いい。約束通りに金さえ払ってくれるのなら、文句はない。せいぜい仕事に励むとするか。

彼はうしろに集まっている仲間たちに声をかけた。

「手はずはわかっているな。首尾良くいけば、当分は女とうまい酒にありつける」

男は腰の剣を引き抜いた。

「よし、おっぱじめるぞ」

Ⅷ

同じ頃、ベアトリスは毛布をかぶり寝台の上で横になっていた。彼女は眠っていなかった。長旅で疲れているのに、なぜか目が冴えて気持ちが落ち着かなかったのだ。

窓から差し込む月明かりが、彼女の手のひらを照らしている。畑仕事や家畜の世話をしてきた手は、陽に焼けて鞣し革のように皮が厚くなっている。

指には切り傷や痣が無数にあった。そのひとつひとつを見ていると、故郷の村のことが思い出されて、彼女の気持ちは暗く沈んだ。

——なぜ私は、あの人たちといるのだろう。

巡礼に戻れ、とジェラールに言われたとき、不安でたまらなくなった。惨めな気持ちになった。たぶん、自分はひとりになることが怖いのだ。だけどそれは、巡礼が危険で困難に満ちているからではない。

今はまだ、あの人たちは自分をひとりの人間として扱ってくれている。でも、もし本当のことを話したら？　それでもあの人たちは、変わらないでくれるだろうか。自分の顔を見ても、目をそらさないでくれるだろうか。

「ああ、神様……」

とベアトリスはそっとため息をつき、薄い毛布にくるまって目をつぶった。

なぜあなた様は、私にこのような試練をお与えになったのですか。それとも助祭様がおっしゃったように、これも私の罪深さゆえなのでしょうか？

そのとき、部屋の戸が開き、床板の軋む音がして彼女は目をあけた。

誰かが部屋の中に入ってくる。

「誰？」

とベアトリスは起きあがって暗がりに声をかけた。寝室は真っ暗闇だ。もう一度呼びかけたが、闇は沈黙したままだった。気配はゆっくりと近づいてくる。

戸を打ち破るような大きな音がしたのは、その直後だった。

IX

——今の物音はなんだ。

とジェラールは身体を起こした。身動ぎせずに耳を澄ましたが、風の音がするだけで修道院は異様な静けさに包まれている。物の気配が少しも感じられなかった。

これと同じようなものに覚えがあった。アッカがサラセン軍の総攻撃を受ける直前……あの夜明け前に訪れた不気味な静けさと似てはいないか。

——嫌な予感がする。

彼が側の壁に立てかけた剣をつかみ、寝藁から出かけたときだった。いきなり部屋の戸が蹴り破られ、宿舎の中に剣を持った黒い人影が躍り込んできた。

ジェラールは誰何(すいか)したが、相手は答えなかった。それどころか、彼を見るや無言で襲いかかってきた。抜き合わせる暇もなく、頭上から打ち込んでくる剣を鞘ぐるみで受ける。

強い膂力(りょりょく)に押し潰されかけたが、相手の下腹を蹴って突き放した隙に剣を抜くと、ジェラールはとっさに剣身の中ほどを左手でつかんで、覆いかぶさるように飛び込んでくる敵の胸を槍のように突いた。

ぐったりとした敵を下からはねのけて起きあがる。ジェラールは肩で息をしながら剣を構えたが、ほかに敵の気配はない。なおも用心しながら鎧戸に手をかけて開け放つと、月明かりに照らされて、胸から血を流して倒れている敵の姿が浮かびあがった。

濃い顎髭を生やした悪相の男だ。頭巾つきの鎖帷子を着ている。兜や楯は持っていなかった。

あたりには血の臭いが立ち込めている。

ジェラールは一瞬強い目まいを感じて、壁に寄りかかった。自分の手を見ると、素手で剣身をつかんだので、手のひらの皮が破れて血が流れていた。

人の命を奪ったのは初めてではなかった。彼が恐れたのは、人を殺めたという事実ではなく、血を流すことにたいしてなんとも思わなかった頃の殺伐とした気持ちが、自分の中に戻ってくることだった。

しかし、この男は何者なのか、と賊の死体を見る。思い当たるのは、赤毛の男が話した森に入り込んでいる者のことだ。

「ご無事ですか」

声に呼ばれて振り向くと、ピエールが戸口に立っていた。彼も抜き身の剣をさげている。顔や胴着に返り血を浴びていた。

ピエールは床に倒れている賊を見て、ジェラールに目を戻した。

「これはあなたが？」

「その様子だと、そちらも襲われたようだな。いったい何者だ？」

「わかりません。おそらく山賊や盗賊の類でしょう。修道院に忍び込んできた賊は何人か斬りましたが、外にも大勢いて、この修道院は囲まれています。松明の数から察するに、おそらく十数人はいるかと」

まずいな、と思った。連中の目的は不明だが、いきなり斬りかかってきたことを考えると、話し合いの余地はなさそうだった。

しかし、斬り合うにしても数が多すぎるし、こちらには女や老人がいる。籠城するという手もあるが、この修道院の壁はあちこち崩れているため、それも難しい。外にいる連中が一斉に押しかけてきたら、持ちこたえられないだろう。

やはり、隙をついて脱出するしかない。

ジェラールは手の傷に包帯を巻きながら言った。

「私はこれから地下室に向かい、ラビを助け出してくる。君はベアトリスを連れて馬を用意してくれ。厩の前で落ち合おう。しばらく待って私が戻らなければ、ふたりだけでボルドーの旅籠へ逃げ込め。いいな」

「待ってください。あんなユダヤ人など放っておけばいいではないですか」

鞘をくりつけた剣帯を腰に巻き、ジェラールは答える。

「駄目だ。彼を見捨てるわけにはいかない」

「しかし、それでは――」

「いいな、今は私情を捨てて私に従え」

ジェラールは外套をはおると、なおも言葉を続けようとするピエールを残して部屋を出た。

ピエールは山賊や盗賊の類と言ったが、そうは思えなかった。賊が身につけていた武具は金がかかっているし、集団で夜討ちをかけてきたことを考えると統率も取れている。危険な連中だった。

宿舎の外に出ると、ジェラールは茂みに身を潜めて、聖堂の様子を窺った。闇の中を松明の炎がいくつも動きまわっている。奴らを早く捜せ、と男の怒鳴り声がした。どうやら、彼らはまだエズラたちを見つけていないようだった。

敵に気づかれないように迂回していく。

集会場に足を踏み入れると、ジェラールは左右に目を配り、腰の剣を抜いた。強い緊張に襲われていた。床板の下にある隠し階段はすでにあばかれ、その側に人がふたり、うつぶせに倒れていた。

あたりに敵の気配がないことを確かめてから近づくと、ジェラールの顔が曇った。

倒れていたのは赤毛の男だった。彼の隣には、中年の女が血を流して死んでいる。

背後から不意打ちを受け、抜き合わせる間もなく斬られたのだろう。膝を折って鼻孔を探ったが、赤毛の男もすでにこときれていた。

彼が使っていた弩と、その矢筒が側に落ちている。ジェラールは弩を拾いあげて、壊れていないか念入りに確かめた。古い物だが手入れは行き届いており、すぐにでも使えそうだ。

——役に立つかもしれないな。

そう思ったとき、隠し階段から剣を打ち合う音がした。

ジェラールは弩を肩にかけると、剣を持って隠し階段に走った。

階段をおりていくと、禿頭の大男が地下室の入り口の前で、賊と対峙していた。彼は深手を負っていた。短剣を構える腕が血でぐっしょりと濡れて、顔は汗にまみれている。

ジェラールは気取られないように賊の背後に忍び寄ると、その後頭部を剣の柄頭で殴って昏倒させた。

「大丈夫か、ラビは？」

外套を裂いた布切れで賊を縛りあげながら、ジェラールは訊いた。

禿頭の大男は鉄戸に寄りかかり、ずるずるとその場に座り込む。腕の傷を手で押さえて言った。

「すまねえ、助かった。ラビは無事だ。奥の書斎に隠れてもらっている」

「なぜさっさと逃げないんだ」

「そうしたいが、ラビは足が悪くてな。置いては行けねえんだ。ところでトマは……あの赤毛の男はどうした。助けを呼びにお前のところに向かわせたんだが」

「彼は死んだ。集会場で殺されていたよ」

禿頭の大男は青ざめた顔になった。あいつが死んだ……とつぶやいた。

「私の仲間が外で馬を用意している。ラビとともにここを離れるんだ」

ジェラールは壁の松明を取りあげて、縛りあげた賊を見た。

賊は錆びた鎖帷子を着て、腰に短剣を帯びている。家柄をあらわす紋章はどこにもない。騎士や貴族ではなく、追い剝ぎを働くならず者か、傭兵なのかもしれない。後者ならば、この男を使嗾(しそう)した者の正体をあばく必要がある。

頰を叩いて起こすと、賊は暴れたが、ジェラールが喉もとに小刀を突きつけると、すぐにおとなしくなった。

「ま、待ってくれ。旦那に恨みはねえんだ。俺たちは金で雇われただけだ」

賊が喋っているのはオック語だが、声にはカタルーニャ語の訛りがある。

「質問に答えろ。お前たちを雇ったのは何者だ？　なぜここを襲わせた？」

だが男は頬をひきつらせて、薄笑いを浮かべているだけだった。

「雇い主の名は明かせない、ということか」

野蛮な傭兵にも律儀な者はいるようだな、と思っていると、禿頭の男がジェラールの手から松明を奪いとり、傭兵の顔に近づけた。

「この蛆虫野郎が、トマを殺しやがって。今ここで俺があいつの仇をとってやる」

髪がこげ始め、傭兵は悲鳴をあげる。

「わ、わかった。言うからやめてくれ。俺たちを雇ったのは、黒衣を着た陰気な野郎さ。たぶん、どこかの貴族か、騎士様だろうよ。そいつの話では、この森の修道院にいるユダヤ人を捕らえて引き渡せば、報酬の金をたんまりくれるということだった」

「その男の名は？　なぜそいつは、ラビがこの森にいることを知っていた？　ラビを捕らえさせる理由はなんだ？」

ジェラールは続けて訊いたが、傭兵は脂汗を流して頭を振った。

「知らねえよ。俺たちは、ただ頼まれたとおりに仕事をしただけなんだし」

「嘘をつくんじゃねえ。傭兵が雇い主の名前を知らないはずがねえだろうが。いい加減なことを言ってると、てめえ、ぶっ殺すぞ」

禿頭の大男が松明の火をさらに近づけると、傭兵は顔をそむけてわめいた。

「嘘じゃねえ、本当だ。前金もたんまり受けとったし、金払いも良さそうだから、誰も気にしなかったんだ。やめろ。顔が焼けちまう！」

「では、最後にひとつ聞かせろ。お前たちに仕事を頼んだその黒衣の男だが、顔に古い傷痕はなかったか？」

「わからねえ。頭巾を被っていたから顔はよく見てねえんだ。本当だ」

ジェラールは相手の顔をじっと見た。この傭兵が嘘をついているようには見えなかった。ひとつの疑問が消え、別の新たな疑問があらわれる。

——神殿騎士アンドレではないのだとしたら、傭兵を使って修道院を襲わせたのは何者なのだ。

だが考えるのはあとだった。今は安全な場所まで逃げなければならない。

ジェラールは禿頭の大男に言った。

「ラビを連れて、すぐにここを離れよう」

強い夜風が吹きつける中、エズラに肩を貸して修道院の外に出ると、ジェラールはあたりを見渡して、これはどういうことだ、とつぶやいた。修道院は完全に包囲されていると思っていたのに、敵の姿がどこにも見えなかった。

ピエールが松明を手に、二頭の馬を牽いて近づいてくる。ジェラールは訊いた。

「ベアトリスはどうした。それに賊はどこだ。囲まれているのではなかったのか」

「それが、彼女の姿がどこにもないのです。部屋にはこれが落ちていました」

ピエールが差し出したのは、ベアトリスが履いていた古ぼけた短靴だった。ジェラールは不吉な予感に囚われて言った。

「いない？　なぜだ？」

「わかりません。賊も僕がここに来たときはすでにいなくなっていて……修道院に金目の物がないことを知って、早々に引きあげたのかもしれません」

それはありえない、と思った。

連中の狙いはエズラだ。目的を達していないのに、引きあげるはずがない。

ベアトリスの安否は気になるし、賊の行動も不可解だが、今はこの危難を切り抜けることに専念するべきだった。

ジェラールは持っていた弩と矢筒を、ピエールの胸に押しつけた。

「これはお前が使え。弩を使った経験はあるか？」

「狩り場で何度か。できることなら、卑怯者の武器は使いたくありませんが……」

「文句を言うな。君はひとまず、エズラたちを連れてボルドーの旅籠に戻れ」

「わかりました。あなたはどうするのですか」

「私は修道院に戻って、ベアトリスがいないか捜してくる。さあ、行け」

ジェラールは、エズラたちにも急ぐようにうながす。

「あんたもだ。ラビを連れて行け、ここはまだ危険だ」

「すまねえ、恩に着るぜ」

禿頭の大男はうなずいて、馬に跨った。ピエールが彼の手に松明を渡すと、突然、禿頭の身体が大きくのけぞった。彼は松明をとり落とし、鞍からずり落ちるようにして落馬した。

禿男の背中に太矢が刺さっている。ジェラールは側にいたエズラを地面に突き倒すと、自分も身を伏せて言った。

「狙われているぞ、皆伏せろ！」

途端に四方の闇の中から弩の弦をはじく音がした。無数の太矢が飛来し、馬が斃れ、風を切る音が耳もとをかすめる。

エズラの肩をつかんで木陰に引きずっていくと、ジェラールは灌木の幹を背にして言った。

「ピエール、無事か」

「ええ。しかし、これでは身動きがとれません」

見ると、ピエールも近くの岩陰に身を潜めている。剣を抜いて斬り合うのは無謀だ。弩の前では、剣などなんの役にも立たない。夜の闇に乗じて逃げるしかないが、弩手の数が多すぎる。

ジェラールは言った。

「弩を使え。その位置から見えない敵は私が教える」

ピエールは、弩の先端に足を引っかけて弦を引き絞り、弓床の溝に太矢を差し込んでいく。ジェラールは森の中に潜んでいる敵の気配を探っていった。

——正面にひとり、楢の根もとにもいるな。

目配せして彼に位置を伝えると、ピエールは弩を構えて、岩場からわずかに身を乗り出す。

狙いを定めて弓床の引き金をひく。

その直後、胸に太矢の刺さった男が茂みから転がり出てきた。

ピエールは矢筒を探り、太矢をつがえる。ジェラールが次の敵を教えると、彼はふたたび敵を撃ち倒した。かなりの腕前だった。

敵はその正確な射撃に恐れをなしたようだった。潮が引くように敵の気配が遠ざかり、放たれる太矢の数も散漫になった。

「逃げるなら今しかない、とジェラールは声をあげた。

「お前は先に行け。あとで落ち合おう」

ピエールはうなずいた。彼は身をかがめて、飛び交う太矢の中を走り抜けていった。その姿が闇の中に消えると、ジェラールもエズラに肩を貸して、暗い森の中に入った。しかし、賊の追跡は執拗だった。特にすぐうしろに迫っている三人の男は振り切れそうもない。

ジェラールはエズラを倒木の側に横たえると、剣を抜いて草むらの中に身を潜めた。松明の灯りとともに、茂みをかきわける音が近づいてくる。汗ばんだ手が震えて、動悸が昂ぶったが、聖ミシェルの御名をつぶやくと、まもなくおさまった。

――迷うな。やらなければ、こちらが殺されるぞ。

敵が間合いに入ったその瞬間、ジェラールは草むらから飛び出して松明を持った男の腹を刺し、即座に振り返って、腰の剣に手をかけたふたり目の肩を叩き斬った。すぐに剣を構えなおしたが、最後のひとりはいち早く遁走していた。

ジェラールはしばらくあたりの気配を探っていたが、人の足音や下枝を折る音が遠ざかったのを確かめると、エズラの側に駆け寄った。

「すぐに敵が戻ってきます。場所を変えましょう」

ジェラールは肩を貸そうとしたが、エズラはその手を振り払った。

「わしはいい、ここに捨て置け」

「なにを言われるのですか」

エズラは苦しげな表情で自分の足首を押さえている。

「この脚を見ろ。わしは無理だ。足手まといにはなりたくない」

「私に仲間を見捨てて逃げろと？」

「行くのだ。お前にはやるべきことがあるのではないのか？」

そのとき、いたぞ、あそこだと男の怒声が響いた。無数の灯りがジェラールたちに向かって殺到している。先ほど逃げた賊が仲間を連れて戻ってきたのだろう。松明の数から察するに、五人はいる。ひとりで戦って勝てる数ではない。

ジェラールは剣を持って立ちあがりかけたが、うしろから腕をつかまれた。

エズラが頭を振る。彼の目に恐れや不安のいろはない。敵はすぐそこまで迫っている。考えている暇はなかった。

ジェラールは一目散に近くの藪に飛び込んで身を潜めた。だが、エズラを見捨てて逃げるつもりはなかった。連中が彼を少しでも傷つけようとしたら、命を賭けて阻むつもりでいた。

だが、恐れた事態にはならなかった。賊たちはエズラを見つけると、彼の両腕を縛り、連れてきた馬に乗せて引きあげ始めた。どこかに連行するつもりらしい。

最後尾についた賊は、特に警戒するわけでもなく、少し遅れて馬を歩かせている。

ジェラールは抜き身を手にさげたまま、その背後から忍び寄っていく。

隙を突いて賊を馬から引きずりおろすと、叫び声をあげられないように相手の口を手で塞ぎ、喉もとに剣の刃を突きつけた。

「騒ぐな」

青ざめた顔をした賊に、ジェラールは訊いた。

「死にたくなければ、あのユダヤ人がどこに連れて行かれるのか教えろ。今すぐに、だ」

X

エズラは頭をもたげると、あたりの様子を窺った。

薄暗い地下室には、香辛料をつめた大量の麻袋や葡萄酒の大樽がいくつもある。書字板にペンを走らせている小太りの書記官らしき男や、黒いかぶり物をした瘦軀(そうく)の拷問官の姿もあった。松明の炎がゆらめくたびに、彼らの引き伸ばされた影が壁に躍った。

囚われてからどれほどの時が流れたのだろうか、と思った。自分の感覚では、すでに三日は経ったように感じる。しかし、燭台の蠟燭がたいして目減りしていないところを見ると、おそらく半日と経ってはいまい。日の差さぬ地下室にいると、時間の感覚も薄れてくるらしい。

彼は頭と五感を働かせて、自分が置かれている現状を把握しようと努めていた。両腕を鎖で壁に繋がれているので身動きひとつできないが、意識がはっきりとしているのは、さいわいと言うべきだろう。

賊がエズラを連れて行ったのは、森を抜けた先にある高い鐘楼を持つ共住修道院だった。敷地は広大で、鍛冶場や厩などの設備を備えており、近郊には鍬を入れた広大な畑がなだらかに広がっていた。

エズラはそこの修道士たちに引き渡されると、地下貯蔵庫の鎖に繋がれた。そのときは、命を奪われる心配がないとわかって安堵したが、笞や焼き鏝が運び込まれるのを見て、自分の愚かさを呪った。遅かれ早かれ、彼らは自分を尋問するだろう。

——ここが自分の死に場所になるのか。

と思ったとき、地下室の鉄戸が開いて、ブノワ会の黒い僧衣を着た小柄な老人が部屋に入ってきた。

彼は蹌踉(そうろう)と近づいてくると、しわがれた声でエズラに言った。

「気分はどうだね、ユダヤ人……」

エズラの顔が強ばった。

「わしのことを知っているとは光栄だ。だが、先に名乗るのが礼儀ではないかね」

老修道士の口もとが歪んだ。

「その必要はない。そうでなければ、下賤な者たちを使って、お前のような不信心者をここに連れてくると思うかね？」

「なるほど、森の修道院を襲わせたのはお前か。つくづく、キリスト教徒というのは、血を流すのが好きと見える」

「ユダヤ人よ、その穢らわしい口を閉じよ。お前はわしが訊いたことだけに答えればよいのだ」

老修道士はさらに近づいてきた。喉や頬の肉は衰えてたるみ、顔の皮膚には醜い黒い染みが浮き出ていた。杖を突く痩せた手にも、おびただしい皺がある。

彼は自分の懐を探ると、二枚のフロリン金貨と、暗号文が書かれた羊皮紙の切れ端を取り出した。

「わしが訊きたいのはこれのことだ」

相手の思惑がわからない以上、迂闊なことは話せなかった。エズラが黙り込んでいると、老修道士はうしろにいる拷問官に目配せした。拷問官は枝笞を桶の水に浸すや、いきなりエズラの背を打った。

激しい苦痛に一瞬目がくらみ、エズラはうめき声をあげた。

老修道士は言った。

「少しは自分の置かれている状況を理解したかね。それとも、お前たちの先祖が主になさった責め苦をもっと受けたいか？　わしは一向に構わんがね。わしはお前たちユダヤ人やムスリムがキリストと教会の前にひざまずき、命乞いをしながら苦痛に噴まれて死んでいく姿を見るのが、なによりも嬉しい。神のために働いていることを実感できるし、天国も近くなるというものだ」

「ナザレのイエスか」

額から汗が噴き出している。エズラは言った。

「偽預言者に従う愚か者には、わしはなにも喋らんぞ。殺すのなら早くしろ」

ふたたび笞打たれて、エズラは歯を食いしばった。背中が焼けるように熱い。皮膚が破れ、痙攣する身体から血が流れていく。

「話す気になったかね。己の愚かな所業を悔いてキリスト教に改宗し、知っていることをすべて話せば、神のお慈悲で命だけは助けてやるぞ。堕落した教えから、お前の魂を救い出してやろうというのだ」

おびただしい汗に濡れた顔をあげて、エズラは目の前の老修道士をにらみつける。激しい怒りが胸を満たしていた。この老修道士を衝き動かしているのは、純粋で歪んだ信念だ。狭い修道院の中だけが彼の世界であり、書物に記述されていることを疑いなく信じ、外から入る無責任な噂を真に受ける。彼らは異教徒と会って言葉を交わしたことさえないのに、サラセンやユダヤ人を野蛮で邪悪だと決めつける。こういう知識を持った愚か者たちが、頭の中で異教徒を怪物にするのだ。そして、ユダヤ人を殺せと叫んで人々を煽動して命を奪わせる。屈するわけにはいかなかった。

「強情な男だ」

老修道士は言った。エズラのまわりを杖を突いて歩きながら話を続ける。

「それでは、質問を変えよう。お前たちが捜している神殿騎士アンドレ・ド・フォス……彼の居場所を教えてもらいたい」

なぜそのことを知っているのだ、とエズラの胸がざわついた。それと同時に、先ほどから感じている疑念がいっそう強くなった。この老人は羊皮紙に記されていることを、なぜ執拗に知りたがるのか。彼らは何者で、その目的はなんなのか。

確かめなければならない。エズラは言った。

「なんのことかわからんな。修道院に来たのはわしの古い友人で、たまたま近くに来たので立ち寄ったにすぎん」

「とぼけても無駄だ。お前を訪ねた男たちがフランス王の密偵であることはわかっている。その者たちに頼まれて神殿騎士の捜索に手を貸しているのだろう？」

エズラは鋭い目を向けた。

「お前たちは何者だ？　ドミニコ会の異端審問官でもないのに、なぜ神殿騎士を捜している？」

「お前が知る必要はない」

「では、わしも話さぬ。それほどまでにあの羊皮紙や金貨について知りたいのなら、お前たちで調べればよかろう。それとも愚かで知性の欠片もないキリスト教徒は、その紙切れに書かれていることさえ理解できないか」

この挑発は効果があった。老修道士は杖を突いて近づいてくると、いきなりエズラの顔に向かって唾を吐いた。

「反キリスト、イエスの殺害者め。きさまらはフランク王国に巣くう病だ。我らや猊下を侮辱するとは許し難い」

エズラの顔は蒼白になった。今なんと言った、と思った。

――この老いぼれは、猊下と言わなかったか。

そのとき、黒い外套をはおった男が貯蔵庫に降りてきた。男は頭巾を目深に被り、腰に剣を帯びている。彼は老修道士に歩み寄ると、その耳になにかをささやいた。

老修道士は深沈と考え込んでいる。だがふたたびエズラを見たとき、その顔には激しい憎悪と苛立ちが浮かんでいた。

「ユダヤ人よ、神に感謝することだな。お前はまだ見捨てられてはいないようだ」

彼はそう言うと、背を向けて仲間とともに地下貯蔵庫から出て行った。

XI

天井から吊りさがった鉄の燭台が、修道院の仄暗い廊下を照らしていた。

中庭に面している歩廊を、頭巾を目深に被った修道士が急ぎ足で渡っていた。瞑想に耽る修道士のつぶやきや、祈りの声がするだけで院内は静まりかえっている。途中で仲間の修道士とすれ違ったが、たがいに黙礼を交わしただけで、彼は私語はおろか、脇目も振らなかった。

地下に降りる階段の前で立ちどまると、修道士はあたりに目を配り、誰もいないことを確かめてから、壁の松明をとって階段をおりていった。

やがて、ウォード錠のかかった頑丈な戸が見えてきた。修道士は腰に吊した鍵束を外して、真鍮製の鍵を錠に差し込んでまわす。

金属の外れる音がした。

戸をゆっくりとあけて松明を動かすと、火の粉が散り、穀物を詰めた麻袋、樽詰めされている塩漬け鰊や、葡萄酒の大樽が照らし出される。その奥に両腕を鎖で繋がれうなだれている人影があった。

「ラビ……」

と修道士は声をかけた。

エズラは頭をもたげる。彼はうろたえた顔になった。

「なぜ、お前がここにいる」

修道士は頭巾を脱いだ。あらわれたのはジェラールの顔だ。彼はエズラの側に駆け寄って、腕の枷(かせ)を外していく。

「わしは逃げろ、と言ったはずだぞ」

「それを決めるのは私です。あなたではない」

ジェラールが答えると、エズラは頭を振った。

「まったく、頑固なところはお前の師とそっくりだな。まあよい。お前と、お前をここに遣わしたアドナイ(主)に感謝するとしよう。しかし、よくこの居場所がわかったものだ。それに、その修道衣はどうしたのだ？」

「修道院を襲った賊を捕まえて、あなたをどこに連れ去ったのか聞き出したんですよ。この服と入り口の鍵は、敬虔な修道士から拝借しましてね。もちろん、殺してはいません。ところで、ベアトリスを見ませんでしたか」

「ベアトリス？　ああ、お前の連れのことだな。巡礼の娘だったか」

「はい、もしかしたら、彼女も捕らえられて、ここに連れてこられたのではないかと思ったのですが……」

エズラは頭を振った。そのような娘は見ていないという。

ジェラールは目を伏せた。それではどこにいるのか。彼女のことは心配だったが、ここは敵地である。修道士たちに見つかる前に、エズラを連れて逃げなければならなかった。

「わかりました。ひとまずここを離れましょう。立てますか」

肩を貸して起こすと、エズラはうめき声を漏らした。笞打たれた傷が痛むらしい。

「しかし、ひどい目に遭いましたね。誰がこんなことを？」

「この修道院のブノワ会士だよ。薄気味の悪い老人だ。どうやら、その老人が傭兵を雇って我々を襲わせたらしい。だが問題はそこではない。彼の背後には教会の姿が見え隠れしている」

「教会？」

ジェラールは訝(いぶか)しげな目をエズラに向けた。

「なにかの間違いでは？」

「いいや、わしを捕らえさせたそのブノワ会士は、尋問の際に猊下、と口を滑らせた。あの老人のうしろ楯になっているのは、おそらく枢機卿の誰かに違いない」

「それが本当なら、なぜ教会はそのようなことを？　あなたを改宗させるつもりで連れてきたのですか」

「そうではない。どうやら、奴らも神殿騎士アンドレを捜しているらしい。その証拠に、奴らはわしに神殿騎士の行方を教えろと迫り、その手がかりとなるサラセン文字が入ったフロリン金貨や、暗号文の羊皮紙を奪っていきおった」

「しかし、なぜ教会がアンドレを……」

「それはわからん。だが、あのピエールとかいう若者が言っていたように、本当にアンドレがなんらかの重大な密命を帯びてタンプルを脱出したのだとしたら？　ひょっとしたら、彼らに興味を抱かせる重大な秘密を、アンドレは握っているのかもしれん」


夜陰にまぎれて修道院の壁の外に出ると、ジェラールはエズラを自分の馬を繋いだ藪のところまで連れて行き、彼を残してすぐに修道院へとって返した。そして厩舎に繋がれていた馬を一頭拝借すると、誰にも見咎められないように外に出て、エズラのいる藪の中に戻った。

僧衣を脱ぎ捨てて、老木の洞(うろ)に隠しておいた剣を帯びる。

手を貸してエズラを鞍にあげたとき、修道院のほうから人の騒ぐ声がした。

ジェラールは馬上のエズラに手綱を渡した。

「あなたがいなくなったことに、修道士たちが気づいたようです。追っ手がかかるかもしれません。そのときは、私が彼らの注意を惹きますので、あなたは急いでここを離れてください。行くあてはありますか」

エズラの眉間に皺が寄った。

「お前ひとりで大丈夫か」

「私のことならご心配なく。頃合いを見て逃げますので」

「そうか、すまん。わしはしばらく安全な場所に身を潜めて、春になったらグラナダに向かおうと思う。ピレネを越えねばならんが、あの街にはムスリムの古い友人がいるのでな。彼を頼るつもりだが、お前はどうする？」

「私はひとまずボルドーに戻って、仲間と合流します。さあ、お早く」

すると、エズラが馬上から手を伸ばしてきた。ジェラールはその手を握り返す。

「お前にひとつだけ訊きたいことがある。お前は、わしがあの森で暮らしていることを、誰かに話したことがあるか」

ジェラールが頭を振ると、エズラの目がジェラールを射た。長い凝視のあとで、彼は言った。

「本当か。神に誓うか」

「もちろんです」

「実はどうしても腑に落ちんことがあるのだ。あの朽ちた修道院は深い森の中にある。容易に見つけることはできんはずだが、なぜか連中はやすやすと見つけ、地下にあるわしの書斎にまで乗り込んできおった。しかも奴らは、わしが神殿騎士を追う手がかりとなるフロリン金貨を持ち、それを調べていたことも知っていたようだった。むろん、お前たちのこともだ。あの金貨や暗号文を記した羊皮紙のことは、お前たちとわししか知らんはずなのに」

それが意味することに気づき、ジェラールはまさか、とつぶやいた。

エズラもうなずく。

「そうだ。何者かが奴らに情報を流し、手引きしたとしか考えられん。裏切り者がいるのだ。その者は、おそらく教会に通じている……」

ふと、嫌悪すべき考えが頭をよぎり、ジェラールは顔をしかめた。だがすぐにその考えを否定した。疑い出せばきりがない。醜い猜疑の心に囚われたくなかった。

「よいか、誰にも気を許してはならんぞ。慎重で思慮深くあれ。神は謙虚で賢き者を愛されるのだ。無事を祈る(シャローム)」

「あなたも」

ジェラールも別れの挨拶を返すと、エズラは手を離して馬の脇腹を蹴った。彼は思い出したように馬の足をとめて振り向くと、大きな声で言った。

「友よ。たとえ神の声が聞こえずとも、神の掟を守り、善き者として生きることはできる。お前にはそれができるとわしは信じている。お前にアドナイのご加護があらんことを」

彼を乗せた馬は小走りで暗闇に消えていった。ジェラールはしばらくその闇を見ていたが、馬蹄の音が聞こえなくなると、一挙動で馬に飛び乗った。

XII

「ご無事でしたか」

ピエールは部屋の戸をあけると、ジェラールを迎え入れて言った。

「戻りが遅いので心配していたところです」

「ああ、おかげでくたくただ」

ジェラールは部屋の中に入った。彼は寝台に腰かけて、相手を見る。戸を閉めながら、ピエールも物言いたげな視線を向けてくる。森で別れたあとになにがあったのか聞きたがっているのだろう。当然だな、と思った。

エズラを救うためにブノワ会の修道院に忍び込み、そこで見聞きしたことをジェラールがかいつまんで話すと、ピエールの顔が曇った。

「それでは、ベアトリスはどこにもいなかったのですか」

「ああ、エズラも見ていないようだった。そちらに心当たりはないのか」

するとと、ピエールの顔色がよくないことに気づいて、ジェラールは訊いた。

「どうした、なにかあったのか」

「ええ、僕が旅籠に戻る少し前ですが、この旅籠に僕とあなた宛の手紙が届けられたそうです」

「手紙？　マルクからか？」

「そうではありません、これを見てください」

ピエールは革鞄から一通の手紙を取り出した。

ジェラールは手紙を受けとったが、すぐに違和感を覚えた。封をした手紙の赤蠟に印章が押されていない。差出人不明の手紙だった。目を通してすぐに顔をあげた。

「これは本当なのか」

ピエールは黙ってうなずく。

手紙には、神殿騎士のアンドレ・ド・フォスの名が記されていた。お前たちの仲間をあずかっている。娘を返して欲しくば、暗号文書とフロリン金貨を持ってトゥールーズに来い、と書かれている。

「本当にベアトリスはあの男に捕まったと思うか？」

「わかりません。ですが、彼女がアンドレに連れ去られた可能性はあると思います。

思い返せば、あの男が近くまで来ている徴候はありました」

「あの奇妙な短剣か……」

ジェラールは赤毛の男が森で見つけたという血まみれの短剣を思い出している。

やはり、あの持ち主はアンドレだったのか。あの男は森に身を潜めながら、暗号文書とそれを解く鍵となるフロリン金貨を取り返す機会を窺っていた。そして、修道院の襲撃に乗じて、彼女を攫ったのかもしれない。

ジェラールが手紙を返すと、ピエールは言った。

「取引に応じるために、トゥールーズに行くのですか」

「そうするしかないだろうな。罠かもしれないが、こちらとしても捜す手間が省ける。ベアトリスを救い出し、アンドレを捕らえる絶好の機会となるはずだ」

「しかし、それでは――」

まあ、聞け、とジェラールは言って立ちあがった。

「あの男の言いなりになるつもりはない。そもそも、暗号文書とフロリン金貨は奪われてしまったから取引など最初からできない。しかし、それよりも問題なのは、傭兵に修道院を襲わせた連中のことだ」

ジェラールは開放された鎧戸の外を見、ピエールに視線を戻した。

「エズラの見立てによると、教会にかかわりのある人間の仕業らしい」

「眉唾ですね」

ピエールは鎧戸に背をもたせかけて腕を組んだ。

「しかも、あのユダヤ人の言うことです。僕としては余計なことは考えずに、アンドレの追跡に集中すべきだと思いますがね」

「余計なことか」

ジェラールは腰の剣帯にかけていた手を、柄頭に移した。ピエールはその手の動きをじっと見ている。彼は言った。

「そうです。不服ですか？」

「ああ、不服だよ。森の廃修道院で殺されかけたんだ。そちらこそどうなんだ。このことで、マルクからなにか聞いていないのか」

「僕だって、すべてをマルク様から聞かされているわけではありませんよ」

「そうは思えないな」

ふたりの男は黙ってにらみ合っている。

ピエールは目をそらした。ふて腐れたようにつぶやく。

「僕を疑うのなら好きにすればいい」

自分はいったいなにをしているんだ、とジェラールはため息をついて頭を振った。

エズラが別れ際に残した言葉のせいだと思った。疑い出せばきりがない。彼は柄頭から手を外して言った。

「だが、なぜトゥールーズなんだ。あの街はここからだいぶ距離が離れている。アンドレはなぜあんな場所を選んだ？」

「それにかんしては、心当たりがあります」

ピエールは戸口に目をやっている。

「実は森の廃修道院に泊まった夜に、マルク様の密偵から連絡がありましてね。僕は報告を聞くために、一度ボルドーに戻ったのです」

ジェラールは窺うような表情になった。

「それでは、君があの日の夜に姿を消した理由は――」

ピエールは口もとを歪めた。

「そういうことです。これで誤解はとけましたか？」

「…………」

話を戻しますが、と彼は続けた。

「密偵の報告によると、オルレアンの托鉢修道士ベルナールと、ボルドーのロベールは血を分けた実の兄弟であるらしいのです。彼らの祖先は、今から百五十年ほど前に、ルイ七世陛下が聖地に出征された際に従軍したフランスの下級貴族で、ダマスカス包囲戦における目ざましい働きが認められたことにより、神殿騎士団の一員として迎え入れられたそうです。それ以降、彼らの一族は代々総長に仕えてきた。それこそ手足のように……」

そして、彼らには歳の離れた兄弟がもうひとりいる、と彼は言った。

「ベルトランというドミニコ会士です。この男も神殿騎士とかかわり合いがあり、密偵の見立てでは、暗号を解く最後の鍵、つまり三枚目のフロリン金貨を持っているのはこの男ではないか、ということです」

ピエールは言った。

「この男は今、トゥールーズに滞在しているそうです」

XIII

朝霧が川面を這っている。

小鳥の囀り(さえず)が木々を飛び交う中、霧は水車小屋と小舟をゆっくりと包み込んでいったが、陽射しが水辺に差し込み始めると、幻のように消えていった。

ベアトリスはその様子を岩の上に腰かけてぼんやりとながめていた。彼女の長い黒髪はほどけて散らばり、ときおり吹く風に揺れて顔にまとわりついていく。

ブナや柊(ひいらぎ)の高い樹冠が陽の光をさえぎり、下草の生いしげる森を薄暗くしている。だが柔らかい朝の陽射しは、その枝葉から漏れて一筋、二筋、差し込んでいる。

その日溜まりの中にいると、悲しみと途方に暮れた気持ちが胸に広がり、彼女は自分の両手首を縛っている荒縄に目を落とした。その縄は近くの大木に繋がれており、彼女の自由を奪っている。ベアトリスは愁いを帯びた表情になった。

――どうして、こんなことになったのか。

ふいに、枝を踏み折る音がしてベアトリスは顔をあげた。藪が割れて姿をあらわしたのは、神殿騎士のアンドレだった。古ぼけた外套を着、腰に剣を帯びている。

彼はあたりに目を配ると、剣を抜いて地面に突き立てた。石を積んで竈を築き、火を熾す。馬の鞍嚢にぶらさげた鉄鍋に燕麦を入れて、牛乳で煮込んでいく。ベアトリスはその男の様子をじっと見ている。

森の廃修道院が襲撃されたとき、賊はベアトリスが寝ていた部屋にも入り込んできた。腕をつかまれ、喉に剣を突きつけられたそのとき、彼女を危難から救ったのがアンドレだった。

アンドレはちらりと彼女を見たが、なにも言わなかった。彼は煮立った粥を椀にすくうと、立ちあがり、ベアトリスの前まで来て椀を差し出した。

食え、と彼は言った。

「日の入りとともにここを発つ。逃げないと誓うのなら、縄を切ってやる」

ベアトリスは顎を引き、おずおずとうなずいた。逆らうつもりは微塵(みじん)もない。この抜け目のない男から逃れることはできないだろう。それに逃げ出せたとしても、行くあてもなく、今いる場所がどこなのかさえわからないのだ。従うしかなかった。

縄を切ってもらい、ベアトリスは椀を受けとった。すると、急に空腹に襲われて、彼女は目がくらんだ。連れ去られてからなにも食べていなかったのだ。

熱い粥に息をふうふう吹きかけて冷ましていると、視線を感じて顔をあげた。アンドレが木の幹に背をもたれて座り、彼女をじっと見ている。その膝には、抜き身の短剣が添えられている。あの鐔のない奇妙な武器だ。

ベアトリスは言った。

「あ、あの、あなたは食べないのですか」

アンドレは黙っている。彼は小さな麻袋を手に持っている。その中から乾燥した小さな赤い果実のようなものをつまみ出して齧った。

そのとき、冷たい風が川を渡ってきて、ベアトリスは思わず首をすくめた。巡礼で買い揃えた羊毛の外套は、修道院が襲われたときになくしてしまい、靴も片方がなかった。今は薄い肌着しか着ていない。彼女は寒さに震えた。

すると、アンドレが自分の外套を脱いで、彼女のほうに投げてよこした。

ベアトリスは目を見開いてアンドレを見た。彼はなんだ、と言った。

「いえ……」

裏に毛皮を張った外套は暖かく、ベアトリスは不思議な心地よさを感じて目を伏せた。

――どうしてだろう。

自分の命を救ってくれたからだろうか。不思議なことに、今はこの男に恐怖をあまり感じなかった。一度はこの男に殺されかけたし、人殺しで罪人には違いない。しかし、その一方で惜しげもなく自分の食料や外套を他人にわけ与える姿に、聖人のような高潔さを感じたのだ。

ベアトリスは顔をあげて、あの……と言った。

「ボルドーの路地裏で私が襲われたとき、なぜあなたは助けてくれたのですか」

アンドレはなにも言わなかった。麻袋の中に手を突っ込むと、またあの赤い実を齧った。

第五章　密偵の巣窟

I

聖アンドレの祝日（十一月三十日）
オクシタニア地方　トゥールーズ

薔薇色の都トゥールーズ。それは地中海の貿易品を扱う商人や、ピレネ越えの準備をする巡礼者たちの中継地であり、油菜の一種である大青(たいせい)の栽培が広がりつつある大都市のひとつとして知られている。南フランスの主都といっても過言ではなく、市壁の門をくぐった先は、赤煉瓦の屋根を持つ町屋が建ち並び、狭い路地は人々が絶え間なく行き交って、混雑している。

その雑踏を、ジェラールはひとりで歩いていた。

街中を放し飼いの鶏や豚がうろつき、肉屋の軒先には両足を縛られた鵞鳥や雉(きじ)、仔羊の腿肉(ジゴ)が吊りさげられていた。別の店では冬野菜や果物が籠に入れられており、色彩豊かな香辛料が、大きな麻袋からあふれんばかりに顔を覗かせている。

活気のある街だ、と思った。だがその一方で、街の空気にどこか重苦しいものを感じるのは、かつて秀麗な文化に彩られたこの街に異端の教えがはびこり、それを認めなかったローマ教会とのあいだで凄惨な争いが起きた過去があるからだろう。

今やトゥールーズ……南の言葉で呼ぶならトロサは、カルカソンヌと並ぶ、ドミニコ会の異端審問官が根城とする教会の要塞となっていた。四年ぐらい前から飢饉に悩まされていると聞いていたが、街の様子はいたって良好のようだ。

――あれだな。

ジェラールは往来で足をとめて、顔をあげた。

前方に八角形の特徴的な鐘楼がそびえている。サン・セルナン大聖堂の屋根から延びた鐘楼だ。簡素だが堅牢なこの大聖堂は、殉教した聖セルナンを祀ったもので、正門にはキリストや天使たち、悪魔に捕らえられたシモンと獅子に乗る彼の妻の姿が彫られている。

赤い扉口を抜けて大聖堂の中に入ると、黄昏時ということもあり、礼拝に訪れている人の姿はまばらだった。壮麗な身廊は静まりかえっている。

聖堂の中はすでに暗い。側廊の柱にある燭台には火がともっていたが、光の届かない側廊の片隅は闇に包まれている。香を焚いたのか、没薬（もつやく）の白煙がうっすらと漂っていた。

至聖所のある祭壇の前まで行くと、ジェラールはその場にひざまずき、手を合わせて頭を垂れた。

神の助けを求めたのではなかった。黄昏時にこの場所で祈りを捧げていれば、フランス王に忠誠を誓っている密偵が接触してくる手はずになっていた。ピエールの話によると、キリスト教圏各地に潜んでいる彼らは、マルクから自分たちに手を貸すように命じられているという。

訪れてから時が移った。それらしき人物が接触してくる気配はない。聖堂にいた巡礼者や修道士たちも祈りを終えて、ひとり、またひとりと外に出て行く。

ジェラールは祈り続けたが、同じ姿勢をとり続けていたので、身体の節々が痛くなってきた。やがて、その痛みが耐えきれないほどになると、彼は立ちあがって身廊の中を見まわした。妙だな、と思った。

なにか手違いがあったのだろうか。なんにせよ、密偵が姿をあらわさないのであれば、ここにいる意味はない。旅籠に戻って、ピエールと相談すべきだった。

大聖堂の外に出ると、東の空が薄暗くなっていた。人々は家に戻ったのか、路地に人気はほとんど見られない。

——しかし、うまく行かないものだな。

とジェラールは旅籠を目指して歩きながら、つぶやいた。

神殿騎士アンドレを捕らえて、一刻も早くパリに戻らなければならないというのに、やることなすこと空回りしてばかりではないか。時間を無駄にしている。そう思うと気が逸り、焦りと苛立ちだけが募っていくようだった。

居酒屋の前を通りかかったとき、彼はふと店の奥に目をやって立ちどまった。

吟遊(ぎんゆう)詩人たちが演奏している。ひとりは奏者で、華麗な指使いで竪笛を吹いていた。相方は胸に抱いた弦楽器を弾きながら、よく通る美しい声で高らかに歌っている。襤褸を着て物乞いのような身なりをしているが、その音色にはどこか人の心を揺さぶるものがあった。

最近は巡礼と同じで、吟遊詩人の姿も見ることは少なくなったが、自分が子供の頃はよく街の酒場で演奏していて、聴衆からほどこしを求めていたものだった。

彼らが歌っているのは、百年以上も前に聖地の遠征で命を落とした、クゥーシーの吟遊詩人が遺した詩だ。愛する人との別離を嘆き、運命を呪った悲しい詩である。子供だった頃は、ただ美しいとしか感じなかったその詩が、今はなぜか心に深く響くのを感じた。

誰かに見られている気がしたのは、演奏が終わり、酒場が喝采の声であふれたときだった。

振り向いたが、暗い路地に人気はない。最初は気のせいだと思ったが、ふたたび歩き出してさりげなくうしろに目をやると、疑いは確信に変わった。

黒い外套に身を包んだ男がふたり、足音も立てずにあとをつけてくる。見覚えのない男たちだった。足を速めたり緩めたりしてみたが、男たちはつかず離れずついてくる。

——何者だろうか。

と思った。どのような街にも、盗みや追い剝ぎを生業にしている者はいるが、送り狼のように尾行してくるふたりの男からは、彼らが持つ退廃的で世を拗ねた臭いを感じなかった。自分の直感が間違っていなければ、うしろの男たちはそれよりもずっと危険な部類の人間だ。

四つ角を曲がった途端、ジェラールは外套をひるがえして疾駆した。闇夜と入り組んだ道を利用して男たちを撒こうとしたのだが、相手はこの街を熟知しているらしく、すぐに荒い足音が追ってきた。

いくつか角を曲がったところで、ジェラールは町屋の壁に身を寄せた。すでに息があがっている。振り切るのは難しそうだった。

——こうなったら、相手をするしかないか。

男たちの正体や目的がわからないのに、こちらからしかけるのは得策ではないが、この男たちをピエールのいる旅籠まで引っ張っていくわけにはいかない。やむを得ない、と剣の柄に手をかけたとき、思わぬことが起きた。斜向かいにある家屋の戸がわずかに開き、中から男の声が呼んだ。

「旦那、こちらです。急いで、早く！」

足音はすぐそこまで迫っている。迷っている時間はなかった。ジェラールはその戸に向かって走り、隙間から家の中に身体を滑り込ませた。と同時に戸が閉まり、素早く閂（かんぬき）がおろされた。

ジェラールは息を整えながら、耳をそばだてる顔になった。

外の通りでは乱れた靴音がする。黒衣の男たちは自分を捜し回っているようだった。彼らにこの場所を嗅ぎつけられたときは、剣を抜かねばならなくなるだろう。

だがそれは杞憂だったらしい。靴音はしだいに遠ざかり、やがてあたりには静けさが戻ってきた。ジェラールは肩の力を抜き、ようやく剣の柄から手を離した。

「ご無事でなによりですな、ジェラールの旦那」

声に振り向くと、小柄な中年男が立っていた。頭は禿げあがり、日焼けした顔に笑みを浮かべている。腹が出ていて、短衣の袖口から覗く二の腕は太くて毛深かった。石工職人の親方といった風貌だが、ジェラールにはその男が油断のならない狡猾な本性を隠し持っているように思えた。彼は訊いた。

「なぜ私のことを知っている」

中年男は頭を垂れた。

「これは申し遅れました。あっしはマルク様に仕える者です。旦那がこの街を訪れることは、事前に報されていましたので、すぐにわかりましたよ」

ジェラールは相手をまじまじと見た。

「では、あなたがマルクの言っていた密偵なのか。名は？」

「名前はございません、親の顔も知りませんのでね。物心ついたときには、もう盗みと追い剝ぎに手を染めていました。仲間からは、ただ、狐と呼ばれております」

「あなたに、狐のような身のこなしができるとは思えないが……」

この密偵はいかにも鈍重そうだし、狡猾そうにも見えない。狐と言うよりは猪だ。

すると、狐は真顔になった。

「旦那、それは違います。腹の底が黒い人間ほど、にこやかな顔をして善人らしく振るまうもの。裏の世界において、通り名は顔や姿を隠す仮面。実際の姿形とそぐわないほうがよいのです」

「一理あるな。しかし、今までなにをしていた？　私は聖堂でずっとあなたを待っていたのだが、なぜ姿を見せなかった？」

髪の薄い後頭部に手をやって、狐は言った。

「できることならそうしたかったんですがね、教会の密偵があたりを監視していたもので、動くわけにはいかなかったのですよ」

「教会の密偵だって？　彼らはこの街にもいるのか」

「連中はどこにでもいますよ。たった今、旦那をつけまわした黒衣の男たちもそうです」

ローマ教会は独自の軍隊を持たないかわりに大勢の密偵を召し抱えているという。彼らは各地の都市に潜み、あるいは身分を偽って諸侯の城に潜入して、権力者の動向を探っている。フランス王も密偵を雇っているが、その規模も力も教会には遠くおよばない、と狐は言った。

「目端の利く危険な連中でしてね。特に黒衣の男たちは汚れ仕事にも手慣れていて、あっしの仲間も大勢やられました。お気づきじゃなかったようですが、旦那はこの街の門をくぐったときから、奴らにずっと見張られていたんですよ」

ジェラールは戸口に目を向ける。顔が強ばっていた。

「なぜだ。教会の密偵が私をつけまわす理由などないはずだ」

狐は顎を引いて、ジェラールをじっと見る。

「ひょっとしてご存知なかったのですかい。旦那の素性や目的は、すでに教会側に知れ渡っていますよ。フランス王の密偵としてね。教会も神殿騎士アンドレを追っているんです。彼らにとって、旦那は目障りなんですよ。機会があれば始末しようとするでしょうな」

　ジェラールは下唇を噛んだ。この男の言うことが事実なら、自分は追う側から追われる側になったわけだ。このことは、ピエールやマルクも知っているのだろうか。

　ところで旦那、と狐は言った。

「旦那はあっしを捜していらしたんでしょう。いったいなんのご用だったので？」

「ああ、そのことだが……」

　ジェラールは気を取り直して言った。

「ベルトランという名前のドミニコ会士を知っているか？　彼を捜している。居場所を知りたい」

「ベルトラン、ですか」

　狐はジェラールを見ている。その顔に表情がなかった。

「どうした？　私に話せない事情でもあるのか」

「そういうわけではありません。お答えしてもかまいませんが、その前に陛下の印璽と書簡を見せていただけませんかね」

　ジェラールは言った。

「なるほど、私は信用できないか」

「お気に障られたのなら謝りますが、まあ、念のため、というやつです」

言われたとおりに書簡を渡すと、狐は音もなくあとずさる。剣の間合いの外に出たのだ。手早く目を通すその姿に、ジェラールは苦笑して言った。

「確かに狐だ」

「へえ、あっしも教会の密偵に目をつけられましてね。このあいだも隠れ家の近くまであとをつけられて懲りているんですよ」

どうやら、想像している以上に事態は混迷しているらしい。

「それで、ベルトランの居場所はわかるのか」

狐はジェラールに書簡を返すと、頭を振った。

「居場所はわかっています。しかし、会って話を聞くのは無理でしょうな」

「なぜだ？　どこかの牢にでも幽閉されているのか」

「そうではないのですが、まあ、似たようなものです」

狐は笑わない目で彼をじっと見る。

「今、ベルトランがいるのは墓の中ですので」

ジェラールは絶句した。しばらくして、どういうことだ、と言った。

狐によると、説教修道士のベルトランは、五日前に何者かに連れ去られて行方知れずだったが、今朝になって、街の路地裏で死体となっているところを発見されたという。

「彼の死体を調べましたが、足の指は残らず潰されて、下腹部も異様に膨れていました。ベルトランを連行したのは、おそらく教会の密偵ですな。連中もアンドレに殺された托鉢修道士たちの共通点に気づき、ベルトランに目をつけたんでしょう。彼を拷問にかけて、秘密を聞き出そうとしたのかもしれません」

ジェラールは舌打ちした。最後のフロリン金貨はベルトランが所持していた可能性が高い。その彼が教会の密偵に捕らえられて殺されたということは、金貨はすでに奪われてしまったと考えるべきだろう。

だが狐の調べによると、そうでもないらしい。不思議なことに、教会の密偵はベルトランが死んだあとでも街中を調べまわり、彼にかかわる人間を躍起になって捜しているという。

「おそらく、ベルトランは例のフロリン金貨を持っていなかった。あるいは拷問にかけたが、隠し場所を吐かせられずに殺してしまった。それで焦っておるんでしょう」

「ならば、奴らよりも先に金貨を見つけなければ」

とはいえ、この街には来たばかりである。右も左もわからない。ベルトランのことを調べるにしても、どこから手をつけるべきなのか皆目見当もつかなかった。

すると、ふと思い出したことがあって、ジェラールは訊いた。

「そうだ、神殿騎士アンドレはどうした。あの男はもうこの街に来ているのか」

「顔に傷痕のある男を市場で見たという噂を耳にしました。断言はできませんが、おそらく……」

「それでは、ベルトランのことを調べるよりも、アンドレを捜したほうが早いかもしれないな」

自分の使命はパリから逃亡した神殿騎士アンドレの捕縛か殺害であって、彼が帯びている密命の調査や、暗号の解読ではない。

狐は頭を振った。

「それは無謀というもの。この街には教会の密偵がひしめいているのですよ。しかも、最近その動きが目立っておりまして、下手に動くと、旦那のお命が危ない。たった今狙われたことをお忘れですか」

「しかし、数が多いといっても、しょせんは密偵だろう？　勇猛な騎士が相手というわけじゃない。斬り抜けることぐらいならできるはずだ」

「とんでもない。旦那は、あの者たちの恐ろしさを知らんのです。連中は密偵ですが、もとは聖地帰りの騎士という噂です。野蛮で血に飢えていて、海の向こうでは異教徒だけでなく、キリスト教徒も大勢殺したとか。それが原因で破門されたので、贖罪のために教会の股肱となって働いていると聞いたことがあります」

狐の仲間の中には、剣の腕が立つ騎士や傭兵もいたが、これまでに教会の密偵と刃を交えた者は、皆ことごとく殺されたという。黒衣の連中と剣を交えることは極力避けるべきだ、と狐は強く言った。

ジェラールは黙り込んだ。それでは動きようがないではないか、と思ったが、意外にも狐は落ち着いていた。

「ご心配には及びません。実はベルトランのことを知る人間に心当たりがありまして、その者のいるところに、今からご案内しましょう。それから――」

と彼は部屋の隅にある長持の側に行き、中を探りながら言った。

「旦那の顔は教会の密偵に知られています。これから街を出歩くときは、これで顔を隠すといいでしょう。敵の目を欺くためには、敵になることです」

そう言って彼が投げてよこしたのは、ブノワ会士が着ている頭巾のついた漆黒の外套だった。

II

赤煉瓦の町屋に囲まれた路地裏を、狐は灯りも持たずに急ぎ足に歩いている。夜目が利くのか、あるいはこの街の地理に熟知しているのだろう。彼は迷うこともなく足を運んでいき、ときおり気遣うような目で、遅れがちなジェラールを振り返る。

「ここです」

彼は寂れた一軒の旅籠の前で足をとめると、裏口にまわり、六回戸を叩いた。しばらくして、目つきの悪い鷲鼻の男が出迎えた。男はふたりをじろじろと見たが、狐が金の詰まった袋を渡すと、顎を振って、入りなとつぶやいた。

屋内は暖かかった。狭い通路には、胸もとや太腿をさらけ出した女たちがいて、彼女たちは媚びたような目をジェラールたちに向けている。他にも男の姿があり、人いきれでむせかえるようだった。

トゥールーズには七十近い旅籠や居酒屋があり、中には女を買えるところもある。ここは私営の売春宿らしい。

「この階段をあがった先に部屋があります」

二階へ続く階段を見あげて、狐は言った。

「宿の主人には話を通しておきましたので、そこで待っていれば、女はすぐに来ますよ。それでは、あっしはこれで」

ジェラールが礼を言って銀貨を投げてよこすと、狐はにこにこと笑みを見せた。

「ああ、そうそう。言い忘れていたことがありました。もし、あっしと連絡を取りたいときは、この街のレ・カルム広場にある旅籠を訪ねてください。夜はいつもそこにいますので。それと忠告させてもらいますが、女には気をつけることです。女って奴は、その罪深い肉体と偽りの涙で男の心を征服し、善良な男を堕落の道に引き込みますからね。旦那もくれぐれもご用心を」

狐が外に出て行くのを見届けてから、ジェラールは階段をあがっていった。

廊下の突き当たりの戸を押しあけると、粗末な藁寝台と椅子が壁の隅にあるだけの殺風景な部屋だった。

珍しい物と言えば、窓際の机にある陶製の聖母マリア像だろう。

ジェラールは戸を閉めて修道衣を脱ぐと、鞘ぐるみ剣を壁に立てかけた。窓際に近づいて重い鎧戸をあける。夕陽を浴びて血の色に染まった綿花のような雲と、赤い屋根が連なるトゥールーズの街並みが広がっていた。そのトスカナ風の物寂しげな景色を見ていると、胸にかすかな不安と緊張が兆した。

待っているのは、ルイーズという名の娼婦だった。

ルイーズは染物職人の妻だ。一年ほど前に夫が重い病に罹り、医者を呼んで高い薬を飲ませたが、看病のかいなく死んだ。女は両替商から借りた夫の治療費を払うために爪に火をともして働いたが、女ひとりの稼ぎではままならず、娼婦に身を落としたという。

よくある話だが、ひどい話だとも思う。先々代のフランス王、聖ルイ九世が禁令を出して以来、娼婦への風当たりが厳しくなっている。

世間知らずの修道士や、堅物の王は彼女たちを毛嫌いするが、彼女たちとて望んで穢れたわけではないだろう。中には食い扶持を減らすため親に売られた農民の娘や、傭兵に攫われたあげく捨てられた者もいる。様々な事情があり、生きるために男と寝ることを強いられている者もいるのに、彼女たちは人々から白眼視されて、石を投げられる。キリストのように、彼女たちの行いを罪としながらも、救いの手を差し伸べる者はほとんどいない。

狐の話によると、娼婦ルイーズは死んだベルトランと懇意のあいだがらで、彼が連れ去られた前夜もこの部屋で会っていたという。彼女はベルトランからなにか重要なことを耳にしているかもしれない。教会の密偵が彼女の存在に気づくのは時間の問題だが、まだ猶予はあるだろう、とのことだった。

――少しでも手がかりが得られればいいのだが。

と鎧戸を閉めたとき、部屋の戸を叩く音がした。

ジェラールが行って戸を半分ほどあけると、頭巾で髪を覆った女が手燭を持って立っていた。着ている袖つき丈長の外衣は質素であちこち色褪せているが、容貌の美しい女だった。頬には薔薇色の赤みが差し、雪のように色白の肌をしている。

「君がルイーズか」

女は伏し目がちにうなずいた。

中に入るようにうながすと、女は少しも物怖じせず部屋に足を踏み入れた。ジェラールが後ろ手に戸を閉めても、その背に不安や怯えた様子を感じさせなかった。ルイーズは燭台に灯りを移していく。灯りに照らされ、女の黒い瞳が濡れたように光を帯びた。

「あなた、こういうところに来るのは、初めて?」ふと女が言った。

「そう見えるか?」

ジェラールが訊き返すと、ルイーズは顔をあげて微笑みかけてきた。

その顔を見て、息を呑んだ。顔立ちや雰囲気は似ても似つかないはずなのに、なぜか彼女の顔が、妻のそれと重なって見えた。

「ええ、緊張しているみたいだから。初めての人は皆そうだけど」

彼女は壁に立てかけられている剣を見た。その顔に不審な色が浮かんだ。

「相手をするのはお坊様だと聞いたのだけれど、あなた、もしかして騎士様なの?それに、北から旅してきたのではなくて?」

「騎士ではないが、北から旅をしてきたというのは当たっている。なぜわかった?」

「あなたの言葉には、ときおりオイル語が混じるから。気づいてなかったのかしら」

女から荒(すさ)んだ雰囲気は感じられなかった。濃い化粧をしているわけでもなく、甘い言葉をささやいて男に媚びたり、心が冷えるような態度をとったりするようにも見えない。パリのプーリ通りやリシュブール通りで客引きをする娼婦を見たことがあるが、ルイーズは彼女たちとは違って見える。職人の妻にしては教養もあるらしい。

「それじゃあ、始めましょうか。急な頼みだったから、あまり時間がないのよ」

ルイーズは頭巾をとり、まとめていた髪をほどいた。寝台に腰をおろして、艶のある長い黒髪をたくしあげ、慣れた手つきで背中の紐を外していく。チュニックが脱げて蛇のようなしなやかな肩と背、そして豊満な白い胸があらわになると、ジェラールは目のやりどころに困った。

それは罪の塊のように思えた。熟れた身体を見て頭をかすめたのは、鎖に繋がれたまま、うつむいて神に祈っている妻の姿だった。

ジェラールは言った。

「いや、いいんだ、脱がないでいい」

彼女は小首を傾げたが、ふいに目尻に皺を作ってくすっと笑うと、年上ぶった口調でジェラールをからかい始めた。

「あら、大丈夫よ。そんなに怖がらなくても。それとも着たままのほうがお好みなのかしら？」

ジェラールも苦笑した。

「それも悪くないが、今日君を呼んだのは、抱くためじゃないんだ。殺されたベルトランのことで訊きたいことがあってね」

ルイーズは真顔になって、彼を見つめた。その目には探るような感じがある。

「それって、どういうことなの」

驚かないで聞いてほしいのだが、とジェラールは自分はフランス王の命により逃亡中の神殿騎士の行方を追っており、その騎士を捕まえるためにベルトランのことを調べていることを話した。

彼女が今の話を信じたかどうかはわからなかった。だが自分を買いに来たのではないと知って興味を失ったのか、ルイーズは彼に背を向けて脱ぎかけた服を着直していく。恥を掻かされて怒っているようにも見えた。

「すまない。君に魅力がないわけじゃないんだ。君は美しいし、私に妻がいなかったら、君のことを抱きたいと思っただろう」

「………」

「心配しなくても金は払うし、必要なことを訊いたらすぐに立ち去る。教えてくれないか。君とベルトランは親しかったと聞いている」

女はまだ黙っている。意地を張っているように見えたが、突然吹き出して笑うと、わかったわ、と言った。

「私が知っていることでいいのなら話してあげる。ねえ、ところで、いつもそんな気難しい顔をしているの？」

「そう見えるか」

「ええ、自分には生きる価値も理由もない。そんなことを考えている顔に見えるわ」

「君がそう言うのなら、そうなのだろう」

ジェラールは腹を立てていた。怒る理由などないはずなのに、なぜこんなにも苛立つのだろう、と思いながら言った。

「それでさっそく訊くが、ベルトランはどんな男だったんだ？」

そうね……とルイーズは遠い目をして燭台の蠟燭を見た。彼女は死者の記憶を思い起こそうとしている。そこに悲哀の感情があらわれるかもしれなかったが、やむを得ないことだった。

「あの方は私たち娼婦に優しかったわ。この街の人間は、いいえ、大半のキリスト教徒は娼婦を見ると眉をひそめるけど、ベルトラン様だけは私たちにもわけへだてなく接してくれた。修道士にしてはちょっと変わった方だったわね」

「最近、彼がなにかに怯えていた様子はなかったか。あるいは見知らぬ人と会ったり、誰かが彼を訪ねてきたりしたことは？」

「どうかしら。確かに少し様子がおかしいように感じることはあったけど、私も詳しいことは知らないの。彼は優しいけど、あまり喋らない人だったから。でもアントワーヌ様ならなにか知っているかもしれないわね」

ジェラールは眉を寄せた。

「その男は何者だ？」

「アントワーヌ様のこと？　あの方は説教修道僧で、ベルトラン様の幼なじみなの。あの方も、三日前に誰かに襲われそうになったのよ」

その修道僧は、一連の事件とかかわりがあるのだろうか、とジェラールは考え込む。とにかく今は少しでも手がかりが欲しい。会ってみる価値はあるだろう、と思い、顔をあげて言った。

「そのアントワーヌという男と話をしたいんだが、どこにいるか知っているか」

すると、ルイーズは誘惑めいた笑みを浮かべた。腰をあげて立ちあがり、ついと胸が触れ合うほどに身を寄せると、馴れ馴れしくジェラールの首に両腕をまわした。女の濡れた唇が生き物のように動き、甘い香りがした。

「心配しなくても大丈夫。ここで待っていれば会えるわ。あの方と今夜、ここで会うことになっているから」

Ⅲ

アントワーヌは目の下に隈のある悪相の男だった。剃髪をして、ドミニコ会の白い僧衣に前垂れをつけている。脂肪太りで顎の肉がたるみ、腹が罪の塊のように出ていた。前垂れの長さがひかがみまでしかないことから考えて、平修道士だろう、とジェラールは見当をつけた。

ルイーズから事情を聞いて、部屋の椅子に腰かけたアントワーヌは落ち着かない様子だった。苛立ちを隠そうともせず、ジェラールを見すえて言った。

「ベルトランのことを聞きたいそうだな。お前がどこの誰であろうと、そんなことに答える義理はないな」

「もちろん、ただでとは言いません。相応の礼はするつもりです。知っていることがあれば、話してもらえませんか」

金を払うと臭わせたが、相手は食いついてこなかった。アントワーヌは黙って彼をにらんでいる。その額に脂のような汗が滲んでいる。理由はわからないが、自分をひどく恐れ、警戒しているらしい。

あまり刺激しないほうがいいだろう、とジェラールは続けた。

「それでは、なにをすればあなたは話してくれますか」

やはり、アントワーヌはひと言も喋ろうとしない。

――この男、まさに石だな。

殴りつけて無理矢理に聞き出すわけにもいかないし、どうしたものか、と考えていると、ふと寝台に腰かけていたルイーズが立ちあがった。彼女は椅子に座るアントワーヌの首にうしろから抱きついて、彼の耳もとに媚びるような声でささやいた。

「ねえ、アントワーヌ様。この人に話してあげたらどうかしら？　この方は百合紋のついた衣を召した、さる高貴な方から頼まれてここに来ているらしいの。お力になることができれば、なにかしらの褒美も出るんじゃないかしら」

「馬鹿を言うな、ルイーズ」

アントワーヌは彼女を見、ジェラールに向かって言った。

「百合紋だと？　この男が？　ふん、信じられんな」

彼女はジェラールに目配せする。証拠があるのなら出せ、とでも言っているのだろう。

「これだ」

ジェラールは頭陀袋から王の書簡を取り出して、そこに押してある印璽を見せた。アントワーヌは困惑したような表情を浮かべてルイーズを見た。彼女が小さくうなずくと、彼はジェラールに目を戻して言った。

「文書や印璽の偽造などいくらでもできる。俺は騙されんぞ」

「これが偽物だと？　ひどい言いがかりだな」

「南には南のやり方や作法がある、ということだ。ラングドイル（オイル語圏）は知らんが、この街では印璽よりも公証人が発行した書類のほうが信頼性があるのだ。だが、まあいいだろう。しつこくつきまとわれるのもかなわんからな。しかし、言っておくが、ベルトランのことなどたいして知らんぞ。あれが殺されたと聞いたときは驚いたが、最近は顔を合わせることがなかったからな」

構わない、とジェラールは答えた。なにが重要か、そうでないかは、自分が決めることだ。

「まずは、オルレアンのベルナール、それからボルドーのロベール。このふたりの名に聞き覚えはありませんか？」

「知らんな、誰だそれは」

「ふたりともフランソワ会士で、少し前にある男の手にかかって殺されました」

少し間をおいて、ジェラールは言った。

「彼らを殺した男の名は、アンドレ・ド・フォス。パリのタンプルから逃亡した神殿騎士です」

「そんな男たちのことなど、聞いたこともない」

アントワーヌの膝頭が小刻みに揺れている。ジェラールは相手を観察しながら、この男は嘘をつくのが下手だな、と思った。

「近頃、あなたは何者かに襲われたと聞いたが、その原因に心当たりは？」

するとアントワーヌの顔から血の気が失せ、額から汗が噴き出した。汗をふく手が震えている。彼はまくし立てた。

「ふん、あるわけがない。この街には驢馬みたいに下品な学生や、短剣を隠し持つ放浪者や物乞いがうようよいるのだ。別に珍しいことではない」

「それでは、襲われたときのことを詳しく話してくれませんか」

「なぜ、俺がそんなことを話さねばならないのだ！」

彼は席を蹴り立って言ったが、ルイーズになだめられると、しぶしぶ椅子に戻った。このふたり、女のほうに主導権があるらしい。

アントワーヌによると、その襲撃があったのは、ルイーズが言っていたとおり三日前のことだったという。その日、彼は遠方の知り合いを訪ねたので、帰りが遅くなっていた。友人の家を出たときには、陽は落ちており、彼は角灯をさげて夜道を急いだ。

異変に気づいたのは、狭い路地裏に差しかかったときだった。粗末な外套をはおった男が、道を塞ぐように立っているのが見えた。男は外套の頭巾で顔を隠して、その手に抜き身の短剣を握っていた。

アントワーヌはにわかに恐ろしくなった。彼はあとずさり、その場から一目散に逃げ出したという。

「その男の特徴は覚えていませんか」

「そんな余裕があったと思うのか。命からがらだったのだぞ。さあ、もういいだろう。話は済んだぞ。そろそろ出て行ってもらおう」

ジェラールは鎧戸の窓から外に目をやった。闇夜に呑み込まれた街並みを見つめる。この修道士がなにかを隠しているのは間違いないだろう。問題は嘘の下に隠れている真実をどうやって表に引き出すか、ということにある。しかし、その方法は浮かばなかった。ここはいったん引きさがるべきだった。ジェラールは目を戻して言った。

「最後にもうひとつだけ。あなたは、ある特別なフロリン金貨のことを知りませんか。サラセン語が記された珍しい金貨です」

「いや、知らんな」

アントワーヌは冷たい目で彼を見すえている。やや間があって、彼は言った。

「そんな物が本当にあるのなら、俺も見てみたいものだ」

「わかりました。それでは、私はこれで去ることにしましょう」

戸口に向かうと、ふとルイーズと目があった。彼女は腕組みをしてジェラールをじっと見ている。物言いたげな、奇妙な笑みを口もとに浮かべていた。

「確かに、そのアントワーヌという説教修道士は怪しいですね」

ジェラールが一通り話し終えると、ピエールは片手に開いていた携帯パリ聖書をぱたりと閉じて言った。

「でも、それにしたって、娼家に行くことはないと思いますがね」

寝台の藁布団に腰をおろして、ジェラールはため息をついた。娼館から戻ってきたばかりで、ろくに休んでいない。片手で目頭を押さえて言った。

「仕方がないだろう。他に方法はなかったんだ。それに彼女たちだって好きで今のようになったわけじゃない。そんなに嫌うことはない」

「娼婦の肩を持つのですか？　しかし、どのような理由があるにせよ、あのような罪深い女たちを神はお赦しにならないでしょう」

なるほど、不機嫌の原因はこれか、と思った。娼婦たちを毛嫌いする者は多い。ピエールもそのひとりなのだろう。教会の教えが根付いている北フランスの田舎や修道院で生まれ育ったのなら、そのような考えを持つのも無理はない。

だが自分は違う。飢えた農奴から十分の一税を徴収するくせに、自分たちは大酒を飲み、絹の衣をまとい、聖書の言葉を悪魔的に解釈して騙り、人々を煽動して異教徒を畜生同然に扱った坊主は、アッカやシープルで嫌というほど見ている。富める者に、貧しき者や弱き者の苦しみは理解できない。理解しようともしない。どんな時代でも、どんな場所でも、それは変わらない。

　ジェラールは言った。

「なあ、今私たちがすべきことは、ここで言い争うことか？　一刻も早く神殿騎士を捕らえるためにも、それだけを考えるべきだ。違うか」

　ピエールは不満げな顔をしている。

「それでは、どうするのですか。話を聞くかぎり、そのドミニコ会士の口を割らせるのは簡単ではないように思われますが」

　ジェラールは机に置かれている獣脂蠟燭を見た。

　彼の言うとおり、確かに簡単ではない。アントワーヌが自分を信用していないのはあきらかだ。情に訴えても効果はなさそうだし、金を握らせたとしても、彼が真実を話すとは思えなかった。

　なにか良い手はないものか、と思案していると、ピエールがおもむろに言った。

「人に秘密を喋らせるには様々な方法があります。たとえば、金を渡して利で釣る方法。あなたがよく使う手です。しかし、もうひとつ方法があります」

　顔をあげると、ピエールは口もとを歪めてうなずいた。

「恐怖ですよ」

Ⅳ

聖エロワの祝日（十二月一日）にあたるその日の夜、アントワーヌは木製の角灯を手にさげて、暗い夜道を歩いていた。

月の見えない夜だった。空は雲に覆われて、路地は息苦しいほどの闇に呑まれていた。夜警の灯りが遠くに動いているだけで人の気配はなく、街は静まり返っていた。

だが、そんな彼のあとをつけている者がいた。ジェラールだった。彼は物陰に身を潜めてアントワーヌの様子を窺っている。狐の言ったとおりだな、とつぶやいた。

ピエールと相談した翌日、ジェラールは狐と連絡をとった。ピエールが提案した計画を実行に移すためには、あらかじめアントワーヌの動向を把握しておく必要があったのだ。

狐は優れた密偵だった。彼は半日もせずにアントワーヌの身辺を調べあげると、苦笑して報告してきた。

——あの説教修道士は、なかなかどうして、盛りのついた犬（ドミニコ会士）ですな。

アントワーヌは好色な男だった。晩課になると、きまって行きつけの娼館に足を運ぶのだという。そんな彼を街の人々は密かに軽蔑していたが、娼婦のあいだでは大層な人気があった。教養があり、女に手をあげない。なによりも金払いがいいのだ。

ジェラールは狐からアントワーヌが足繁くかよう娼館の場所と、彼が訪れる時刻を聞き、娼館の主人に金を握らせて、彼が訪ねてきたら報せるように頼んだ。

はたして、アントワーヌは娼館にあらわれた。狐に教えられた時刻ぴったりに戸口をくぐると、馴染みの娼婦とともに部屋に入った。そして、彼らは少し前まで淫らな行為に耽っていたのである。

――しかし、とんだ破戒僧だ。

とジェラールは頭を振った。

修道士や聖職者の堕落は珍しいことではない。だがこの男を含めて、彼らは天に召されたときに、神の前でどう申し開きするつもりなのだろう。神の前ではどのような理屈をつけようとも無意味だ。神はすべてをご存知なのだから。

情けない男だと思う一方で、その気持ちは自分にも向けられる。アントワーヌの様子を探るためとはいえ、娼館にこもって盗み聞きしたり、夜盗のようにあとをつけまわすというのは、どうにも気が進まなかった。自分が惨めで卑しい存在になった気がしていた。

すると、アントワーヌが、急になにかに追い立てられるように帰路を急ぎ始めた。夜道で襲われたときのことを思い出したのかもしれない。もしそうであれば好都合だった。ことが運びやすくなる。

やがて、アントワーヌは教会の前にある広場に差しかかった。

ふいに、彼はすくんだように立ちどまった。誰かいるのか、と言って、彼は前方の路地に灯りをかかげている。

すると、角灯の光の中に入ってきた者がいた。外套の頭巾で顔を隠した男だ。男は右手に抜き身の短剣をさげている。アントワーヌに向かって、ゆっくりと近づいていく。

「なんだ、お前は。く、来るな、来るんじゃない」

アントワーヌは青ざめた顔になっている。あとずさりながら、群がる蝿や蝙蝠(こうもり)を追い払うように角灯を振りまわした。

「俺を脅しに来たんだろうが、お、俺は絶対に喋らんぞ」

ジェラールは町屋の前にとめられている荷車の物陰から、彼の様子をじっと見ていた。彼を助ける必要はなかった。賊はアントワーヌに決して危害を加えない、と知っていたからだ。

賊の正体はピエールだった。彼に賊を装ってもらい、夜道でアントワーヌを襲って、殺されたベルトランのことを聞き出すように頼んだのだ。もっとも、この計画を思いついたのは、ピエールだった。

怯えたアントワーヌが真実を語れば良し、それでもなお口を割らなければ、自分が飛び出していって彼を助ける。命の恩人ともなれば、アントワーヌといえども態度を軟化させるかもしれない。誉められたやり方ではないが、こうでもしなければ、この頑固な説教修道士は口を割らないだろうと思われたのだ。

アントワーヌは教会の壁際まで追いつめられると、その場に尻餅をつき、恐怖のあまり口をぱくぱくさせた。顔は死人のように蒼白で、顔中におびただしい汗を掻いている。

――頃合いだな。

とジェラールは腰をあげた。

「お前たち、そこでなにをしている」

暗がりから出て行くと、ジェラールは剣を抜いて言った。

彼が目で合図すると、賊を装ったピエールもうなずき、示し合わせたとおりに闇の中へと走り去っていく。

その姿が見えなくなるのを確かめてから、ジェラールは剣を鞘に戻して、地面にへたり込んでいるアントワーヌに声をかけた。

「危ないところだったな」

アントワーヌは呆然とした表情になって、彼を見あげる。

「私が居合わせたからよかったものの、もう少し遅ければ命はなかっただろう」

「い、命が……」アントワーヌは背を丸めると、震える手を押し揉んでうめいた。ジェラールは憐れに思いつつも言葉を続けた。

「しかし、どういうことだ。襲われた理由に心当たりがあるような口ぶりだったが、もしかして、あなたはなにか知っているのではないのか」

「知らん」

彼は頭を振った。汗が飛び散った。

「お、俺はなにも知らん。なにも知らんのだ」

「そうか、わかった」

男の強情さに腹を立てていた。どうやっても話す気がない、ということか。

「いいだろう。そこまで言うのなら勝手にするがいい。ただし、また賊が戻ってきても今度は助けないから、そのつもりでいるんだな」

そう言い捨てて、ジェラールが背を向けたときだった。待ってくれ、と声が追いかけてきた。振り向くと、アントワーヌは縋るような目で彼を見ている。

「どうした。話す気になったのか」

だが、彼は目をそらす。うつむいて手巾で額の汗をふいた。

その煮え切らない態度に怒りが込みあげてきた。ジェラールは彼の胸ぐらをつかんで引っ張りあげると、揺さぶって訊いた。

「言え！　お前たちはなにを知っているんだ。最後のフロリン金貨はどこにある。あの金貨で解読する暗号文書とやらには、どんな秘密が隠されている？　なぜアンドレや教会は執拗にそれを知りたがるんだ？」

「ま、待て。お前が我々にとって敵となるか、それとも味方として扱ってよいのか、まだ決めかねているのだ」

「我々？　なんのことだ、殺された修道士たちのことを言っているのか」

「………………」

やはり、この男はなにか隠している。説明しろ、と言いかけたときだった。

ふと、ジェラールはあたりに目を走らせた。いつのまにか、ふたりは複数の人間に囲まれていた。

彼はアントワーヌの胸から手を離すと、その手から角灯をもぎ取り、気配を感じる闇に向かって投げた。角灯は闇を切り裂き、音を立てて路面に転がっていく。すると、濃い闇が溶けて、黒い外套を身にまとった男たちの姿を照らし出した。

アントワーヌがふいに彼らを指さし、短い悲鳴をあげた。ジェラールはどうした、と彼に訊いた。

「わ、わからんのか。こいつらだ。この黒衣の男たちがベルトランを殺したのだ」

──なんだと？

それでは、この男たちが教会の密偵か。

男たちは各々に短剣を抜くと、言い合わせたように包囲の輪を狭めてくる。

──狙いはアントワーヌか。

この男を渡すわけにはいかない、とジェラールが剣を抜いたとき、左の敵が猫のように俊敏な動きで斬りかかってきた。

ジェラールはうしろにさがって躱したが、胸もとを刃でかすられた。ひとりが斬りかかると、間をおかず、右の敵が身体をぶちあてるようにして突っ込んでくる。懐に入られたジェラールは今度は右腕を浅く斬られた。とっさに、その黒い影に振りおろしたが、刃は闇を斬っただけで、敵は影のようにするりと逃れた。亡霊のような連中だった。

敵は連携をとり、こちらに立て直す隙を与えずに斬り込んでくる。多勢に無勢だった。このままでは、アントワーヌを守るどころか、こちらの命が危うい。

ジェラールは教会の壁を背にして剣を構えると、側にいるアントワーヌに言った。

「私が奴らを引きつける。お前はそのあいだに逃げろ。娼館まで戻るんだ」

だが、当の本人は頭を抱えて縮こまっている。ジェラールはその背に向けて怒鳴った。

「ぐずぐずするな、行け！」

その声にアントワーヌの身体がびくりと震えた。彼は顔をあげるとうなずき、弾かれたように背を向けて走り出した。

黒衣の男のひとりが、彼を追って闇に消える。ジェラールは追いすがって斬りかかったが、残りのふたりに行く手を阻まれた。

焦るな、と自分に言い聞かせる。アントワーヌを追っていった敵は気になるが、今は目の前の敵に集中するべきだった。

敵は二手に分かれると、短剣を逆手に構えながら、彼の両側面に足を運んでいる。

――主導権を握らなければ。

ジェラールは屋根の構えをとり、少しずつうしろにさがる。応じるようにふたりの敵も間合いを詰めていく。角灯の光がちらついたとき、彼は左手にまわろうとしている敵に斬りかかった。敵は身軽にうしろに跳んで躱し、背を向けたジェラールに右手の敵が襲いかかる。だが素早く足を引いて身体をまわすと、ジェラールは走り寄る敵に向かって刺突を放った。

敵はその一撃を身をそらして躱した。そして素早く足を引くと、仲間に短く声をかけて、夜の闇へと遁走していった。引き際を心得た者たちだった。

ジェラールは得物を構えたまま周囲の気配を探り、敵が近くにいないことを確認すると、ようやく剣を鞘に収めた。すると、胴着のあちこちが斬られていることに気づいた。躱したと思っていたが、敵の刃は届いていたのだ。狐が言っていたことは正しい。あの黒衣の連中は危険だ。不用意に戦うべきではない。

ジェラールは地面に落ちている角灯を拾いあげると、逃げていったアントワーヌを追うべく、彼の姿が消えた路地を走った。

闇の中をしばらく進んでいくと、路地の先に角灯の光があった。

ジェラールは立ちどまった。剣の柄に手をかけてあたりに目を配っていく。そして、前方の灯りの中に倒れているアントワーヌと、彼の懐を探っている外套姿の男を見すえた。アントワーヌはあおむけに倒れたままぴくりともしない。彼の流す血で石畳が赤黒く染まっていた。

「ほう、お前か」

と外套の男が振り向いて言った。ジェラールが剣を抜くと、相手の男は片手を頭にかけて頭巾を脱いだ。

神殿騎士アンドレだった。

「これは、お前の仕業か」

ジェラールは倒れているアントワーヌを一瞥(いちべつ)し、アンドレに目を戻すと、言った。

「その男も、お前が殺したのか」

アンドレは頭を振った。

「俺ではない。どうやら、教会の連中に先を越されたらしい。やめておけ。今お前とやり合うつもりはない。それよりも取引の話をしよう」

「では、ベアトリスは無事なんだな？」

「心配するな、まだ生きている。もっとも、あの娘の生死を決めるのは、お前や俺でもなく、神おひとりだがな」

この男が本当に欲しがっているのは巾着ではなく、その中身だ。サラセン文字が書かれた奇妙なフロリン金貨と、暗号文が書かれた羊皮紙。しかし、そのふたつはエズラが囚われた際に、教会の手先に奪われてしまっている。

ジェラールはうなずいた。

「欲しいものを渡す。取引の日時と場所は？」

「明日、晩課の鐘が鳴ったらガロンヌ川の岸辺に来い。そこで巾着と引きかえに、女を返そう」

「岸辺といっても、この街は広い。具体的な場所を言え」

「その必要はない。俺がお前たちを見つけ出す」

アンドレは尻さがりに少しずつあとずさっている。充分に間合いをあけると、彼は身をひるがえして闇の中に消えた。

ジェラールはその闇をじっと見つめている。強い緊張を覚えていたが、男のうめき声がその呪縛を解いた。彼は柄から手を離して、倒れているアントワーヌの側に駆け寄った。

ジェラールは片膝を立てて、彼に呼びかけた。

アントワーヌの胸は血でぐっしょりと濡れていた。診るまでもなく深手だった。

「……お前は、さっきの男か」

アントワーヌは薄く目をあけて彼を見た。

そうだ、と言ってうなずくと、彼は震える手を伸ばしてジェラールの腕をつかんだ。凄まじい握力だった。彼は文字通り死力を尽くしてなにかを伝えたがっているのだ。

「た、頼みがある。俺はもう助からん。しかも、奴らに秘密を話してしまった……奴らにあれを渡すわけにはいかん。だから、一度ぐらいは、お、俺もお前を信じよう」

いいか、よく聞け、とアントワーヌは言葉を絞り出していく。

「罪深い女の家だ。そこに、お前の、求めるものが」

「罪深い女の家？　いったいそれはなんだ？　それはどこにあるんだ」

ジェラールは訊き返したが、アントワーヌは誰も見ていなかった。大きく目を見開いて、うわごとのように、なにかをつぶやいている。

「……ああ、恵まれた方、主があなたとともにおられます、おられます……」

その言葉を最後に、アントワーヌは息絶えた。

V

翌朝、ブノワ会の僧衣に身を包んだジェラールは、人込みにまぎれてトゥールーズの市内を歩いていた。頭巾を目深に被って、あたりに目を配っていく。二頭の騾馬が牽く荷車が行き交い、色鮮やかな短衣を着た人々が通り過ぎていく。

昨夜に修道士がひとり殺された。そのことで街の者の噂にのぼったり、騒ぎになっているかと思ったが、人々の様子は普段と変わらなかった。

説教修道士がひとり死んだところで、世の中がひっくり返るわけではない。人など毎日大勢死んでいる。皆、その日の食い扶持を稼ぐのに精一杯で、そんな些末なことを気にしている余裕などないのだ。

密偵の狐に案内してもらった娼館は、街の路地裏にひっそりと建っていた。

見ると、娼館に面した路地に人垣ができている。職人らしき男や女たちが集まって、ひそひそと言葉を交わしているようだった。ある者は険しい顔をして腕をこまねき、またある者は不安そうな顔をしている。

「これはなんの騒ぎだ」

側にいた中年男をつかまえて尋ねると、彼は一瞬驚いた顔をしたが、ジェラールが着ているブノワ会の僧衣を見て表情をやわらげた。

「ああ、お坊さんですかい。実はそこの旅籠で人が殺されたんでさ。殺されたのは、売春宿を経営していた男でしてね。背中をブスリと一刺し。むごいもんだよ」

「殺された？」

ジェラールは言った。その声に野次馬たちがこちらを見る。声を落として訊いた。

「それはいつだ」

「さあね、男の死体が見つかったのは今朝らしいが……見つけたのは、ほれ、あそこにいる穢らわしい女さ。こんなことは言いたくないけど、きっと神様の罰があたったんだろうね」

中年男の視線の先にいたのは、娼婦と思われる女だった。群衆から離れたところにひとりで立ち、青い顔をしてうつむいている。ジェラールは中年男に礼を言うと、その女に近づいて声をかけた。

「少し話をしたいんだが、かまわないか」

「あんた誰よ」

娼婦はジェラールをじろじろと見た。女の顔には皺と涙の跡がある。目は赤く腫れて、化粧も流れていた。

「お偉いお坊さんの説教なんて、あたし聞きたくないわよ」

ジェラールは苦笑した。自分のことを本物の修道士と思っているらしい。

「そうではない。私はこれでも俗世の人間でね、この娼館にルイーズという女がいただろう？　彼女に会いに来たんだが、どこに行ったのか知らないか」

「なに、あんた、ルイーズがとってた客なの？」

「まあ、そんなところだ。知っていることを教えてくれないか」

彼女の手をとって金を握らせると、娼婦はあら、悪いわね、と言った。

「でもねえ、お金もらっておいてなんだけど、あたしにはわかんないわよ。あの人、昨夜から姿を見てないし、そもそもどこで暮らしているのかさえ、知らないんだから。昨夜だって姿を見てないし、だから、あたしがあの娘のぶんまでお客の相手をしたのよ。それでそのぶんも含めてお金をもらいに来たら、あの人が死んでて。あたしこれからどうしたらいいんだろう。子供たちがお腹を空かせているっていうのに……」

彼女は肩を震わせて、泣き出した。

「彼女の居場所を知っていそうな者に心当たりはないのか」

娼婦は頭を振る。ジェラールは落胆したが、手がかりはまだあると思った。野次馬が集まっている娼館に目をやる。

「死体は、まだあの旅籠の中にあるのか」

娼婦は目の縁を押さえて洟を啜る。うなずいた。

――少し調べてみるか。

彼は人込みをかきわけて旅籠の中に入った。死体はすぐに見つかった。入り口から少し離れたところに、男がうつぶせに倒れている。死んでいたのは、やはり密偵の狐とともに娼館を訪ねたときに出迎えた、目つきの悪い鷲鼻の男だった。彼の背中に短剣が刺さっていた。それが死因だった。

ジェラールは家の中を見まわした。

物盗りの仕業ではないようだ。金の詰まった巾着は腰に結ばれたままだし、部屋の中を荒らされた様子もない。男の死体を調べると、顔や腕に殴られたような痣がいくつもあった。

すると、男が嵌めている金の指輪に目がとまった。

その手をつかんで持ちあげる。指輪の表面には、神殿騎士団の赤い紋章十字架が刻み込まれていた。

死んだ男の顔に目を戻して、まさか、とつぶやいた。

――この男も神殿騎士団にかかわる男なのか。

ふと、罪深い女の家に行け、というアントワーヌの言葉が思い出された。最初はその言葉の意味するところがわからなかった。だが、旅籠に戻ってピエールに意見を求めたところ、彼は少し考えてからこう答えた。

「それは、おそらく受胎告知のことでしょう」

彼によると、罪深い女とは娼婦を指す言葉で、罪深い女の家は娼館のことではないかという。そのあとに続いた——恵まれた方、主があなたとともにおられます——という言葉は、聖書にあるルカ福音書から引用したものらしい。受胎告知……神に仕える大天使ガブリエルが、イエスを身籠もった聖母マリアにかけた言葉だ。

娼婦の家。それを聞いて真っ先に思い出したのが、この娼館だった。

——ここには、なにかある。

それは勘でしかなかったが、殺された主人が身につけていた紋章十字架の指輪を見た今、その勘が外れていなかったことを確信した。

——アントワーヌは、私になにを伝えようとしたのか。

ジェラールは立ちあがった。とにかく、二階も調べてみる必要がある。

二階に続く階段をあがって、ルイーズやアントワーヌたちと会った部屋に足を踏み入れると、部屋の中は前に訪れたときと、なにひとつ変わっていなかった。ジェラールは部屋の中を探し回った。寝台の下や、藁布団の中、椅子のまわりの床も調べたが、気になる物はひとつもない。

　彼は周囲を見まわした。ここにはなにもないか、とつぶやく。あるいは、主人を殺した者がすでに持ち去ったのかもしれない。

　あきらめて部屋の戸口に向かいかけたときだった。うしろの鎧戸の窓から日が差し込み、指で触れるように彼の肩を照らした。人の形をした影が床板に伸びている。

ジェラールは振り向いた。窓際の机に置いてある聖母マリア像に目がとまった。

白い陶製で高価な物ではない。ベールを被り、うつむきがちに目を伏せている姿は美しく、どこか悲しげでもある。

　――受胎告知、マリア、聖母マリア、キリストを身籠もったマリアか。

　娼館に聖母像を置いていることを知ったら、生真面目な聖職者は烈火のごとく怒るだろう。しかし、聖母マリアは、すべての女たちの拠り所でもある。慈悲深く、罪に汚れた彼女たちが縋ることができる、唯一の存在だ。

　特におかしなところはない。だがなぜかその聖母像が気になった。人知を超えた得体の知れない力に導かれるようにして、ジェラールは聖母像に近づいていった。

　手を伸ばして聖母像を持ちあげる。すると、それまで抱いていた違和感がさらに強くなった。聖母像は軽い。軽すぎた。まるで中が空っぽのように……。

まさか、と思った。

ジェラールはその場にひざまずいて聖母像を床に置くと、それを外套でていねいにくるんだ。少しためらったのち、小刀の柄頭で何度か打ちつけると、マリア像は難なく割れた。くるんでいた外套をめくり、破片を取りのぞいていったジェラールは、思わずうなった。

白い陶器の破片の中に、黄金色に輝く一枚の金貨が交じっていた。サラセン語が刻まれ、キリストの姿が描かれたフロリン金貨だった。

最後の一枚はこんなところに隠されていたのだ。文字通り、聖母マリアは神の子を孕んでいた。アントワーヌが自分に伝えようとしたのは、このことだったのだ。

これで……と金貨を拾いあげて、ジェラールはつぶやいた。キリストの御姿がある金貨には、「Ⅱ」と刻まれている。

――これで、暗号を解く鍵がすべて見つかった。

売春宿を出ると、先ほどの娼婦が今度は若い托鉢修道士の前で泣いていた。彼女はジェラールにしたように肩を震わせて身の上を語っている。妹が病気で……という声がした。

若い修道士は、女の両肩に手を置いてなにか言っている。それを見て、ジェラールは苦笑した。

あの若者は、罠にかかった兎だった。狐の言うことは正しい。まことに、女は神が造ったものの中で、もっとも油断のならない生きものだった。

VI

濃い夜霧がガロンヌ川の岸辺を包んでいる。無風であたりに人影はなく、帆をおろした数艘の漁船が音を立てて揺れているだけで、気味が悪いほどに静まりかえっていた。無数の杭で築かれた堤防の近くに、粉挽き場と思われる古びた木造小屋と真新しい水車があったはずだが、こちらにも人の気配はない。

ジェラールは険しい表情で対岸を見つめていた。足もとに火を入れた角灯を置き、剣の柄頭の上に手を乗せて、昂ぶる気持ちを静めようとしていた。外は息が白くなるほど寒いのに、柄頭を握る手は汗でじっとりと濡れている。

——遅い。

と彼はつぶやいた。取引の時刻はとうに過ぎている。しかし、神殿騎士アンドレ・ド・フォスは姿をあらわさず、苛立ちが募っていた。

もっとも、アンドレの取引に応じるつもりはなかった。あの男はベアトリスを人質にとり、それを取引の材料にするつもりらしいが、個人的な感情を抜きにすれば、べアトリスはただの村娘でしかなく、極端な話、見殺しにしてもかまわない存在だった。できることなら助けてやりたいが、アンドレ捕縛という命令と、彼女の命を天秤にかけた場合、まったく釣り合わない。

そもそも、彼女がまだ生きているという保証はない。アンドレは冷酷な男で、これまでに多くの人間を殺している。ベアトリスもすでに命を奪われていると見るべきで、まともに応じればこちらが馬鹿を見ることになるだろう。

おそらく凄惨な斬り合いになる。

そう思うと、強い不安と緊張に襲われ、気持ちは鋭く張りつめてくる。だがここで失敗するわけにはいかなかった。この機を逃せば、アンドレの捕縛は二度と叶わなくなるかもしれないのだ。

――なんにせよ、ここが正念場だ。

そのとき、前方の闇の中から人の足音が近づいてきた。

「そこでとまれ」

ジェラールは鋭く言った。

人影はその声に応じて一度足をとめたが、すぐにまた歩き出して、灯りの中に入ってきた。

神殿騎士アンドレ・ド・フォスだった。彼は薄汚れた灰色の胴着を着て、その上に毛皮の外套をはおっている。腰の剣帯にキリストの姿を象った剣をさげていた。

あたりは一瞬にして強い緊張に包まれたが、アンドレは静かな口調で言った。

「夜明けまでには用を済ませたい。例の物は？」

ジェラールはうなずいた。

「ベアトリスはどこだ」

「まずは巾着を渡せ。用件が済めば、娘のいる場所を教えてやろう」

「娘が先だ。生きているのか確かめたい」

「俺に従ったほうが利口だぞ、フランス王の犬」アンドレは言った。「お前は俺をこの場に誘い出したつもりかもしれんが、それは違う。俺はお前の居場所などたやすく探りあてられるし、その気になれば、何年も身を隠せる。ここで俺をとり逃がせば、お前は終わりだ」

ジェラールは相手をじっと見ている。やがて覚悟したように小さくうなずいた。

「わかった」

彼は腰の鞄からアンドレの巾着を取り出した。そして、受けとれ、と言って無造作に地面へ投げ捨てると、剣を抜いて構えた。

アンドレは憎悪のこもった目をジェラールに向けた。呪詛の言葉をつぶやいて、腰の剣を引き抜いた。抜き身をさげて、ずかずかと近づいてくる。

「それが答えか、フランス王の犬め」彼は言った。「お前の腹をえぐり、腸を引きずり出してやる」

ジェラールは屋根の構えをとり、相手を見すえる。乾いた唇を舐めて、怖じ気づくな、とつぶやいた。

――気持ちで負ければ勝機はない。

突然、アンドレの剣が左肩口を狙って襲いかかってきた。ジェラールは弾き返したが、アンドレは休むまもなく打ち込んでくる。その激しい剣をしのぐと、ジェラールはすかさずアンドレの左腕を突いた。だが胴着の袖を裂いただけで、手傷を与えるまでにはいたらなかった。ふたりは目まぐるしく二合、三合、そして四度打ち合うと、弾かれたようにぱっと離れた。

ジェラールは肩で息をしながら剣を構えなおす。アンドレの息も荒い。額や髪から汗が滴っていた。

やれるかもしれない、と思った。

相手の動きが以前よりよく見え、こちらの技が通じている感じがあった。長旅と、数々の死地をくぐり抜けてきたことが、心身の鍛錬になったのかもしれない。

アンドレが屋根の構えから素早く斬り込んでくる。ジェラールは雄牛の構えに移して防禦したが、裏をかかれたと気づいたときには、耳のすぐ上を削がれ、剣をはね飛ばされて喉もとに剣尖を突きつけられていた。

アンドレは言った。

「金貨と暗号文書を渡せ」

「無理だ。森の修道院が襲われたときに、すべて教会の人間に奪われた」

「それを、この俺が信じると思うか。もういい、お前はここで死ね」

そのとき、闇の中から飛来した太矢が、アンドレの右肩を射貫いた。

アンドレはよろめいた。その隙を逃さずに、ジェラールは腰の小刀を抜き放ち、懐に飛び込んで彼の二の腕を刺した。

ジェラールが跳びさがると、アンドレは肩の矢傷を探っていた。しかし、傷が深いのか、遂に剣を取り落として、その場に膝を突いた。

ジェラールは自分の剣を拾いあげた。アンドレの剣を蹴り飛ばし、彼の鼻先に剣を突きつける。自分のこめかみから血が流れ、頰を伝っていくのを感じた。

アンドレは肩の太矢を引き抜いて捨てると、怒りに燃えた目を彼に向けた。顔中からおびただしい汗が流れている。ジェラールは言った。

「夜が明けたら、お前をフランス王の密偵に引き渡す」

こちらに近づいてくるピエールの足音がする。こうなることを予想して、弩を持たせたピエールをあらかじめ水車の近くに潜ませていたのだ。

長かった旅もこれでようやく終わる、と思った。パリを離れたときは、死を覚悟したが、これでマルグリットのもとに帰ることができる。そう思うと、途端に身体が疲れをおぼえて、その場に座り込みたい衝動に襲われた。

ジェラールが振り向いたのと、背後からうなりをあげて白刃が襲ってきたのは、ほとんど同時だった。彼は躱しきれずに右の二の腕を深々と切り裂かれた。

血で染まる腕を押さえて、ジェラールは相手を見た。

斬りかかってきたのはピエールだった。抜き身を構えたその目に迷いは感じられず、強い敵意が伝わってくる。彼は矢継ぎ早に斬りかかってきた。

「やめろ、気は確かか」

ちらりとうしろに目をやると、アンドレは自分の剣を拾い、杖にして立ちあがろうとしている。しかし、彼にかまっている余裕はなかった。

躱せず二度、三度と刃を防いだとき、ジェラールは受け損なって剣を取り落とした。

何者かに囲まれていることに気づいたのは、その直後だった。いきなり四方から人影が殺到し、ジェラールは次々と組みつかれた。抵抗するゆとりもなく、短剣の柄頭で後頭部を殴られて、地面に押さえつけられた。

小刀や短剣、そして最後のフロリン金貨が入っていた巾着を奪われて、うつぶせになってもがいていると、ピエールが剣を鞘に収めて近づいてきた。

ジェラールは言った。

「放せ、これはどういうことだ」

ピエールは憐れむような目を向けている。やがて、男のひとりからジェラールの巾着を差し出されると、彼は中を確認して言った。

「これで金貨はすべて揃ったな」

男が剣を抜いて、その刃先をジェラールの首筋に突きつける。

――殺せ。

とピエールが命じたそのとき、弦音がして、剣を持った男の胸に矢が突き立った。と同時に周囲の闇から、剣を抜いた男たちが飛び出してきて、ピエールたちに斬りかかっていった。

ジェラールは身体を起こしてあたりを見まわした。

なにが起きているのかわからなかったが、逃げるなら今しかない。ピエールたちも乱入者たちと激しく斬り結んでいて、他のことに目を向ける余裕はないようだった。

傷の痛みに顔をしかめながら立ちあがると、ジェラールは前方の闇に向かって走り出した。

ジェラールはあてもなく闇の中を疾駆している。走りながら腕に手を当てて、傷の具合を確かめた。途端に灼けるような痛みが身体を突き抜け、思わずよろめいた。

これはまずいな、と思った。息が切れ、目眩がする。胴着の袖は切り裂かれ、木綿の肌着も血を吸って濡れている。だいぶ血を失ったらしい。筋は断たれていないようだが、このままでは気を失ってしまうかもしれない。

いきなり身体に衝撃を受けて、ジェラールは転倒した。

身体を起こして顔をあげると、ぶつかった物の正体がわかった。岸辺に揚げられた漁師の小舟だ。その舳先に腰をぶつけてしまったらしい。

腕を押さえて立ちあがったときだった。遠くで人声がした。男たちが怒鳴り声をあげている。誰かを捜しているらしい。

――奴らだ。自分を追ってきたのだ。

ジェラールはとっさに小舟の中に転がり込むと、船縁からあたりの様子を窺った。

ここが見つかるのも時間の問題だろう、と思った。

血の跡を追っていけば、遅かれ早かれ、敵はこの漁船にたどり着く。

そうなる前に、少しでも傷の手当てをしておくべきだった。

ジェラールは船尾に背をもたれると、腕の傷を押さえながら腰の鞄を探った。取り出した小瓶の栓を口を使って外して、傷口に酢をかけていく。続いて羊毛の塊を患部にあてると、肌着を引き裂いて作った布切れで縛った。布はすぐに新たな血で染まった。

手当てを終えると、ジェラールは深々と息をした。夜が明けたら、傷を床屋医者に診てもらわなければ、と思った。そして気持ちが落ち着いてくるにしたがって、先ほどの光景が脳裏によみがえってきた。

――あのとき、少しでも反応が遅れていたら……。

首を刎ねられていたな、と思った。ピエールの不意打ちに対処できたのは、エズラの忠告が頭の隅に残っていたからだ。そのおかげで、ジェラールは無意識に彼と距離を取り、背後からの打ち込みを躱すことができたのだ。しかし、襲ってきた剣は速く、浅くない手傷を負った。

「しかし、なぜ……」

彼の裏切りは薄々感じていたことだが、それを実際に目の当たりにすると、やはり怒りよりも疑問が勝った。融通の利かないところがあるとはいえ、ピエールは騎士の矜恃を持つ若者だ。裏切りを働き、しかも、背後から襲う卑怯者ではない。

とにかく今は少し休もう、とうつむいて目を閉じたそのときだった。ふたたび人の声がして、ジェラールは素早く身体を起こした。

生きのびるためには戦うしかないと思ったが、それも不可能だと気づいた。先ほどの斬り合いで剣をなくし、短剣や小刀も奪われていた。

無数の足音は真っ直ぐこちらに向かっている。ジェラールは痛みをこらえながら船の中にあった櫂（かい）をつかむと、胸もとに引きつけた。こんなものでも、ないよりはマシだろう。

目が霞み、耳鳴りもする。彼が顔をあげると、人影が剣を手にして目の前に立っていた。

ピエールか、と思った。しつこい奴だ。

だが、その姿がおぼろげに見えてくると、ジェラールは自分の目を疑った。

「……なぜ、君が？」

血で濡れた剣を無造作にさげて立っているのは、娼婦のルイーズだった。

そのうしろには、武装した数人の男たちが控えている。誰もが戦闘による返り血を浴びていた。

彼女の顔も血で染まり、その長い髪はほつれて頬にかかっている。

あなたも……とルイーズはつぶやいた。

「なかなか、しぶとい男ね」

Ⅶ

日が昇り、朝になった。

褐色の外套に身を包んだ男が河畔に足を運ぶと、そこには杖をついたブノワ会の黒い僧衣を着た修道士が立っていた。彼はガロンヌ川をながめている。

「ただいま戻りました」

と外套の男は、その背に声をかけた。

だが僧衣の男は、呼ばれたにもかかわらず振り返らなかった。その視線は、やはり穏やかに流れているガロンヌ川に向いている。ひとりごとをつぶやくように言った。

「首尾はどうだ。うまくいったか」

「はい、例の金貨は手に入れました。これで暗号文の解読ができます」

「よいぞ、これで猊下もお喜びになる。わしも、あの者どもを修道院からわざわざ逃がしたかいがあったというものだ。奴らは我々が予想した通りに、最後の金貨を見つけ出してくれた。フランスの犬はどうした。ベルトランが死んだと聞いたときはどうなるかと心配したがな。して、フランスの犬はどうした。うまく始末したか」

外套の男は頭を垂れた。

「申し訳ありません。途中で思わぬ邪魔が入り……」

僧衣の男はしばし沈黙した。ややあって、怒りを含んだ声で言った。

「失態だな。その様子ではアンドレ・ド・フォスも捕り逃がしたのであろう？」

「ご命令さえいただければ、今すぐにでも捜し出します」

修道士は目を川に向けたまま、杖の頭を手のひらで撫でまわしている。

「まあよい、放っておけ。あのような者たちなど取るに足らない存在だ。いずれ、神ご自身が罰をお与えになるだろう。肝要なのは、暗号文の解読だ。あれの調べはいつ頃つく？」

外套の男は懐に手を入れて書簡を取り出すと、僧衣の男に手渡した。封を解き、手紙を読み進める僧衣の男に言った。

「ご命令通りに、暗号解読に秀でた修道士をふたり、ジェン（ジェノヴァ）から呼び寄せております。早馬を用意させましたので、まもなくこちらに到着するでしょう。彼らが到着ししだい、解読作業に入らせます。それと密偵の調べによると、例の者たちはこの街に潜んではいないようです」

僧衣の男は口をもごもごと動かした。

「さきほど言った、お前たちの邪魔をした者たちか。同じキリスト教徒とはいえ、やむを得んな。猊下のご命令でもある。秘密を知る者は、ひとり残らず始末しろ」

「しかし、こちらの動きを気にしているのか、なかなか尻尾を出しません」

するといい、僧衣の男がしわがれた声で笑った。外套の男は黙っている。

「ならば、お前に良い手を授けよう。お前はなにもするな」

「……？」

「暗号文書と、それを解く鍵となる金貨はすべて我々の手のうちにある。息を潜めて待つだけでよい。そうしていれば、いずれ奴らが巣穴から出てくるだろう。そこを叩けばよい」

それで用件はすんだようだった。僧衣の男は手を振って、相手を追い払うような仕草をした。

「さあ、もう行け。よいか、今度はしくじるなよ」

「ご心配なく、神は我々の味方です」

外套の男はそう言って相手を見た。頭巾の奥から鋭い視線を放っているのは、ピエールだった。

「むろんだ。教会こそが、神の代弁者であり、その教えこそが、神の教えでもある」

振り向いたのはブノワ会の僧衣に身を包んで、エズラを尋問した醜い老人である。

「ベランジュ・フレドル枢機卿猊下は、教皇聖下から厚い信頼を得ているお方。猊下のご意向に添う働きができれば、自殺したお前の家族の魂も、地獄から救われよう」

Ⅷ

目が覚めると、ジェラールは寝台から起きあがった。頭を動かしてまわりに目をやったが、見覚えのない場所だった。

石積みの山小屋のような内装で、入り口は狭く、天井には煙で黒ずんだ小梁と芝土の塊で葺いた屋根があった。部屋の中央に粗末な炉があり、火にかけた足つき鍋から粥の匂いがする。卓子や椅子などの古びた調度品が、獣脂蠟燭の灯りに照らされて仄暗く浮かびあがっていた。

ここはどこだ、と思った。確か自分はピエールの裏切りに遭い、逃げる途中で気を失ったはずだ。いいや、正確には逃げるときに漁船を見つけて、その中に身を潜めたのだ。そのあとでなにかあったはずだが、記憶はおぼろげではっきりとしない。ただ、あの場に娼婦のルイーズがいたことだけは憶えている。

状況を確かめなければ、と腕に力を込めた途端、ジェラールは思わず顔をしかめた。右腕に鋭い痛みがある。腕の傷に真新しい亜麻の包帯が巻いてあった。

すると、気がついたわね、という女の声がして、彼は顔をあげた。

娼婦のルイーズが、戸をあけて部屋に入ってくるところだった。

彼女は近づいてきて、枕もとの卓子に盆を置いた。

「まだ動かないほうがいいわ。少なくとも傷が塞がるまでは、ね」

「ここはどこだ、私はなぜこんなところにいるんだ」

「あなたは漁船の中で死にかけていたのよ。それを、私たちがこの小屋に運んだの。ここは安全よ。この場所を知っているのは、数人の羊飼いだけだし、トゥールーズからだいぶ離れているから、奴らに見つかる心配もないわ。喉、渇いているでしょう？」

ルイーズは水差しを取りあげて、木杯に葡萄酒をついでいく。

「訊きたいことはたくさんあると思うけど、今はこれを飲んで休んだほうがいいわ。自分ではわからないでしょうけど、ひどい顔色だから」

目の前に杯が差し出される。薬草を入れて温めたのか、良い香りがした。ルイーズは言った。

「心配しなくても毒は入っていないわ」

ジェラールは受けとった。彼は杯の中を見ている。ふと顔をあげて訊いた。

「教えてくれ。ピエールは、それに神殿騎士アンドレは、あのあとどうなったんだ」

「あなたが仲間だと思っていた若者なら、教会の密偵たちを従えて、トゥールーズに留まっているわ。アンドレの行方は私にもわからない。さあ、質問はこれくらいにして、それを飲んだらもう眠ってちょうだい……」

ジェラールは杯に口をつけて啜った。うまかった。喉を鳴らしながら一気に飲み干すと、彼は言った。

「それなら最後にひとつ教えてくれないか。君は何者だ？」

彼女は微笑んだが、その質問には答えなかった。ジェラールの両肩に手を添えて寝台に押し戻すと、蠟燭の芯をつまんで灯りを消して、おやすみなさい、とささやいた。寝たくはなかったが、やはり身体は疲れているらしい。横になると、ジェラールはすぐに深い眠りに落ちた。


小屋の外に男たちが集まっていることに気づいたのは、その夜ふけのことだった。

ジェラールは彼らの言い争う声で目が覚めた。

「もはやどうしようもない……に帰還するべきでは……」

「いいや……まだ手は……あの男が例の物を持って……」

「馬鹿な、あれだけの危険を冒したのだ……今すぐにでも……」

聞き分けられただけでも、三人はいるようだった。男たちの声には苛立つような響きがあり、特に低い声で話す男の声はあきらかに怒りをおびていた。

その男が言った。

「もはや議論など無用だ。ここで言い争っていても埒があかん。こうしているあいだにも、事態は刻一刻と変わっているのだぞ。ルイーズ、きさまもだ。その男に直接訊けばいいではないか。いや、今すぐにでも訊いてもらうぞ」

「待って、オリヴィエ。まだ彼は弱っているのよ」

ルイーズのとめる声がしたが、男の苛立った声がそれをさえぎった。足音が近づいてくる。いきなり部屋の戸が開いて、髪の短い、濃い顎髭を生やした男が入ってきた。男は大きな身体にフランソワ会の擦り切れた衣を着ている。手に剣を鞘ぐるみつかんでいた。

ジェラールは寝台から起きあがって身構えた。

男は射るような鋭い目でジェラールを見ている。やがて、野太い声で言った。

「ルイーズ、これがお前の言っていた男か」

「ええ、そうよ」

男のうしろでそう答えたのはルイーズだ。彼女はもったいぶるように答えた。

「彼がジェラールよ」

「この男は、今もあれを持っているのか」

「いいえ、残念ながら」

彼女が答えると、オリヴィエと呼ばれた男は振り返り、ルイーズをにらんだ。

「どういうつもりだ。この男が最後の金貨を持っている、とお前が言ったから、我々は多くの犠牲を払ってこの男を助けたのだ」

「仕方ないじゃない。私たちが彼を助けたとき、例の物はすでに彼らに奪われたあとだったのよ」

「ならば、なぜこの男をまだ生かしている？　まさか、情が移ったというわけではあるまい。お前が始末しないというのなら私がやるぞ」

そう言い放つや、男は剣の柄に手をかけた。ルイーズは横から男の手を押さえて言った。

「待って、オリヴィエ。彼は私たちの敵じゃないわ」

「この男はフランス王の密偵なのだろう？　ならば、我々の敵ではないか」

「そうかもしれないし、違うかもしれないわ。これには複雑な事情があるのよ。それに、この男はまだ使いようがある。彼には私から説明するから。ここは我慢してちょうだい」

「…………」

「オリヴィエ、お願い」

オリヴィエと呼ばれた男は不満そうだったが、ようやく柄から手を離した。ふん、と鼻を鳴らして言った。

「好きにしろ。だがあとでどうなっても私は知らんぞ」

　男が外に出て行くと、ルイーズは戸を閉めて、小さくため息をついた。その彼女の背に、ジェラールは声をかけた。

「教えてくれないか。君たちは何者だ？」

　振り向いたルイーズは黙って彼をじっと見る。相手の考えを推し量るような強い視線を受けとめながら、ジェラールは顎を引いて言った。

「やはり、答える気はないか」

　ルイーズは口もとに微笑を浮かべた。

「いいえ、そうではないの。いずれは話すつもりだったけど、事態が予想よりも早く動いたので、どこから話すべきなのか、とまどっているのよ」

「予想？」

「ええ、つまり――」

　とルイーズは言いかけたが、すぐに口をつぐんだ。そうね、とつぶやく。

「他の者ならともかく、あなたには、言葉で説明するよりもこれを見てもらったほうが早いわね」

　彼女は腰に吊している皮製の巾着を外すと、それを枕もとにある卓子の上に置き、ジェラールのほうにそっと押し出した。

「あなたが探している答えは、たぶん、その中にあるわ」

ジェラールが訝しげに顔をあげると、ルイーズは肩をすくめて見せた。

彼女の真意がわからず、不審に思いながらも中をあらためていく。出てきた物を見て、ジェラールは素早くルイーズの顔を見た。

巾着の中に入っていたのは、赤い紋章十字架の首飾りだった。

ルイーズは腕を組んで、挑むようなふてぶてしい笑みを浮かべている。

「これでわかってくれたかしら？」

「ああ。しかし、アンドレに殺された者たちは、敬虔とは言えないが、少なくとも神に仕える修道士だった。出自も神殿騎士団と繋がりがある。だが君は……」

「罪深い女と呼ばれている娼婦よ。でもそれがすべてじゃない。私の父は神殿騎士だった。私はその代理でもあるのよ」

ジェラールはあらためて目の前の女に注目した。父親が神殿騎士ということは、ルイーズは貴族の生まれなのか。染物職人の寡婦で、借金を返すために娼婦をしているというのは嘘なのか。

彼の表情を見て察したのか、ルイーズの表情がやわらいだ。

「騙して悪かったわ。でもね、私のような立場にいる人間は……あなたたちのような密偵もそうだけど、いくつもの顔を持っているほうが生きやすいのよ」

「待て、君が神殿騎士団にかかわりのある人間というのなら、今出て行った托鉢修道士は――」

「オリヴィエよ。彼も私たちの仲間。今は違うけど、昔は死んだ私の父に仕えていたの。あなたを助け出したときに指揮をとったのは彼よ」

「それでは、あの男に礼を言うべきだったかな」

ルイーズは頭を振った。それはどうかしらね、と答える。

「指揮を執ったのは彼だけど、オリヴィエは、あなたを助けることに最後まで反対していたわ。私が隠れ家として使っていた娼館も襲われた上に、アントワーヌも殺されて苛立っているのよ。彼には近づかないほうが賢明ね」

「君とアントワーヌは、どういう繋がりがあったんだ？」

「彼は今でこそドミニコ会士だけど、昔はオリヴィエと同様に父に仕えていた従者だったの。ベルナールとベルトラン、そして、ロベールたち……彼ら三兄弟の友人でもあった。彼らも私たちの同胞よ」

「つまり、彼らは皆、神殿騎士団の人間だったわけか」

どうやら様々な疑問に答えられる人間に、ようやく会えたらしい。ジェラールは考えをまとめる。目をあげて言った。

「だとしたら、ますます理解できない。君たちは神殿騎士団の人間らしいが、それが本当なら、なぜ私を助けたんだ？　君たちにとって、王の密偵である私は敵だ。しかも、暗号文書と金貨が教会の連中に奪われたことまで知っているみたいだが、それなら、もう私に用はないはずだろう。先ほどオリヴィエという男も言っていたが、私を生かしておく理由がない」

「訊きたいことはそれだけ？」

「わからないことは他にもある。アンドレや教会が探している金貨は、ある種の暗号文を読み解く鍵になると聞いたが、君は暗号の内容についてどこまで知っている？そもそも、あれにはどんな秘密が隠されているんだ？」

ルイーズはまじめな表情でこちらを見る。

「その質問に答える前に、私も少しいいかしら？　あなたは、フランス王が逃亡した神殿騎士を追う理由を知っているの？」

「いいや、詳しくは聞かされていない。私は、ただ、アンドレを捕まえてこいと命じられただけだからな。聞いたところで、連中は教えてくれないだろう」

「そう、やっぱりね……」

彼女は寝台の端に腰をおろすと、足もとの床を見すえてつぶやいた。顔をあげて、おもむろに切り出した。

「今から百年以上も前に、聖地を目指す巡礼団がコンスタンティノープルを襲撃し、破壊と略奪のかぎりを尽くした……その事件のことは知っているかしら」

ジェラールはうなずく。古い話を持ち出してきたな、と思った。

一二〇二年のことである。聖地の情勢を憂えていた当時のローマ教皇インノケンティウス三世は、聖都の奪還を目的とした武装巡礼団(十字軍)の結成を呼びかけた。これによりキリスト教圏から様々な人が集まり、彼らは神の名のもとに、進軍を開始した。

後世で第四回十字軍と呼ばれている遠征である。

「だけど、すぐに大きな問題が持ちあがったわ」

とルイーズは言った。

「人手と金子不足のために、彼らは聖地に渡る船賃を用意できず、ヴニーズで足どめを食らったのよ。彼らはヴニーズ側の提案で、キリスト教徒の街であるザラを襲撃、金子や財宝を略奪してそれを支払いに充てたけど、それでも聖地への船賃は足りなかった……」

だがそんなとき、帝位を弟に奪われて亡命していたローマ(ビザンツ)皇帝イサキオスと、その息子アレクシオスから、ある提案を持ちかけられる。

弟から帝位を取り戻すことに協力してくれたら、その見返りとして多額の金子を支払う、と言うのだ。これぞ神のお導きである。彼の申し出を受けた巡礼団は、ローマ帝国の首都コンスタンティノープルを襲撃し、帝位に就いていた弟アレクシオス三世を排除すると、亡命皇子アレクシオスを帝位にすえた。

巡礼団は約束の報酬を求めた。だが長い内乱により廃退していたコンスタンティノープルに満足な金子があるはずもなく、この支払いは完遂されなかった。しかも、ふたたび内乱が起き、新皇子アレクシオスと父のイサキオスは殺されてしまった。この約束をたがえる行為に巡礼団は激怒した。そして、異教徒たちと繋がりの強いラテン人への不信と嫌悪感も相まって、彼らはこともあろうに、その怒りの矛先をコンスタンティノープルに向けた。

エルサレムを解放する聖なる十字軍は、瞬時にして野蛮な略奪者の群れと化した。彼らは同じキリスト教徒を殺し、家に火をつけ、娘たちを凌辱し、略奪と殺戮のかぎりを尽くした。

「そのとき、十字軍は教会や聖堂にあった様々な宝物や聖遺物を盗んだそうよ。だけど、中には難を逃れたものもあった。私が父から聞いた話によると、そのときに持ち出された聖遺物の一部は、紆余曲折のはてに神殿騎士団の手に渡ったそうよ」

そして、ルイーズはいきなり核心に触れた。

「例のフロリン金貨で読み解くことのできる暗号文書には、その聖遺物のありかが記されているといわれているの。それが、フランス王や教会が神殿騎士アンドレを血まなこになって捜している本当の理由なのよ」

十字軍？　聖遺物？

ジェラールは眉を寄せる。半信半疑だった。

「それではなにか。アンドレを巡る一連の事件は、神殿騎士団が隠し持っている聖遺物を手に入れようとする、王と教会の争いだと言うのか。そんな話を信じろ、と？」

「信じる信じないは、問題じゃないのよ。現に王や教会はその聖遺物を欲していて、あなたのような密偵をあちこちに送り込んで探させている。それが事実よ。その争いに巻き込まれて、人も大勢死んでいるわ」

確かに、と思った。聖遺物の真贋はともかくとして、それをめぐって実際に血が流れている。それだけの価値が、聖遺物にはあるのだ。

聖遺物。それはイエスを始めとする聖人が生前に使っていた様々な遺品、あるいは殉教にかかわった品々――磔（はりつけ）の際に使われた十字架の破片や釘、イエスが着ていた衣、その血を受けたとされる杯――などを指し、聖人の遺骨や毛、血液でさえ崇拝の対象になった。これらは、異教徒にとってはがらくた同然だが、キリスト教世界においては富と権力の象徴とも言える至宝だった。

聖職者や名のある修道院は、自分の威光を強めるために、この聖なる遺物をこぞって買い求め、ときには私利私欲のために聖人や殉教者の墓をあばき、そこに埋葬されていた遺骸や屍衣布(しいきれ)を奪いとって崇めた。ひどいときには、聖遺物の所有をめぐって争いが起き、聖人の遺体を盗む聖職者や、殺しまで起きる始末だった。中でもイエス＝キリストの受難にまつわる聖遺物を所有する者は、神の恩寵を得られ、永遠の繁栄が約束されると言われており、数十万リーブルという途方もない額で取引されることもあるという。

ルイーズが明かした真実は、少なからずジェラールを動揺させたが、取り乱すまでにはいたらなかった。今回の事件にはなにか裏があるだろう、と思っていたからだ。

そこでふと疑問に思い、ジェラールはルイーズに訊いた。

「わからないと言えば、神殿騎士アンドレのことだ。あの男は君たちの仲間だろう？　だがあの男は、同胞であるはずのベルナールやロベールを殺した。あの男はなぜそんなことを？」

ルイーズの顔が強ばった。そう、やはり知らないのね、と彼女はつぶやいた。

「それなら、まず、その誤解から解かなければならないわね」

「誤解？」

「ええ、あなたは勘違いしている。あの男は私たちの仲間じゃないわ」

「それはどういうことだ」

ジェラールは相手を見すえた。ルイーズも真っ直ぐに彼を見返している。

「言葉通りの意味よ。あの男は私たちにとっても危険な敵なの。あなたが私と出会う一週間前のことだけど、マルセイユにいる仲間から報せが届いたの」

その手紙には、シチリアやシープルなどの地中海の情勢が事細かに記されていたが、読み進めたルイーズが気になったのは、手紙の最後に書かれていた一文だった。

マルセイユの海岸に、騎士と思われる男の死体が打ちあげられたという。死体の腐敗はかなり進んでいて生前の姿は見る影もなかったが、かろうじて着ていた白い衣と、身につけていた印璽つきの指輪により身元が判明した。

「海岸で見つかった死体は、シープルの神殿騎士……アンドレ・ド・フォスだったのよ」

IX

獣脂蠟燭から炎が立ちのぼり、灯芯の焼ける音がした。光に誘われたのか、羽虫や蛾がどこからともなく飛んできて燭台にまとわりつく。

ジェラールは自分でもうろたえているのがわかった。ちょっと待ってくれ、と言い、混乱する頭を整理して訊いた。

「つまり君は、アンドレはすでに死んでいる、と言うのか？　それが本当なら、私が今まで追ってきた男は何者なんだ。まさか、奴の亡霊というわけじゃないだろう」

「私にもわからない」

ルイーズは目を落とした。

「考えられるのは、あなたが追っている男は偽者で、その男が本物のアンドレを殺して成り代わったのではないかということ。シープルでは難しいでしょうけど、フランスの神殿騎士たちはアンドレの顔を知らないから、途中で成り代わるのは、それほど難しくなかったはずよ」

「その考えが当たっているとしたら、目的はなんだ。やはり、その男も王や教会と同様に、キリストの遺物を狙っている？」

「今のところ、それ以外に思いつかない。アンドレに成り代わったその男は、ベルナールたちを殺して金貨を奪っているもの。その正体不明の男の背後に、私たちの知らない別の人間の意志が働いているのか、それとも彼自身の思惑で動いているのかわからないけど……」

「暗号を読み解く鍵となる金貨か。しかし、疑問なんだが、なぜ神殿騎士団は暗号なんて面倒な方法を使って聖遺物を隠したんだ？」

「それはもちろん、フランス王から守るためよ。あの男は聖遺物を欲しがっているから。いいえ、手に入れたがっているのは、王だけじゃないわ。皇帝や教皇だって、その機会があれば手を伸ばすでしょうね」

おそらく、それだけではないだろうな、とジェラールは思った。神殿騎士たちは、聖遺物がもたらす威光や奇跡を独占したがったのではないか。神の至宝を人知れず崇める行為は、彼らにこの上ない優越感と、喜びをもたらしたに違いない。

すると、聖遺物は持ち主に絶大な威光を与え、その影響は諸侯や教会にもおよぶかな、という声がして、ジェラールとルイーズは顔をあげた。

先ほど出て行ったオリヴィエが部屋に入ってくるところだった。彼は後ろ手で戸を閉めながら、低く笑い声を漏らした。

「なにも知らないお前に、なぜ王や教会があれを欲しているのか教えてやろう。教皇は、フランス王に対抗するために、少しでも多くの手札を手に入れたいのだ」

「手札?」

「そうだ。そもそもこの一連の事件は、フランス王の野心から始まったことなのだ」

オリヴィエが言うには、今のフランス王家はアングルテルやフランドルとの戦が原因で、ひどい財政難に陥っているという。

「王は様々な方法で蓄財をはかったが、うまくいかなかった。そこで、王はもっとも手軽な方法を思いついた。金がなければ、持っている人間から奪えばいい、とな」

そして、王は莫大な財産を持つ神殿騎士団に目をつけ、その支配を目論(もくろ)み始めた。

アッカの敗戦以来、軍事力の衰退した聖ジャン騎士団と神殿騎士団を合併させ、その総長に自分の息子を置いてはどうか、と提案したのだ。しかし、これはうまくいかなかった。王の案は両騎士団の総長によりあっさりと拒絶されたのだ。

「当然だろうな。聖ジャン騎士団と神殿騎士団は水と油みたいなものだ。昔から不仲で、アッカでもそれが原因で殺し合ったこともある。うまくいくはずがない。だが、この案が受け入れられなかった理由は他にもある。両騎士団はフランス王の狙いがわかっていたのだ。王の息子が総長の座に就けば、両騎士団の財産は、いずれフランス王の私物になる、とな。誰にでもわかることだ。しかし、強欲な王はあきらめなかった」

あの男は、今度はフランスの神殿騎士団の評判があまり良くないことに注目した、とオリヴィエは忌々しそうに言った。

「ルイーズから聞いたが、お前はパリにいたそうだな。ならば少しは聞いたことがあるのではないか。我々の悪評を……」

ジェラールはうなずいて、言った。

「こんな噂を聞いたことがある。神殿騎士団は異教徒に恐れをなした臆病者の集まりで、他の騎士団やキリスト教徒に傲慢な態度で接するだけでなく、金貸しを営んで贅を尽くしている。彼らは猫の姿をした悪魔と語らい、信じがたいことに、キリストを侮辱し、男色や瀆神行為に耽っている、と」

怒り出すと思ったが、オリヴィエは顔色ひとつ変えなかった。むしろ、面白がっているようにも見える。指先で顎を掻きながら言った。

「なるほど、だがそんなものは可愛いほうだぞ。私が知っている噂の中には、聞くに堪えないものもある。それで、お前はその噂を信じているのか」

「わからない。そちらこそどうなんだ。本当に悪魔を崇拝し、キリストの像に唾を吐いていたのか」

他の奴らは知らんが……とオリヴィエは言った。

「私はこれでもキリスト教徒だ。少なくともローマの連中よりは信仰というものを識っている」

この男、とジェラールはオリヴィエを見すえた。堅物で粗暴な男だとばかり思っていたが、意外にも学があり、物ごとを見る目はあるらしい。

オリヴィエは真顔に戻って続けた。

「話を戻すが、正直なところ、その噂の真偽は私にもわからん。だが、噂のでどころはわかる。フランス王だ。奴が密偵を使って意図的に広めた疑いがある」

「なぜそんなことを？」

ジェラールが訊くと、オリヴィエは冷笑を浮かべた。

「わからんのか。民衆をそそのかして、味方につけるためだよ。民衆は言ってみればセーヌの流れのようなもの。普段は従順で穏やかだが、大雨で奔馬（ほんば）のように氾濫すると誰にもとめることができない。人々を呑み込み、橋を押し流し、立ちはだかるものをことごとく破壊する。いかに教皇といえど、この流れには逆らえん。民衆が騎士団の廃絶を望めば、もはやどうすることもできん。今の教皇にそれをとめるだけの力はないからな。昔と違って、民衆の力はずっと強くなっているのだ」

ジェラールはその言葉を苦もなく理解した。暴徒と化した民衆の恐ろしさは、アッカやパリで嫌と言うほど思い知らされた。おそらく、王はフランドルで起きた民衆の反乱や、パリでの暴動を目の当たりにして、逆にその力を利用することを考えたのだろう。

事実、神殿騎士団逮捕の翌日、フランス王の顧問官たちは、かつて教皇ウルバヌス二世や隠者ピエールがしたように広場の演壇に立つと、神殿騎士団がどれほど堕落していたのかその内情を説き、民衆に支持を呼びかけていた。彼らの信仰心や嫉妬を煽り、世論の支持を得ようと画策したのだ。

そのことを話すと、オリヴィエは鋭い目をジェラールに返した。

「やはりな。遅かれ早かれ、世論は騎士団の逮捕を歓迎し、厳しく断罪すべしと声を張りあげるだろう。頭の固いパリ大学の神学者たちは一筋縄ではいかないだろうが、民衆の力は強い。あの無知な者どもを懐柔して、この機を見逃すことなく騎士団を潰しにかかってくることは明白だ」

教会としては、その企てはなんとしてでも阻止したい。しかし、世論は反神殿騎士団に傾き、廃絶論も出ている。クレメンス五世は決して暗愚ではない。だが、絶大な権勢を振るった教皇インノケンティウス三世が逝去し、前々代のイタリー人教皇であったボニファティウス八世がフィリップ四世との抗争に敗れた今、フィリップと対等に戦えるだけの力は教会にはない。

オリヴィエは腕を組んで、部屋の中を歩き回った。

「そこで教皇は、神殿騎士団が持っている聖遺物に注目したのだろう。聖遺物があれば、フランス王の魔手から、騎士団を守る道が見いだせるかもしれない……」

ルイ九世が存命だった頃にくらべて、巡礼や聖遺物信仰に翳りが見え始めているとはいえ、聖遺物が民衆に与える影響力は侮れないものがあるという。

「方法はいろいろある。たとえば、神殿騎士団の活躍により、聖遺物を異教徒たちから取り戻したことにして公表すれば、フランスの民衆は信仰を意識し、神殿騎士たちに畏敬の念を抱くだろう。フィリップの思惑を砕くまではいかなくとも、世論の流れを変え、味方につけることで騎士団廃絶論を抑えるとともに、対策を練る時間を稼ぐことができるかもしれない」

「わからないな。だったら、なぜ教会とお前たちは袂をわかっているんだ。双方にとってフランス王は脅威のはずだろう？　争う必要がないように思えるが、お前たちは彼らに剣を向けて、私を助けた。なぜだ？」

「我々は教会に属する人間だが、その手足というわけではない」

とオリヴィエは足をとめて振り返った。急に険しくなったその顔をじっと見ながら、ジェラールは聞いた。

「なぜだ。仲違いでもしているのか」

「そういうことではない。だが教皇クレメンスは狡猾で慎重だ。それゆえに自己保身に走る傾向にある。必要とあれば我々を裏切り、王にすり寄ることもあるだろう。奴はフランス人教皇だからな。はっきりと言ってしまえば、あの軟弱な教皇は信用できないのだ」

そう答えると、オリヴィエは足もとの床に目を落として、考えをまとめるような表情になった。

「教皇にとって、神殿騎士団の持つ財産は守らなければならないものだが、神殿騎士たちの命はそうではない、ということだ」

「そうね」

ふたりのやりとりを見ていたルイーズもうなずいた。

「仲間のベルトランは、教会の密偵に連行された後日に死体となって見つかったし、アントワーヌも彼らに襲われた。やはり、彼らは味方とは思わないほうがいいわ」

「だからこそ、こちらとしては、教皇を信頼してすべてを任せるよりも、自分たちの手でこの難局を乗り越えたいと考えているのだ」

オリヴィエが目配せする。ルイーズは話を引き継いだ。

「そんなこともあり、フランス王が密偵を使い、パリのタンプルや各地の騎士団支部に探りを入れていることに、私たちはかなり前から気づいていたの。だから、念のために財産や目録の一部を安全な場所へと移す計画が練られた。もちろん、秘密裏にね」

目的を果たしたあと、移送にかかわった神殿騎士たちはこのことを口外しないと誓いを立てると、暗号解読に必要な鍵を——すなわち、異教徒の字が入ったフロリン金貨を各々が持ち、最後のひとりが聖遺物の隠し場所を記した暗号文書を持って、シープルに帰還した。

その計画の中心にいたのが、ルイーズの父であった神殿騎士と、その従者であるアントワーヌたちだった。

だがそれから数年が経ち、フランス王の狙いがはっきりしてくると、神殿騎士団の幹部たちは、隠した聖遺物をフランス王の力がおよばないシープルか、カスティーリャに移すことを考えた。

その重要な役目を負ったのが、本物の神殿騎士アンドレ・ド・フォスである。彼は聖遺物のありかを記した暗号文を託され、単身シープルを発ち、フランスのパリを目指した。

だが彼は海を渡った矢先に姿を消し、ふたたびあらわれたときは死体となっていた。そして、彼が懐中に持っていたはずの暗号文書は、アンドレを騙る正体不明の男の手に渡っていたのである。当初は、その男は王か教皇の手先と思われたが、そうではなかった。彼は教会だけでなく、王の密偵も殺している。目的も素性も不明だった。

オリヴィエが言った。

「私はイベリア半島にあるカバリェロスの神殿騎士なのだが、総長閣下の命を受けて、この地に渡ってきたのだ。アンドレやルイーズたちに力を貸し、探し出した聖遺物をカスティーリャにある神殿騎士団の城に移送する水先案内人としてな。だが仲間は次々に殺されて、彼らが守っていたフロリン金貨も奪われてしまった。今や聖遺物のありかを示した暗号文書と、それを解く鍵は教会の密偵たちの手にある」

打つ手なしだな、とジェラールはつぶやいた。敵の手に暗号文書と、それを解く鍵となる三枚の金貨が渡ってしまった以上、ピエールを始めとする教会の密偵たちは、神殿騎士団が隠した聖遺物を手中に収めるだろう。神殿騎士とフランス王の敗北は必至だ。

「でもね、それだけでは駄目なのよ。彼らは聖遺物を見つけられないわ」

ふたりが顔をあげると、ルイーズは真剣な眼差しで続けた。

「暗号文書に記されているのは、聖遺物が隠されている大まかな場所だと聞いているわ。でも具体的な場所までは記されていないらしいの。父が存命だった頃、父とアントワーヌがそう話しているのを聞いたことがあるの」

「ルイーズ、それは本当か」

オリヴィエが口を挟んだ。彼にも初耳だったらしい。

「ええ……ただ、それを知っていたふたりは、もうこの世にいないわ。父は昨年に病で死に、アントワーヌも殺されてしまった」

ジェラールに目を戻して、彼女は言った。

「あなたは、アントワーヌが死ぬとき、彼の傍にいた。そのとき、彼からなにか聞いたのではないの？　私は秘密を抱えたまま彼が死ぬとは、どうしても思えないのよ」

そういうことか、とジェラールは自分が置かれている状況をようやく理解した。ルイーズたちが危険を冒してまで自分を助けたのは、それを聞き出すためだったのだ。

しかし……。

「なるほど、つまり君は、私がその隠し場所とやらをアントワーヌから聞き出しているのではないか、と思っているんだな？　だが答えはノンだ。私はなにも知らない。あのときのアントワーヌは深手を負っていて、まともに話せる状態ではなかった」

「本当か。我々に隠しごとをしているのではないだろうな」

オリヴィエが組んでいた腕をほどいたが、今度は怯まなかった。ジェラールも負けじと相手の目を見返した。

「今さら隠してなんになる」

「なるさ。もしお前がアントワーヌから秘密を聞いていたとしたら、それを手土産にして教会に尻尾を振ることだってできるからな」

「私が奴らに寝返るとでも言うのか」

すると、ふたりのあいだにルイーズが割って入った。

「やめなさい。言い争いをしていられるほど、私たちに時間があると思うの？」

「だがルイーズ、この男は――」

「いいから黙りなさい」

彼女はオリヴィエをひとにらみして黙らせると、今度はジェラールに向き直る。

「あなたが、アントワーヌからなにも聞いていないのなら、それでかまわないわ。それで、ものは相談なんだけど、あなた、私たちと手を組む気はない？」

意外な提案だったが、ジェラールは驚かなかった。なんとなくだが、そうなる予感があったのだ。そうでなければ、自分たちの秘密を敵側についている男にここまで話したりはしないだろう。

「ことわれば、私を殺すんだろう？」

「わかっているのなら、その質問に答える必要はなさそうね」

「……………」

「あなたは、アンドレを捕まえるために、この地まで来たのでしょう？　あの男が何者か知らないけど、そう簡単に聖遺物をあきらめるとは思えない。きっと、教会の密偵を追うはずよ。もちろん、私たちも彼らと対峙するつもり。あなたはアンドレの命を、私たちは聖遺物を手に入れたい。そしてアンドレと教会は、倒すべき共通の障害。私たちが手を結ぶのは、悪い話ではないと思うのだけれど」

「確かに利害は一致しているが……」

ジェラールには決断を渋る気持ちがあった。今のところ彼女たちは敵ではないようだが、味方でもないのだ。場合によっては、やっかいな敵になる可能性がある。ピエールのときのように、また背中から斬りつけられるのはごめんだった。

「君は、私が裏切るとは思わないのか」

「思わないわ。あなたが受けた命令は神殿騎士アンドレの捕縛であって、彼の持つ聖遺物を手に入れることではないでしょう？　王や他の密偵がどう思っていても、アンドレさえ捕らえれば、あなたの目的は果たされる。違うかしら」

「わからないな。なぜ私をそこまで信じられる？」

ルイーズは品位のある控えめな笑みを浮かべた。

「信じてなどいないわ。でも頼りになる味方は多いに越したことはない」

「君は私を買いかぶっている」

だがそう言うジェラールも、彼女は信じるに値する人間なのではないか、と思い始めていた。なぜだろうか、とルイーズの美しい顔を見ながら自問する。

「あなたも、私たちを信じる必要はないわ。あなたには、あなたの目的があり、それをなせばいい。私たちも自分たちの使命を果たす。利害が一致しているあいだは、決してあなたを裏切らない。それは神に誓うわ」

蠟燭の炎が今にも消えそうに激しく揺れ動いている。

「どう？　引き受けてくださるかしら」

ことわる理由は見つからなかった。というよりも、選べる道はひとつしかないのだ。それに、納得したわけではないが、彼女の申し出はこちらにも都合がいいのだ。

いいだろう、とうなずくと、彼女は身を寄せてきた。ジェラールの首に両腕をからめて耳もとに、契約成立ね……ささやいた。彼女の息遣いを頰に感じた。

「あなたを殺さずにすんで嬉しいわ」

彼は売春宿の前にいた娼婦と、彼女に籠絡されていた若い托鉢修道士のことを思い出していた。彼はあのあとどうなったのだろう、と思った。

もちろん、異論はないわね。彼女はそう言って、肩越しに振り向いてオリヴィエを見る。彼はむすりとしていたが、しぶしぶといった様子でうなずいた。

「私としては、その男と手を組むことには反対だがな。しかし、やむを得ん」

それで話は終わったらしく、ルイーズはジェラールから身体を離すと、部屋を出て行った。オリヴィエも彼女に続きかけたが、ふと思い出したように足をとめてジェラールを見た。

「それと、言い忘れたことがある。ここに戻る途中で妙な男と会った。その男はお前のことを知っているらしく、言づてを頼まれた」

「私に、か？」

「そう、お前に、だ。傷が癒えしだいトゥールーズに来て欲しいそうだ。急ぎ伝えたいことがあるらしい」

ジェラールがそれは誰だ、と訊くと、オリヴィエは目を細めて答えた。

「狐だ。男はそうとしか名乗らなかった」

X

凍てつくような冬の雨が降りしきる中、ひとりの男がフォア伯領近郊の森を駆けていた。腕に負った傷をかばい、息を切らして走るその男は、トゥールーズの密偵――狐だった。

彼は木の根に足をとられると、無様に地面を転がった。泥まみれになった顔をあげて振り向くと、騎乗した男たちが泥飛沫(どろしぶき)をあげながら、迫ってきていた。

彼は立ちあがってふたたび走り出したが、兵士のひとりが弩を構えて射ると、狐は突き飛ばされたように前へ転んだ。太矢が右太股を貫いている。

狐はたちまち追いつかれて、騎馬に取り囲まれた。

追っ手のひとりが、馬上から言った。

「あきらめるんだな、逃げられないぞ」

狐はその男に向かって、この裏切り者め、と罵った。

「お前が我々にとってのユダだったとは。陛下に忠誠を誓っていたのではないのか」

黒い外套を着た男は下馬した。狐に歩み寄りながら、鞘を押さえて腰の剣を抜いた。

「僕が忠誠を誓っているのは、教会に栖突く傲慢な王ではない。お前は仕える主を間違えたんだ。だから、死ぬ」

男を見あげる狐の顔は蒼白になっている。そのとき、雷光が森を青白く照らし、ピエールの顔を浮かびあがらせた。

「これがお前の末路だよ」

すると、狐が肩を震わせて笑い出した。騎乗した男たちは顔を見合わせる。

ピエールは険しい顔になった。

「なにがおかしい」

狐はひとしきり笑うと、ピエールに向かって言った。

「お前たちは、あれを見つけることは絶対にできんよ。だが我々は違う」

負け惜しみを……とピエールはつぶやく。

「暗号はまもなく解読され、この戦いは僕たちが勝利する。お前は死んだアントワーヌのことをしつこく調べていたようだが、今さらお前たちになにができる?」

「そう思いたければ、思うがいい。お前たちの泣きっ面を見るのが楽しみだ」

そう吐き捨てるように言うや、狐は隠し持っていた短剣を抜いて、ピエールに跳びかかった。だがピエールは横に動いて躱すと、すれ違い様に彼の背を叩き斬った。狐は悲鳴をあげて、地面に転がった。

狐は斬られてもなお、血を流して蚯蚓のように泥の中を這っていたが、ピエールが剣を背に突き立てると、ようやく動かなくなった。彼は剣を鞘に戻して一挙動で馬に飛び乗った。手綱をとり、仲間に言った。

「後始末は済んだ。あとはトゥールーズで鼠が罠にかかるのを待てばいい。行くぞ」

XI

古びた戸を押しあけて小屋を出ると、外は一面の雪景色で、山の斜面に沿って放牧地が広がっていた。ジェラールは白い息を吐きながらあたりを見渡した。

南フランスといえども、冬はかなり寒い。石積みの囲いには雪が積もり、木組みの家畜柵にも白い霜がおりていた。遠くの稜線に目を移すと、灰色の雲が峰にかかって雪を降らせている。羊飼いの吹く笛の音がかすかに耳に届いた。

彼は戸を閉めると、外套を胸もとにたぐり寄せた。雄大な山々をながめながら、雪まじりの凍てつく風になぶられていると、ふと自分と世界が切り離されたような気分になり、それがもたらす強い孤独感に襲われていた。

すると、小屋の裏手で水を汲みあげる音がした。

様子を見に行くと、ルイーズが井戸で汚れ物を洗っているところだった。彼女は洗濯桶を足もとに置き、腰をかがめてごしごしやっている。長い髪はまとめて肩に垂らし、水に濡らさないように袖つき丈長の外衣の裾をまくりあげているので、ルイーズの弾力のある白い腿とくるぶしがあらわになっていた。

彼女はジェラールを見た。もう動けるのね、と言った。

「その丈夫な身体を授けてくださった主に、心から感謝したほうがいいわ」

「ここはどのあたりになるんだ？　見たところ、ピレネ山脈に近いようだが……」

ルイーズは仕事の手を休めずに答える。

「トゥールーズを南下して、アリエージュ川をしばらくさかのぼったところにある山の中――とまでしか教えられないわ」

ジェラールは頭を振った。彼らに助けられてから三日が経っていたが、いまだに自分は信用されていないらしい。もっとも、それはお互い様ではあるものの、もう少し打ち解けてくれてもいいだろう、という気持ちもあった。特にあのオリヴィエという男は、顔を合わせるたびに、こちらが少しでも妙な動きをしたら即座に斬りつけてやる、と言わんばかりににらみつけてくるのだから、どうにも生きた心地がしない。

ルイーズは慣れた手つきで汚れ物を洗っていく。その様子を見ていると、ふと、これはどういう素性の女なのか、と疑問が浮かんできた。ルイーズは貴族の生まれらしいが、水仕事に慣れすぎているきらいがある。

「君の父親は神殿騎士だったそうだが、母親の身分は？　他に家族はいるのか」

ルイーズは言った。

「そんなのいないわ」

「いない？　死んだのか。嫁いだことは？」

彼女は手をとめると、ため息をついた。

「ないわ。若い頃はいくつか話があったけど、うまくまとまらなかったの。父は南フランスの小貴族のところに嫁がせたかったみたいだけど」

「なぜ？」

「なぜって……」

彼女は顔をあげると、意地の悪い笑みを浮かべて言った。

「さっきから、ずいぶんと私のことを気にかけるのね。こんなことなら、腕の傷を縫うついでに、その口も塞いでおくべきだったわ」

「気を悪くしたのなら謝る。しかし……」

彼が言いかけたときだった。ふいにルイーズが立ちあがって谷のほうを見た。ジェラールも彼女の視線につられた。

丘陵をのぼってくる人の姿があった。杖を突き、つば広帽子をかぶって頭陀袋を肩にかけた男だ。ピレネを目指す巡礼者のような身なりをしているが、男はうしろに十数頭の羊を連れている。この辺りで移動放牧している羊飼いらしい。

「ギエム」

とルイーズはオック語で男に声をかけた。

羊飼いの男は軽く手をあげた。

みすぼらしい男だった。襤褸同然の衣をまとい、黒い髪と髭は伸び放題で顔の半分を覆っている。だが男の目は鋭い光をおびていて、ジェラールをじっと見ている。

襤褸を着た男は、彼女としばらく言葉をかわすと、もと来た道を戻っていった。

「今のは？」

男の姿が消えた丘陵に目をやりながら、ジェラールは訊いた。ルイーズはなにごともなかったように水仕事に戻っている。灰汁につけた下着を何度も叩いて言った。

「彼はこの小屋の持ち主で、見ての通り羊飼いよ。安心していいわ。彼は私たちの味方だから。ああやって、ときおり街や村々の様子を伝えに来てくれるのよ」

「つまり、あの男が君たちの連絡役というわけか」

だが、今の男の顔には異人の雰囲気がある。ジェラールは好奇心を抑えられずに言った。

「ひょっとして、今の男はサラセン人ではないのか」

ええ、そうよ、とルイーズは答えた。それがどうかしたの、と言わんばかりだった。

た。

「あなたは知らないかもしれないけど、この地では異教徒や異端者なんて別に珍しくないわ」

彼女はかがんで洗濯桶の水を流しながら、ぽつりと言った。

「そういうあなただって、似たようなものでしょう？」

それを聞いて、あの男は死んだら地獄に堕ちるのか。私の父のように……」

それを聞いて、彼女は少し怒ったような顔をして振り向いた。

「地獄ってどこにあるの？　聖都エルサレムの真下かしら」

「さあな、わからない。だが教会は知っているだろう」

「あの連中が知っているのは、地獄への行き方だけよ」

ずいぶんと手厳しい、とジェラールが苦笑していると、今度は、神殿騎士のオリヴィエが馬の轡をとって近づいてきた。

彼はふたりの側までやってくると、ジェラールの腕をちらりと見て言った。

「腕の傷はだいぶよくなったようだな。ちょうどいい。私たちは街の様子を探るために、明日トゥールーズに向かうが、お前も来るか」

ジェラールはうなずいた。狐が自分と連絡を取りたがっていると聞いて以来、トゥールーズに戻りたくて仕方がなかったのだ。あの男は、ピエールの裏切りやこの神殿騎士たちのことをどこまで知っているのだろうか。

いいか、くれぐれも……と言いかけたオリヴィエの声をさえぎって、ジェラールは言った。

「わかっている。妙な気を起こすつもりはない」

オリヴィエはその騎士特有の、射るような鋭い目でジェラールを注視した。

「その言葉を信じたいものだな。出発は明朝だ。今日は身体を休めておけ」

XII

炉で粗朶が勢いよく燃えている。その夜、ジェラールは裸のまま寝台に横たわりながら、天井に映る火影をじっとながめていた。頼りなげに動く影を見ていると、様々なことが頭に浮かんでは消えていく。

パリを発ったときは、ひとりの神殿騎士を捕らえれば、それでなにもかも終わると思っていた。しかし、アンドレを追って旅を続けるにつれて様々な人間の思惑が絡まり合い、事態は複雑の様相をおびていった。そして、仲間だと思っていたピエールは裏切り、今は敵であるはずの神殿騎士たちと行動をともにしている。

こんなことは、パリを出る前は想像さえしていなかった。

とにかく、明日は狐と会って、次になにをするべきか話し合うしかないと思った。自分が置かれている状況が見えなければ、動きようがない気がしている。

そのとき、部屋の戸が開く音がした。

誰かが中に入ってくる気配を感じて、ジェラールは戸口を見た。

屋外から差し込む月明かりに照らされて、女の身体が浮かびあがっている。彼は言った。

「君か。こんな夜ふけにどうした」

ルイーズが戸口に寄り添うようにして立っていた。亜麻の丈長の肌着姿だった。髪はほどかれ、足は裸足だ。目を伏せて黙っていた。もう一度声をかけようとしたジェラールは、彼女が肌着の紐をほどいて脱ぎ落としたのを見て、あわてて目をそらした。

白い陶器のようななめらかな肌と、豊満な胸が目に焼きついている。

ルイーズは寝台に歩み寄ると、ためらいなく毛布の中に入ってきた。ジェラールは首筋に女の息遣いを感じながら動けないでいた。

好ましく魅惑的な女が、一糸まとわぬ姿で横に寝ている。心が騒がないはずがなかったが、ジェラールは自分を戒めていた。すると、冷えきった女の手がそっと自分の肩に触れた。

「妻以外の女と寝ることを罪深いと思っているのかしら。快楽は神様が与えてくれたもの。拒むのは不敬だと思わない？」

その物言いが、いかにも彼女らしかったので、ジェラールは苦笑した。

「そんな風には思わないが、君がここまで大胆とは思わなかった。だが、あいにく私は金を持っていない」

「今の私は娼婦ではないわ。私がしたいからここにいるのよ。北の女と違って、南の女は情熱的というのかしらね、自分の感情を抑えきれないの」

「そうか。だが私には妻がいる。人肌が恋しいのなら他をあたったらどうだ？　あのオリヴィエでもいい。私のような男にくらべれば、ずっとましな相手だろう。私のことなんか放っておいたらどうだ」

「そう……やっぱり、あなた、自分のことが好きではないのね」

「私は故郷が炎に包まれたとき、母を見捨てて逃げた男だ。あてもなくフランスを放浪していたときは、盗みを働き、人殺しにも手を染めた。今はその報いを受けているようなものだ」

「見捨てたというのは、故郷のアッカで起きたことを言っているんでしょう？」

ジェラールは居心地の悪さを感じた。ルイーズは好ましい女ではあるが、人の心に遠慮無く踏み込む悪い癖があるようだった。だがすぐに昼間のことを思い出して、それは自分も同じではないか、と思った。

「私のことを、ずいぶんと知っているようだな」

「あなたのことは、人を使っていろいろと調べたから……」

「調べたからといって、貴族の生まれである君に、私の気持ちが理解できるとは思えないな」

そうね、とルイーズはささやいて、額をジェラールの背中に押しつけて熱い吐息を漏らした。その声はどこか悲しげで、諦観したような倦怠的な色をおびていた。

「私にはわからない。でも理解しようとすることはできる。それに、あなたは間違っている。私は貴族といっても、出来損ないなのよ」

「言っていることの意味がわからないな」

「どうして私が嫁がなかったのか、と昼間に訊いたでしょう？」

「ああ」

「私は、父の本当の娘ではないのよ」

そのさりげない告白は、ジェラールの胸を一撃した。振り返って彼女を見ようとしたが、ルイーズはお願いだからそのままで聞いて、と言った。外は雪が降り始めているのか、しんと静まりかえっている。

「私の母は貴族ではないのよ。それどころか商人や職人でさえない」

彼女の母親は、トゥールーズ伯領にある寒村の農民の娘だった。気は弱いが、村娘には似つかわしくないほどに美しく、祭りの日になると、村の若い男たちの目を惹いたという。だが過ぎたものは、おうおうにして災いを招く。彼女が十六のときだった。ルイーズの母親は村を訪れた貴族に目をつけられ、強姦された。

「母はそのときに私を身籠もった。そして、たぶん、しだいに大きくなっていくお腹を見て恐ろしくなったのね。陣痛が始まると、母は川辺で密かに出産し、その赤子の首を絞めた……」

嬰児(えいじ)殺しは珍しいことではなかった。この時代、堕胎や避妊は罪とされる。かといって、婚外子を産むこともまた罪であり、不名誉極まりなかった。

婚外子を産んだ女は、人々から嘲られ、陰口をたたかれるのだ。それは死んでもなおつきまとい、生まれた子も、母親と同様に一生後ろ指をさされて生きることになる。堕胎できず、望まぬ子を産むしかなかった女たちは、その恐怖に突き動かされるように我が子の首を絞め、あるいは頭を石で潰し、埋めて隠すのである。

ルイーズもそんな憐れな赤子と同じ運命をたどりかけたが、神はそこに救いの手を差し伸べた。母親がルイーズの首にその両手をかけたとき、村の猟師がその場に出くわしたのだ。

「母は捕らえられて木に吊されたわ。死体は腐り落ちるまでそのままにされた……」

そう話す彼女の声は淡々としていて、怒りや悲しみは感じられなかった。

「もし、あのとき、誰か居合わせなかったら、今も私の魂は辺獄をさまよっていたでしょうね」

「だが、悪いのは、君の母親じゃない」

「ええ、でも母は罪を犯した。私が母を殺したようなものね。幼い頃は、よく村の子供たちにからかわれ、石を投げられたわ。私は毎日を泣いて過ごした。村に私の居場所はなかった。私は望まれた子ではなく、村に不幸と災いをもたらす存在でしかなかったから。だけど父だけは違った。こんな私を受け入れてくれた。父は司祭様の友人で、事情を知って私を養女として引きとってくれたの」

そうか、と思った。女の身でありながら神殿騎士団に手を貸しているのは、そういう理由があったのか。そこにしか、この女の居場所はなかったのだろう。

ジェラールは言った。

「私たちは似た者同士なのかもしれないな」

どちらもこの世から疎まれ、見捨てられた存在だった。価値のない人間、誰からも必要とされない者。だが、本当にそうだろうか。

言っていいことなのかわからなかった。だが、背中に感じる女の息は、彼の魂を揺り動かした。怒り、悲しみ、後悔……そういった感情が彼の中にもある。今も行き場を求めてさまよっている。ややためらったのち、ジェラールは続けた。

「君は自分のことを見捨てられた人間だと思っているかもしれない。しかし、私にはそうは思えない」

彼女に視線を向けると、ルイーズは身体を起こして彼を見た。その表情にはあきらめにも似た寂しげな色が浮かんでいる。彼女は目を伏せてつぶやいた。

「……どうして？」

「今、君がこうしてここにいるから。神が私たちを引き合わせてくれたから。君の首を絞めながら、君の母親は涙を流していた……私には、なぜかそんな気がするんだ」

ルイーズは黙っていたが、ふと視線をそらすと、ぽつりと言った。

「わかったようなこと、言わないで」

XIII

男は夢を見ていた。夢の中の男は、木漏れ日の輝きを瞼（まぶた）に浴び、心地よい葉音を感じながら、遠くにあるサラセン人の集落をながめている。

棗椰子やオリーブの細長い葉が風に揺れていく。早朝ということもあり、集落の木陰では家畜市がひらかれ、路にも露店が出て人々で賑わっていた。

彼は懐かしく思った。それは、幼い頃に見た故郷の光景だった。そして、その一方で深い悲しみにも襲われる。そうか、またこの夢を見るのか、と思った。

男が村外れの井戸に目をやると、ひとりの少年が強い陽射しの下で黙々と水を汲んでいた。彼の身体は痩せこけている。鳶色の目をして頬に傷跡のある少年は奴隷だった。

少年は甕に水を移し終えた。顔をあげて、いくつも痣のある腕で額の汗をぬぐった。ふと彼の表情が強ばった。

男は振り向いて、少年の視線の先にあるものを見た。

なだらかな丘の上だった。そこに十数にもおよぶ騎馬が集っていた。

騎士たちは樽形の鉄兜をかぶり、鎖帷子の上に色鮮やかな陣羽織を着、彩色紋様の楯を持っている。鉄の杭のような形をした騎槍と剣で武装していた。海を渡ってきたフランク騎士たちだ。

騎士たちは槍を構え、腰の剣を引き抜くと、サラセン人の集落を目指して馬腹を蹴った。砂埃をあげながら、襲撃者たちは村になだれ込んでいく。その中の一騎が隊列を離れて、少年に向かってきた。差しあげられた剣が陽射しを弾き、騎士がおぞましい声で怒鳴った。

「お前がこの災いをもたらした。呪われた異教徒の子供め！」

ぎょっとして目を覚ましたアンドレは、横になったまましばらく天井をながめていた。無意識のうちに手が動いて、頬の傷に触れる。手のひらを見ると、血ではなく汗でびっしょりと濡れていた。その手をじっと見すえながら、これは神が自分に見せた真の夢なのか、それとも悪魔の仕業なのか、とぼんやりと考えた。

——なぜ今になって、こんな夢を見たのか。

いや、そんなことなどわかるはずがない、と彼は頭を振った。神の御心など誰にわかるというのか。理解しようと思うことそのものが、神への冒瀆ではないか。

すると、外の通りから馬のいななきが聞こえてきた。アンドレは素早く身体を起こし、側にある自分の剣を杖にして立ちあがると、急いで窓際に近寄った。

鎧戸の隙間から通りを覗くと、向かいにある旅籠の軒先に、黒い外套を着た男たちが集っていた。男たちは鞍をつけた馬に荷物を載せている。教会の密偵たちだった。

——奴らめ、いよいよ動くか。

とアンドレは目を細める。

おそらく、例の暗号文書の解読に成功したので、聖遺物の隠し場所に向かうつもりなのだろう。

そのとき、部屋の戸が開いてベアトリスが入ってきた。彼女は剣を持っているアンドレを見て、どうしたのですか、と言った。

アンドレは椅子にかけてあった胴着に袖を通しながら答えた。

「奴らが動き出した。お前とはこれまでだ。世話になったな」

ベアトリスの目が大きく見開かれた。運んできた粥椀を卓子の上に置くと、アンドレに言った。

「ま、待ってください。そんなどうして」

「…………」

「また殺し合いをするんですか。もういいじゃないですか。こんなことは、もうやめて、故郷に帰ることはできないんですか」

アンドレは手を休めなかった。腰に剣帯をつけ、外套を身にまとう。俺にはそんなものはない、と言った。

「帰りを待っている者もいない」

「だったら、あの、私の、私の村に来ませんか」

アンドレはベアトリスの顔を見た。彼女は懇願するような表情を浮かべている。前かけを握りしめる指が白くなっていた。

――どうしようもなく愚かで、憐れな娘だ。

とアンドレはあらためて思った。

彼はガロンヌ川の畔でフランス王の刺客と斬り合い、弩で肩を射られたときのことを思い出している。あのときは、教会の密偵たちの横槍が入ったおかげで難を逃れたが、受けた傷は思いのほか深かった。

隠れ家にしている旅籠に戻ると、アンドレは意識を失って倒れ、その夜は高熱に苦しんだ。ベアトリスは片時も彼の傍を離れようとしなかった。逃げることもできたのに、彼の顔や身体の汗をふき、包帯を替え、食事を与えた。熱が引いたのは夜明け前のことだった。彼が目覚めると、女は涙を流して微笑んだ。そして、教会の密偵が根城にしている旅籠の向かいで監視をしているあいだにも、こうして飯を運んでくる。

彼女は目を伏せて下唇を噛んでいる。それを見て、アンドレは言った。

「まだわからんのか。神が俺に血を流すことを命じられているのだ。なぜそれを拒める？　お前は主に逆らえと言うのか。田舎娘の分際で、偉大な主に異を唱えるのか？　だから、お前はこのような目に遭うのだ」

アンドレはベアトリスに近づいて、いきなりその左手首をつかんだ。

彼女は反射的に身を引いたが、アンドレはそれ以上のことはしなかった。

「見ろ、この火傷を」

彼の視線はベアトリスの左手に注がれている。粥椀を持っていた手だ。その手のひらが赤く爛(ただ)れていた。ベアトリスの顔が青くなった。

アンドレは言った。

「お前は痛みを感じぬのだろう？　病の王(マラディー・デュ・ロワ)に蝕まれているからだ。俺が気づいていないと思っていたのか」

病の王とは瘰癧の別称である。この時代、人々はこの呪われた病を畏れ、偏見も後押しして共同体から追放した。また、癩(らい)は肉の罪、つまり両親の淫行の応報と信じられており、その悲惨な症状や伝染するという迷信も相まって、癩病やみは激しい差別を受けた。

「お前は平復祈願のために巡礼をしていると言ったが、本当のところは、この病が原因で村を追い出されたか、巡礼を強制されたのではないのか」

ベアトリスは黙ってうつむいた。やがて小さくうなずく。

「……やはりな。お前が王の刺客どもと行動をともにしていることが不思議でならなかったが、この手を見たとき、その理由がわかった。お前には、帰るべき場所も頼るべき人もいないのだ。故郷に戻ったところで、誰もお前を受け入れてはくれないだろう。だから、あの者たちの側にいたのだ。お前は身勝手な理由であの者たちを騙し、利用していたのだ」

「わ、私は……」

ベアトリスはつぶやいた。肩がわなわなと震えている。

「違うとでも？　それでは、なぜお前はひとりで村を出た。この時季に、若い女が仲間も連れずにひとりで巡礼するなど、狂気の沙汰だ。家族はお前をとめなかったのか？　村の連中は？　司祭どもはお前を指さして、こう言ったはずだ。この娘は呪われている。神が罰を与えたのだ、と」

ベアトリスは激しく頭を振った。その場にしゃがみ込んで、口もとを両手で覆った。涙が目に盛りあがり、頰を伝って流れた。

「お前は、なぜ自分だけがこのような辛い目に遭うのか、と思っているのかもしれん。だがお前にも、お前の両親にも罪はない。主は愛する者を鍛える。主はお前の苦しみを知っているし、聖人たちもお前を憐れんでいる。俺にもお前の気持ちがわかる。俺も呪われているからな」

その言葉を聞いて、ベアトリスは顔をあげてアンドレを見た。彼は口もとを歪めて言った。

「そうだ。俺も呪われた存在なのだ。俺には異教徒の血が流れている」

オリヴィエは腕を組んで旅籠の壁に寄りかかり、ジェラールの顔をじっと見ている。彼は先ほどまで街に出て情報を集めていたので、フランソワ会の修道衣に身を包んでいた。

それで……と彼は口を開いた。

「その狐と名乗るフランス王の密偵が、行方知れずというのは本当なのか」

ジェラールはその目を見返してうなずいた。

山をおりてトゥールーズに到着すると、ジェラールたちは夜までに旅籠に戻ることを約束して別々に行動した。ルイーズとオリヴィエたちは、教会の動向を探るために人込みに消え、ジェラールは狐に会いに行った。ピエールの裏切りの件で、彼と早急に話し合う必要があった。

しかし、レ・カルム広場にある狐の隠れ家を訪れると、部屋の中は荒らされて、あちこちに激しく争った形跡があったのだ。

オリヴィエは目を細めて言った。

「十中八九、教会の密偵の仕業だろう。その狐という男が身を隠していそうな場所に心当たりはないのか」

「わからない。ただ、彼の隠れ家にこれが残っていた。尿をためる陶器の中に隠してあったので、襲撃者たちも見落としたらしい」

ジェラールは懐を探ると、羊皮紙の手紙をオリヴィエに渡した。読み進めるオリヴィエに言った。

「どうやら、狐はピエールの正体に気づいて、彼の動向を探っていたらしい」

手紙はジェラールに宛てて書かれていた。そこには、ピエールの裏切りを報せる手紙をすでに密偵のマルクに送ったことや、教会の密偵たちが慌ただしく旅支度していること、その行き先と思われる場所の名前、人数が手短に書かれていた。

手紙から目をあげて、オリヴィエはジェラールを見た。

「これは驚いた。連中はモンセギュールに向かったのか」

モンセギュール。それは、ピレネ山脈の麓にある巨大な岩山の上に築かれた難攻不落の城塞である。かつて「完徳者」と呼ばれるキリスト教の異端者とその信者がローマ教会の迫害に遭い、最後まで立てこもった場所として知られている。多くの血が流れた忌まわしい場所のひとつだった。

どう思うか、とジェラールが意見を求めると、オリヴィエは肩をすくめて見せた。

「昔あそこには、異端者の砦があったが、今は破壊し尽くされて跡形もない。そんな場所に、教会の密偵が向かう理由はひとつしかない。解読した暗号文書に、モンセギュールの名が記されていたのだ。おそらく、聖遺物はモンセギュールにある。しかし……」

と言葉を切り、オリヴィエは言った。

「しかし、それが本当なら、うまい場所に隠したものだ。あの血塗られた砦に近づくキリスト教徒はまずいないだろう。それに、ピレネを越えさえすれば、フランス王の力がおよばないカスティーリャに出られる。聖遺物の移送も容易だろう。隠すには絶好の場所かもしれん」

「手紙の最後に記されている記号が、なにを意味しているかわかるか」

急いで書き記したらしく、手紙はところどころインクがかすれて読みにくかった。その行の最後に、弧を描いた二本の線を交差させた奇妙な記号と、異国の文字が書き添えられていた。

オリヴィエは手紙をじっと見ている。顎鬚をなぶりながら言った。

「これはギリシア語だろう。そして、この記号は魚――つまり、主イエスを象徴している」

「確かに、その記号は魚に見えないこともないが、なぜそれがキリストなんだ？」

「私も詳しいことは知らないが、前に知り合いのフランソワ会の修道士から聞いたことがある。〈イエス・キリスト〉、〈神の子〉、〈救世主〉という三つのギリシア語の頭文字をとって並べると、ギリシア語で魚という意味の言葉になるそうだ」

キリスト教がローマ帝国から迫害を受けていた時代では、信者たちは十字架の代わりに、この魚の記号を密かに身につけていたという。

「しかし、なぜそんな記号が狐の手紙に？」

「私に聞かれても答えられんよ。だが、その狐とやらは、この街でベルトランやアントワーヌのことを調べていたのだろう？　それにかかわることではないのか」

すると、おお、そうだ、とオリヴィエは顔をあげて言った。

「私も街で調べを進めて、いくつかつかんだことがある。お前の捜している神殿騎士アンドレだが、それらしき男を見たという噂を耳にした。しかも、若い娘が一緒だったらしい」

「若い娘？」

と言いかけてジェラールはすぐに思い至った。

おそらく、ベアトリスのことだろう。あの娘はまだ生きていて、しかもアンドレと行動をともにしているのだ。そうか、と思った。彼女は生きていたか。

ジェラールが先をうながすと、オリヴィエはうなずいて続けた。

「それでそのふたりだが、教会の密偵とおぼしき男たちと前後して、街を出たそうだ」

考えられる理由はひとつしかない、とオリヴィエはにやりと笑った。

「あの男は連中のあとをつけてモンセギュールまで行き、隙を見て聖遺物を奪いとるつもりなのだろう。我々にとっては好都合だ。うまくいけば、連中を一掃できる。我々も急いで奴らのあとを追うべきだろう」

そこまで言うと、オリヴィエは言葉を切り、鎧戸のほうをちらりと見た。ルイーズの帰りが遅いことが気になっているらしい。

すると、ふいに戸を打つ音がした。オリヴィエが短剣を手に近づいて戸を少しだけあけると、部屋の前にルイーズがいた。彼女の顔には緊張のいろが浮かんでいる。

「ふたりとも、急いでこの街を離れたほうがいいわ」

「なにがあった？」

オリヴィエの顔も険しくなる。

「教会の密偵が、あたりを捜し回っているのよ。ここが見つかるのも、時間の問題ね」

オリヴィエは窓際に駆け寄る。ジェラールは廊下に誰もいないことを確認すると、ルイーズに中へ入るようにうながした。

戸を閉めて、オリヴィエとともに鎧戸の隙間から外の様子を窺った。市壁の門や通りのあちこちに松明の光が動いている。その光に照らされて、町屋の戸を荒々しく叩いて、一軒ずつ虱潰しに家捜しをしている男たちの姿が浮かびあがっている。

「奴らは欲しい物を手に入れたはずだ。私たちを追い回す理由などないはずだが」

オリヴィエの言葉に、ルイーズが答える。

「理由ならあるわ。あいつらは秘密を知る者を生かしておくつもりはないのよ。この近くの旅籠で馬を手配しておいたわ。街の門が閉まるまでに脱出したほうがいいでしょう」

「そうだな、確かにここはまずい」

とオリヴィエがうなずいたとき、階下で人の騒ぐ声がした。悲鳴や怒鳴り声が飛び交い、続いて大勢の人間が階段を駆けあがる音がする。

オリヴィエが短剣の鞘を払ったときだった。いきなり部屋の戸が蹴破られ、黒衣の男たちが躍り込んできた。その手には抜き身の短剣がある。

「ルイーズ、その男を連れて逃げろ」

オリヴィエは襲いかかる黒衣の男たちを相手にしながら言った。

彼が素早く動いて斬りつけると、真っ先に飛び込んできた男が、斬られた腕を押さえてうしろにさがった。入れ替わるようにして、別の黒衣の男が前に出てくる。逆手に振りおろしてきた短剣を躱すと、オリヴィエは素早く組みついて腕をひねりあげ、顔面に膝蹴りを入れる。

逃げろと言われてもここは二階だ。しかも、入り口には敵が大勢押し寄せている。

どうするつもりだ、とジェラールが振り向くと、ルイーズが寝台の下に隠していた縄梯子(なわばしご)をつかみ出していた。彼女は鎧戸を開いて、ジェラールに言った。

「こっちよ、早く」

ふたりは夕闇に包まれた街路を走っていた。

外を出歩く人の姿はまばらで、街中にある教会や修道院の鐘楼から、一斉に晩課を告げる音が鳴り響いている。日没の闇と鐘の音が、彼らの姿と足音を掻き消した。

街の三叉路に差しかかると、ジェラールは家屋の壁に身を寄せて、狭い路地の左右に目を配った。右手を進むのは自殺行為だった。闇をこがす松明の灯りが五つは動いている。黒い外套姿の男たちだ。しかも、腰に剣を帯びている。左の路にも敵の姿はあったが、こちらの数はふたりだった。低い話し声が聞こえてくる。闇に乗じて不意打ちをしかければ、倒せない数ではない。

ジェラールは腰の小刀に手をかけたが、ふとうしろから肩をつかまれた。振り向くと、ルイーズが小さく頭を振った。

「あそこにも、もうひとり」

彼女は灯りのさらに奥へと目をやった。ジェラールも目を凝らした。薄闇をじっと見すえると、彼女の言ったとおり、三人目がいるのがわかった。ジェラールは小刀の柄から手を離した。

「私よりも夜目が利くんだな」

彼女は強ばった顔に笑みを浮かべた。

敵に見つからないように道を迂回していくと、ふたりは城壁の近くにある小さな旅籠に着いた。軒先に、鞍を載せた三頭の葦毛が繋いであった。彼女は旅籠の主人に金の詰まった袋を与えると、ジェラールに向き直って言った。

「あなたは先に行って」

「君はどうするんだ」

「オリヴィエを置いてはいけないわ。心配しないで、すぐに追いかけるから」

なにを馬鹿な、とジェラールは頭を振った。

「死にに行くようなものだ」

敵はひとりやふたりではない。助けに戻ったところで殺されるだけだろう。オリヴィエだって生きているかどうかわからないのだ。

ルイーズは微笑んで言った。

「仲間を見捨てるつもりはないの」

「それはわかるが、しかし――」

と彼が言いかけたとき、闇の中から太矢が飛来して、旅籠の前に繋いだ三頭の馬のうち二頭を撃ち倒した。黒衣の男たちが、剣を抜いてふたりに向かって走ってくる。

もはや、助けに行くどころではない。ジェラールはルイーズに急いで馬に乗るように言い、自分も一挙動で鞍にあがった。手綱をとり、彼女にしっかりとつかまっているように声をかける。

男たちは斬りかかってきたが、興奮した馬が竿立ちになったので、蜘蛛の子を散らすように路地の隅にしりぞいた。その隙を突いて、ジェラールは馬腹を蹴った。

薄暗い路地を馬で疾駆していると、街の城門が前方にあらわれた。門はまだ閉まっていない。異常を察知して男たちが集まっている。逃がすな、殺せ、と誰かが叫び、弩を持った兵が前に出てくる。

兵が弩を構えて太矢を放ったのと、ジェラールが彼らを蹴散らして門を抜けたのはほぼ同時だった。

ジェラールは街を出ると、月明かりを頼りに馬をひたすら走らせた。城壁の外は無法地帯だ。追っ手がかかるとは思わなかったが、少しでも街から離れたかった。

四分の一リュー（約一キロ）は走らせただろうか。彼は手綱をおさえると、馬の頸を軽く叩いてうしろを見た。トゥールーズの街並みが夜の闇に沈んでいる。追ってくる灯りもなければ、馬蹄の音もしない。

「どうやら、逃げきれたようだな」

鞍の前に乗せたルイーズに言ったが、彼女は力なくうなだれたまま黙っている。

どうしたと声をかけたが、うめき声を漏らしただけだった。

身体が傾いて馬から落ちそうになる彼女を抱きとめて、彼は息を呑んだ。思わずつかんだ彼女の脇腹のあたりが、血でぐっしょりと濡れていたのだ。

手で探ると、指先に堅い木と矢羽の感触があった。

――街を出るときに射られたのか。

急いで下馬し、ルイーズを馬からおろして草むらの上に横たえる。

月明かりの下で傷を見ると、ジェラールの顔は強ばった。脇腹のあたりが血で黒く濡れて、そこに太矢が深々と食い込んでいた。

矢をつかみ、神に祈りながら鏃(やじり)を残さないように引き抜いていく。矢を投げ捨てて、血が噴き出る場所を強く押さえると、その手がたちまち血に染まった。ジェラールは呼びかけた。

「ルイーズ、私がわかるか。しっかりしろ」

彼女はうっすらと目をあける。つぶやいた。

「馬鹿ね。私……」

「待ってろ、すぐに手当てしてやる」

ルイーズは小さく頭を振った。

「無理ね。聖ルカだってお手あげ、だわ……こ、これでも傷には詳しいのよ」

「いいから黙っていろ」

しかし、彼女は正しかった。

脇腹の傷は内臓に届いている。素人の手にあまるものだった。モンペリエやサレルノの名医でさえ、彼女の命を救えるかどうかわからない。今の彼女に必要なのは床屋医者ではなく、終油の秘蹟を授ける聖職者なのだ。

くそ、とジェラールはつぶやいた。

「た、頼みがあるの、聞いてちょうだい……」

ジェラールは目を閉じて心を静めようとした。彼女は最期になにかを伝えたがっている。それに耳を傾けるのが、今の自分にできる唯一のことではないのか。彼はルイーズを見た。なんだ、と言った。

「これから、どんなことがあっても、あなたは生きて、パリに戻るの。待っている人がいるのなら、なおさら……それから、オリヴィエに、あなたのことを誇りに思っていた、と……あなたの気持ちに応えることができなくて、ごめんなさい、と……」

「ああ、約束する」

ルイーズは激しく咳き込み、苦しげな表情になった。

「寒い、なにも見えない。怖い」

ジェラールは外套を脱ぐと、それを彼女の身体にかけた。そして、ルイーズの手を探り出して両手で握った。

「私はここにいる。君は少し眠るといい。心配するな、あとのことは任せろ」

ルイーズは目を閉じて笑みを浮かべた。その顔のまま、彼女の魂は放たれていった。

ジェラールはうつむいた。

どうしてこんなことばかり起きるのか、と思った。なぜ神は善良で憐れな者が死んでいくのを見過ごされるのだ。なぜ彼女は、こんな寂しい場所で死ななければならないのか。

——なぜ、いつも自分だけが取り残される。

そのとき、馬蹄の音が聞こえてきた。一騎だけだった。やがて黒い人影が馬をおり、濡れた草を踏みしめて近づいてきた。

ジェラールは立ちあがって、その人影を迎えた。

月明かりを浴びてあらわれたのは、オリヴィエだった。彼は横たわるルイーズを見て、足をとめた。絶句して、驚愕した顔になった。

翌日、パミエの旅籠に部屋をとったジェラールは旅支度に追われた。数日分の葡萄酒と食料を雑嚢に詰め込み、新調した短剣と小刀を研ぎ、残り少ない路銀を使って必要な物をそろえた。やるべきことを終えると、彼は鎧戸の窓から街並みを赤く染める黄昏を見つめた。

シープルを離れたときは……と思った。あの頃は、この世に命を賭けるに値するものはないと冷笑し、最期は路上で野垂れ死ぬのだ、呪われた異教徒の子が行き着く先はそんなところだろう、と人並みの幸せさえあきらめていた。だが、そんな荒んだ心を癒やしてくれたのが、親方やマルグリットだった。彼らと過ごした歳月、あの安らぎに満ちた日々は、寄る辺のない人間にとって、真冬の川に落ちたあとであたる焚き火のようなものだった。

アッカが戦火に呑まれたとき、自分は無力だった。物ごとを決断する意志や、危難をはねのける力はなく、災いからただ逃げまどい、恐怖に震えるしかなかった。だが今は違う。

ピエールが率いる教会の密偵らをしりぞけ、アンドレを捕らえる。それがどれほど危険で困難なことなのかよくわかっている。だが、ここで背を向けて逃げれば、それこそ本当にすべてを失ってしまう。焚き火は、まだ燃え尽きてはいないのだ。

すると、うしろで足音がして、ルイーズは……と男の声がした。

振り向くと、オリヴィエが右脚を引きずりながら入ってきた。彼も窓の外に視線を向けた。遠くを見るように目が細くなっている。

「彼女はいつもひとりでいることを望む女だった。そうしなければ、主に罰せられるとでも言うかのように……だが私は、だからこそ私は、彼女の傍にいることを望んだのだ」

ジェラールはなにも言わなかった。オリヴィエは目を閉じて頭を振ると、彼を見て言った。

「外に馬を用意した。やはり行くのか」

ジェラールがうなずくと、オリヴィエは言った。

「残念だが私は無理だ。ルイーズの亡骸を葬ってやらねばならないし、昨夜の襲撃で脚に手傷を負ってしまった。足手まといになるだけだろう。しかし、あまりにも無謀だ。たったひとりで、モンセギュールに向かうなど、自分から殺されにいくようなものだぞ」

わかっている、とジェラールは答えた。自分は、自分が成さなければならないことをするだけである。それがどのような結果を招いても、受け入れる覚悟はあった。

オリヴィエが前に出て手を差し伸べた。顔に笑みが浮かんでいた。

「神は困難を前にしても、退かぬ者を愛される。私はお前の無事を祈ろう。神のご加護があらんことを」

ジェラールがその手を握り返すと、ふたりの男はたがいの肩をたたきあい、強く抱擁した。

第六章　時代の終焉

I

十二月の終わりから十四日前（十二月十七日）　サバルテス地方

雪道に残っている馬蹄跡から目をあげると、ジェラールは前方に屹立（きつりつ）する峻険な岩山を見た。その岩山の頂きに、モンセギュールの城跡が鎮座している。

まさに天然の巨塔だなと彼はつぶやいた。

露出した岩肌や絶壁のような急斜面は、モーゼが神から十戒を授かったシナイ山や、バベルの塔のようでもある。上空を数羽の鷹が遊弋（ゆうよく）している。夕闇の中で見るその姿は不吉で、悪魔のように禍々（まがまが）しかった。

かつてキリスト教の異端者たちが、ローマ教会に反旗をひるがえして戦い、敗れ追いつめられたのが、この堅牢な天然の城塞である。東側なら登るのはさほど難しくないが、他は断崖絶壁になっており、獣でもなければ登攀（とうはん）は不可能だった。

轡をとって馬を近くの木陰に牽き入れると、ジェラールは手綱を枝にゆるく結びつけた。馬の頸を叩き、愛撫しながら言った。

「私が戻らないときは、好きなところへ行け。達者でな」

陽が沈むのを見計らい、ジェラールは灯りを持たずに東側から岩山を登り始めた。手探りで足場を探して慎重に上を目指す。岩だらけの急斜面を這うように進むだけで、総身から汗が噴き出すのを感じた。肩で大きく息をしながら顔をあげて振り向くと、無数の星々が目に入った。落日の強烈な輝きは失われ、夜の闇が迫っている。

夕闇にまぎれて頂きが見えるところまで来ると、ジェラールは素早く身を伏せた。頂きの砦跡に灯りが見えたのだ。大きな岩陰に身を潜めて様子を窺うと、砦跡の入り口で男たちが焚き火を囲んでいた。鎖頭巾と大鎖帷子を身につけ、剣や鎚矛で武装している。ひとりが鋳鍋の粥を柄杓でかきまわし、残りの男たちは剣の錆をこそげ落としたり、鎖帷子に豚脂を塗り込んだりして、手入れに余念がない。野営に飽いているのか、兵たちのあいだには疲れた雰囲気が漂っている。

おそらく、教会が雇った傭兵か、あるいは密偵だろう。奴らがまだここにいるということは、ピエールはまだ聖遺物を見つけ出せずにいるのだ。アンドレも姿を見せていないようだった。

——しかし、どうする。

とジェラールは思案した。城壁の入り口近くにいる見張りの数は三人。ふいを突けば倒せない数ではないが、ひとりでも逃せば仲間を呼ばれる恐れがある。城内にどれだけの敵がいるのかも見当がつかないので、迂闊には踏み込めない。

しかし、ここで待っていても状況が悪化することはあれど、好転する保証はない。夜が明けるまでに、こちらからしかけるしかないことはよくわかっていた。

そのとき、首筋にひやりとした刃の感触を覚えた。

動くな、と背後で男の声がした。ピエールの仲間かと思ったが、その声には憶えがある。うしろを見ると、やはり立っていたのは、神殿騎士アンドレだった。

アンドレは無表情だった。彼は言った。

「お前はここでなにをしている。俺を追ってきたのか」

「そうだ、私はお前を捕らえるために、ここまで来たのだ」

ジェラールが答えると、しつこい男だ、とアンドレはつぶやいた。

暗くて相手の顔はほとんど見えなかった。目の前の男がなにを考えているのか判然とせず、ジェラールは強い緊張に襲われている。ややあってアンドレが言った。

「お前、俺と手を組まんか」

「どういうことだ」

あれを見ろ、とアンドレはモンセギュール砦跡に頭を向けた。

「教会の連中はあちこちを掘り返しているが、いまだ聖遺物を見つけられず、士気も落ちている。今朝は仲間割れを起こして一部の兵が山を降りた。それでも城内には、まだかなりの兵がいる。あの数が相手では、こちらも手が出せん。そこで俺か、お前のどちらかが囮になり、奴らの注意を引きつける。その隙にもうひとりが城内に忍び込んで奴らの背後にまわる。この闇夜だ。挟撃をしかければ勝機はあるだろう」

「…………」

「お前の目的は俺を捕らえることなのだろう。もし教会の連中をうまくしりぞけることができたら、今度は逃げずに最後まで相手になってやる。どちらかが死ぬか倒れるか、までな。それとも……」

とアンドレは鼻で笑って言った。

「今からここで殺し合うか」

この男との共闘は気が進まなかったが、不思議とこの男は約束を違えないだろうという気がした。それに、他に良案もない。ジェラールは言った。

「わかった。その提案を受け入れる。ただし、囮役は私がやる。その方が奴らも油断するはずだ。ところで、ベアトリスはどうなった。彼女は一緒ではないのか」

「あの娘か」とアンドレは剣をおろしてつぶやいた。

「麓の村に置いてきた。去りたければ好きにしろと言ってあるから、お前が気にする必要はあるまい」

それを知って安堵した。事態が急転して捜し出す余裕はなかったが、心の片隅で彼女のことが気にかかっていたのだ。無事なら、それでいい。

ジェラールは西の空に目をやった。まもなく陽は完全に沈む。そろそろだな、と言った。

アンドレは剣を手にさげたまま闇の中に消えていった。その姿を見届けると、ジェラールも松明の灯りを目指して登り始めた。

ジェラールは兵士たちの手で腕に縄をかけられると、持っていた短剣と小刀を奪われて、かつては城内だったと思われる跡地まで連れて行かれた。兵の指揮を執っているピエールの前に突き出されて、その場にひざまずかされた。砦跡のあちこちに松明があり、敵の数はピエールを含めた八人と判明した。

兵士のひとりが事情を説明すると、ピエールは探るような目で彼を見た。彼は完全武装していた。頭巾のついた鎖帷子で全身を覆い、鉄製の肘当てや膝当てをつけて腰に剣を帯びている。

焚き火の近くに数頭の馬が繋いである。その一頭の鞍に、ガロンヌ川の戦いでなくしたと思っていた自分の剣が差してあった。

――あの剣を取り戻せば、この場を切り抜けられるかもしれない。

とジェラールは胸の中でつぶやき、その機会を窺った。

「たったひとりで、僕たちを追ってきたのですか」

ピエールはジェラールの顔を見すえている。

「てっきり、トゥールーズで死んだと思っていましたが、しかし、どうやってここを嗅ぎつけたのですか？　いや、そもそも、ここになにをしに来たんだ」

彼は剣の柄頭に手のひらを乗せて、言った。

「答えろ。今すぐに、だ」

アンドレが出てくる気配はまだない。ジェラールは口もとを歪めた。

「自分でもわかっているはずだ。裏切り者は放ってはおけないからな。それに、私もここにある聖遺物とやらに興味がある」

それを聞いて、ピエールは嘲るような笑みを浮かべる。なるほど、と言った。

「どうやら、あなたもいろいろ調べたようですね。しかし、ここにどのような至宝が隠されているのか、あなたは知っているのですか」

「それでは、お前はその聖遺物の正体を知っていると？」

当然です、と彼は答えた。絶対的な優位に立っていることが心地よいのか、それが彼の口を軽くしている。

「そもそも、僕はその聖遺物の秘密を探るために、密偵のマルクに近づき、彼に従っていたのですから」

発端は、今から三年前にパリのタンプルで広まった奇妙な噂だという。

噂の内容はこうだ。かつて聖都エルサレムで、キリストの聖なる御物が発掘された。その聖遺物は当初、コンスタンティノープルにあるブラケルナイ宮殿の聖マリア教会に安置されていたが、街が十字軍に征服される直前に、何者かによって密かに持ち出された。その後、聖遺物は各地を転々とし、神殿騎士団の手に渡ると、彼らの手によって南フランスの人の目が届かぬ場所へと隠された。キリストの御物は霊験あらたかで、旅先で様々な奇跡を起こしたという。

一例にこんな話がある。あるとき、噂を聞きつけた老修道士がタンプルを訪れて、かつて聖遺物が置かれていた場所に触れて病の治癒を祈願したところ、それまで彼を長年苦しめていた喉や耳の痛みが、たちどころに消えたという。

この聖遺物の噂はローマ教会にも届いたが、懐疑的な意見が大勢だった。この手の噂は、根も葉もない作り話であることが多いのだ。

「ですが、教皇クレメンス聖下は噂に興味を持たれた。聖下ご自身も病を患っておいでですから当然でしょう。聖下は密偵を派遣して、その噂の真偽を確かめさせました。その報せが聖下のもとに届いたのは、フランス全土で神殿騎士団が一斉に逮捕される、半年前のことです。調べによると、噂の聖遺物の正体は、主イエスの亡骸を包んだ衣であるという……」

　ジェラールが目を見張ると、ピエールはうなずいた。

「そう、聖都エルサレムで十字架にかけられた主イエス＝キリストの亡骸を包んだ衣、聖骸布です。主の経帷子――この世でもっとも価値のある至宝のひとつです。それを知った聖下は、神殿騎士団総長ジャック・ド・モレーに聖遺物の引き渡しを迫った……」

　だが総長はその存在を否定した。そのようなものは根も葉もない風説だと言って強硬にはねつけた。

　嘘をついている可能性は大いにあった。聖遺物には計り知れない価値があり、所有者に威光と名誉をもたらす。人心をまとめあげ、国王の布告以上の力を発揮することもある。モレーは聖遺物を手放すことを嫌がり、しらを切っているのではないか。

　教皇は時間をかけて粘り強く交渉するつもりだったが、今年の秋に事態が急変した。フィリップ端麗王が、フランス全土の警吏に命じて、神殿騎士を一斉に逮捕させたのだ。

　フランス王は神殿騎士団の財産を狙っている。それは誰の目にもあきらかだった。教会としては絶対に阻止しなければならなかったが、世論は騎士団廃絶論を支持しており、教皇クレメンスは窮地に立たされている。だが、彼は聖遺物さえあれば、民衆の心を変えられると思ったらしい。しかし、聖遺物のありかを知っていると思われる総長ら主要幹部は、フランス王の命で囚われの身だ。身柄の引き渡しを要求しても、フィリップが従うとは思えなかった。

そんなとき、パリに潜伏させていた密偵からある報せが届いた。シープルから来たアンドレ・ド・フォスという名の神殿騎士が、逮捕の直前に騎士団幹部の命を受け、パリを脱出していたことがわかったのだという。アンドレの目的はさだかではないが、南フランスに隠されている聖遺物を回収し、カスティーリャの神殿騎士団支部に運ぶ見方が強いという。ピレネ山脈さえ越えてしまえば、フランス王の力は完全におよばなくなるからだ。

教皇はこの事態に対処するため、信頼できる者を呼び寄せた。そのひとりに選ばれたのが、老練な枢機卿ベランジュ・フレドルだった。

「このアンドレ・ド・フォスなる神殿騎士を捜し出して、聖遺物を引き渡すように交渉せよ」

と教皇はベランジュに命じた。だが不可解なことに、アンドレは彼の再三の呼びかけを無視して、取引に応じようとはしなかった。

ピエールはそこまで話すと、ジェラールの目をひたと見すえた。

「それ以来、アンドレは姿を消し、彼を追う手がかりは消えました。また、フランス王も聖遺物の存在を嗅ぎつけたため、猊下も迂闊に動けなくなっていたのです。そのため猊下は、フランス王とギヨーム・ド・ノガレの動きを探るように、と僕に仰せになりました。僕は教会の密偵であることを隠してマルクの下で働いていたので適任だったのです。そして、あなたが追っ手として選ばれたことを知った……」

あとはジェラールも知っていることだった。ピエールはマルクの命を受けて自分に同行する一方で、裏では教会の股肱となり、隙あらばアンドレを捕らえようと機会を窺っていたのだ。

「森の朽ちた修道院が襲われたときのことを憶えていますか？　賊たちを雇い、ブノワ会の修道院を拠点にして、ユダヤ人を捕らえろと命じたのは僕ですよ」

ジェラールは、エズラの修道院に泊まった晩のことを思い出している。夜ふけにピエールの姿が見えなかったのは、やはり、森の近くで野営をしている仲間に襲撃を命じるためだったのだ。

ジェラールは訊いた。

「しかしなぜだ。こんな薄汚い仕事をすることが、お前の望んだことなのか」

ピエールは黙っている。彼がなにを考えているのか、その顔から読みとることはできなかった。

長い沈黙が続いた。

「私をどうするつもりだ。すぐに殺すか」

ピエールはジェラールのまわりを歩き出す。

「正直に言うと迷っています。というのも、例の暗号文書を解読した結果、主の聖遺物がこのモンセギュールのどこかに隠されていることはわかりましたが、具体的な隠し場所は書かれていなかったのです。ひょっとして、あなたは聖遺物のありかを知っているんじゃないんですか」

「なぜそう思う？」

「知っていなければここには来ない」

ピエールは笑みを浮かべる。

「ここであなたを殺すのは簡単です。しかし、あなたも、このまま死にたくはないはずだ。そこで提案です。もし聖遺物を見つけることができたら、命は奪わないと約束しましょう。どうです？　僕たちに手を貸しませんか」

彼が嘘をついているのはわかっていた。生かしておく理由がない。聖遺物を発見すれば、自分は確実に殺されるだろう。聖遺物の隠し場所などわからない。しかし、時間稼ぎにはなる。

ジェラールは黙ってうなずいた。

「では、探せ」

ピエールが目配せし、兵士が彼の腕にかかった縄を切った。ジェラールは背を剣先で突かれて立ちあがった。アンドレはうまく忍び込めただろうか、とあたりを見渡した。

異端者狩りの際に破壊し尽くされて、モンセギュールの砦は見る影もない。だが砦の分厚い壁はわずかに残っており、この岩山の麓で二百人以上の異端者が焼かれたのだと思うと、薄気味の悪さを感じた。

――おそらく、闇雲に探しても見つからないだろう。だが、どこかに手がかりがあるはずだ。

ジェラールが歩き出すと、松明を持った兵があとに続いた。その手には抜き身の剣が握られている。刃向かったり妙な真似をしたりすれば、たちどころに殺されるだろう。

ジェラールは城郭のあちこちを探してまわったが、跡地は思ったよりも広く、聖遺物は容易に見つからなかった。宝物が隠されていそうな隠し部屋や通路も見あたらない。足場は固い土と岩に覆われているため、地面に埋められている可能性も低いと思われた。

「まだ見つからないのか」

ピエールが声をあげた。ジェラールはちらりとうしろを見たが、すぐに目を戻した。粗削りの石壁に手を這わせながら、壁に沿って砦の跡地を歩いていく。

指が窪みのようなものに触れたのは、そのときだった。

壁になにかあるらしい。兵士に頼んで松明を近づけてもらうと、赤々とした炎に仄暗く照らされて、壁に刻まれている模様のようなものが浮かびあがった。

ジェラールは眉を寄せた。それは小刀か剣で刻みつけたような粗雑な魚の絵だった。注意深く見ていくと、魚の彫刻の下にもなにかある。足もとの地面に、大きな白い石が埋め込まれており、その表面に小さな文字が刻まれていた。

ひざまずいて砂を払い、指でなぞる。風化しているため読みとりにくいが、「T」と刻まれているようだった。

昔エズラから聞いたことがあった。聖アントワーヌの聖号である、タウ十字だ。T（タウ）とはヘブライ語で「印」や「所有」を象徴し、また十字架も意味する。そして、オリヴィエの言葉が思い出された。魚は十字架に身を委ねられた神、すなわちキリストの象徴として広く知られている、と。

そしてこの魚と同じ模様が、狐が残していった手紙に記されていた。

——間違いない。ここになにかある。

ジェラールは肩越しに振り向き、遠巻きに見ている兵たちに言った。

「誰か小刀を貸してくれないか」

ピエールがどうしたんだ、と言った。ジェラールは足もとに顎を振って答えた。

「この下になにかあるかもしれない。それを確かめたい」

ピエールは側の兵に目で合図した。

「いいだろう、渡してやれ」

側にいた兵士から小刀を受けとると、ジェラールはそれで足もとの土を掘り、タウ十字が彫られた石をどかしていく。すると、すぐ下に人ひとりが入れるぐらいの空洞があることに気づいた。

松明を貸してもらい、中の濃い闇を照らす。奥のほうに、鷲の紋様が縫われた紫の絹織物にくるまれて、子供ほどの大きさの櫃が砂に埋もれているのが見えた。

――あれか？

ジェラールは苦労してそれを外に引っ張り出すと、砂埃を払って汚れた絹織物をひらいていく。

あらわれたのは、頑丈そうな櫃だった。宝石などの装飾がふんだんにほどこされており、聖霊の象徴である鳩や、聖母子や大天使たちを象った彫り物があちこちに見られる。七宝焼（エマイユ）の技法も使われていて、櫃だけでもかなりの価値がありそうだった。

櫃の正面には赤い十字架が描かれている。神殿騎士団の紋章十字架だ。

顔をあげて見ると、中を調べろ、とピエールが言った。彼の顔には強い緊張があらわれている。

錆びた留め金を小刀の柄頭で打ち壊し、ジェラールは櫃をゆっくりとあけていく。手が震えたのは、寒さだけが理由ではない。信心深いほうではないが、それでもキリストの聖遺物を前にして、畏怖を感じずにはいられなかった。

ジェラールは思わず息を吞んだ。それは畏怖でもなく、感動したからでもない。

櫃の中は空だった。闇だけがそこにあった。

II

その場にいたすべての人間が言葉を奪われていた。松明が燃える音だけが、静寂の中で人々の耳を打っている。

「なんだこれは……」

ピエールが呆然とつぶやいた。

「なぜ、なにもないんだ」

空っぽの櫃を前にして、ジェラールは考え込んでいた。

自分たちが探していた物はこれに間違いない。それは確かだ。だがこの結果は想像すらしていなかった。これはいったいどういうことなのか。自分たちは、このなにもない櫃を見つけるために、ここまで来たというのか。

すると、目の前に剣の切っ先が突き出された。顔をあげると、ピエールの憤怒に染まった顔が彼をにらんでいる。

「お前は、僕たちを騙したのか」

彼は噛みつくように言った。

「答えろ。聖遺物はどこだ？　言わなければここで殺す」

「馬鹿な。そんなことをしてなんになるというのだ。私にもなぜ櫃が空なのかわからない。もともと、そんな物はなかったのか、あるいは、すでに誰かが持ち去ったのかもしれない」

だが、ピエールは耳を貸そうとしなかった。彼が仲間に目配せをすると、兵士たちは腰の鞘を押さえて剣を抜き放ち、その切っ先をジェラールに向けてきた。

兵たちが包囲の輪を狭めていく。ジェラールは立ちあがって壁を背にした。

「私は騙してなどいない。最初から聖遺物などなかったのだ」

「この嘘つきめ、その男を殺せ」

とピエールが命じたときだった。突然男の悲鳴があがった。

驚いて振り向くと、櫃の側にいた兵士がくずおれるようにして倒れた。その背後に、アンドレが立っていた。彼は手に血に濡れた剣をさげている。

ピエールは唖然とした顔になった。なぜお前がここにいる、とつぶやき、はっと我に返ると、即座に大声をあげた。

「その男を逃がすな。ここで殺せ」

それを聞いて、敵の半数がジェラールから離れて、アンドレに殺到していく。

すぐに激しい斬り合いが始まった。アンドレは五人の敵を相手にしている。敵が斬りつけ、それを弾いたアンドレの剣が一閃すると、敵がまたひとり倒れた。

ジェラールはあたりに目を配った。誰もが突然あらわれたアンドレに気を取られていて、自分の存在を忘れているようだった。彼はじりじりとさがり、隙を見て自分の剣が差してある馬に向かって走った。追いかけてきた敵がうしろから斬りつけてきたのと、ジェラールが馬の鞍にとりついて、鞘から自分の剣を引き抜いたのはほぼ同時だった。振り返って敵の攻撃を受けると、すかさず柄頭で顔を殴りつけて相手を押し返し、よろめいたところを斬り伏せた。

――アンドレに手を貸さねば。

とジェラールは剣をさげて疾駆したが、すぐにふたりの敵に行く手を阻まれた。

相手は剣先を向けたまま隙を窺っている。ジェラールが剣を愚者(アルバー)（下段）に構えると、敵は誘われたように屋根の構えをとり、左脚を狙って低く斬りつけてきた。

ジェラールは相手の動きに合わせて、前に出していた左足を引いた。引きながら剣先を持ちあげて前に突き出し、相手の喉を刺した。男はうしろによろめき、片手で喉を押さえてあふれる血をとめようとしたが、ふいに膝を突き、がくりと前にのめった。

　それを見た別の男が吼えるような声をあげて斬り込んでくる。上段から繰り出された剣をジェラールは雄牛の構えで防ぐと、同時に素早く敵の頭部を突いた。

　地面に倒れた敵にとどめを刺したとき、近づいてくる馬蹄の音に顔をあげた。

　騎乗したピエールが、剣を差しあげて猛然と突っ込んでくる。彼はすれ違いざまに薙いできた。とっさに地面を転がって逃れたが、ジェラールは二の腕をかすられた。ピエールは馬面を彼に向ける。さらなる一撃を加えようと拍車をかけた。

　――ここはまずい。

　ジェラールは肩で大きくあえいで立ちあがった。深雪が積もった場所に足を運んでいく。そして足場を固めると、剣を上段に引きあげて、相手を迎え撃った。

　ピエールが馬上から身を乗り出して剣を振りおろし、ジェラールは薙ぎ払う。ふたりは、ただ一合斬り結んだ。

　ジェラールは肩を浅く斬られたが、同時に相手の脇腹を裂いた手応えを感じた。素早く振り向くと、騎馬は遠ざかっていたが、握っていた剣を取り落として鞍上からずり落ちていくピエールの姿が見えた。

　生死を確かめるために、ジェラールは肩を押さえて近づいていく。

ピエールは雪の上にあおむけで倒れていた。落馬の際に脚の骨を折ったらしく、動くこともできないようだった。彼はジェラールの姿を認めると、縋るような目をして言った。

「死ぬ前に、赦しの秘蹟を、告解を……」

すぐには応えず、ジェラールはピエールの脇腹に目を移した。鎖帷子の裂け目から血にまみれた臓物がはみ出ている。

「たがいに罪を言いあらわし――聖ジャックの言葉です。お願いです。罪を背負ったまま死にたくない」

ジェラールは黙っていた。告解は聖職者にしか許されていない権利のひとつである。それを自分に求めるとは、彼が正気を失っているとしか思えなかった。

「それなら教えろ。なぜ教会に手を貸した。奴らに手を貸して、なんの利がある？　なぜ私を裏切った？」

できれば、この若者とは戦いたくなかったのだ。ふたりに血を流させたものの正体が知りたかった。迸(ほとばし)るような怒りはそれに向けられていた。

「答えろ。私は裏切り者に慈悲などかけない」

ピエールはしばらく黙っていたが、やがて目を閉じて言った。

「ある、貴婦人のためです。その人を地獄から救うためには、こ、これしか方法がなかった」

その貴婦人には騎士の夫がいた、とピエールは言った。雲雀のように仲むつまじい夫婦だったという。だが、五年前にフランドルで反乱が起きると、夫はクールトレ戦に臨み、武運つたなく死んだ。夫の死を知った妻は嘆き悲しんだ。そして、絶望のあまり城の塔から身を投げたという。

「彼女は破門されました。大罪を犯して、地獄に堕ちたのです。で、ですが猊下は……ベランジュ・フレドル枢機卿猊下は、このたびの問題に僕が力を貸せば、彼女の罪を赦免し、破門を取り消すとを約束してくださったのです」

キリスト教世界において、自殺は創造主である神にそむく行為であり、罪の中でもっとも重いもののひとつとされた。そのため、自殺者が教会から破門されることも珍しくなかった。

そうなった場合、破門者は社会的権利をすべて剝奪され、教会の秘蹟を受けることもできなくなる。街の共同墓地に遺体を埋葬することも許されず、遺された家族は周囲から白眼視されて生きていくことになる。むろん、破門された自殺者は地獄行きだった。その魂が救済されることは永遠にない。

「理由はわかった。だが、お前がその貴婦人にそこまで尽くすのはなぜだ？　臣従礼でも誓っていたのか」

ピエールはうめいた。彼の動悸が乱れ、息も激しくなった。それは強い自責の念と、悔恨による苦しみの声だった。

「み、身投げした、その貴婦人は、僕の、双子の妹、なのです。彼女の夫は、僕がクールトレの戦で見殺しにした主君だった……。僕が臆病者でなければ、こんなことには……」

彼はまだなにかを言おうとしたが、ジェラールは頭を振った。もういい、喋るな、とつぶやき、剣を地面に突き立てて十字架に見立てると、うつむいてこの若者のために祈った。

「神が私に与えた権限をもって、私はお前を罪から解き放つ……お前の罪は主に聞き届けられた。聖人のように地べたで死ねる」

ジェラールは側に落ちていた彼の剣を引き寄せると、ピエールの胸に抱かせてやった。彼はすでに息を引きとっていた。

この若者の苦悩を理解し、同情もしたが、だからといって許す気にはならなかった。騎士にとって仲間にたいする裏切りは、人を殺すことよりも罪が重い、もっとも卑劣な行為だった。

だが、彼は家族のために、見殺しにした主君への忠誠のために、汚名をかぶりながら死んだ。できることなら裏切り者ではなく、ひとりの従者として死なせてやりたかった。

あたりに目をやると、戦いは終わりに差しかかっていた。ピエールの兵はそのほとんどが死に、まだ剣を打ち合う音がするものの、生きている者は数えるほどしか残っていない。廃墟のあちこちから、助けを請う声や、うめき声が聞こえてきた。

すると、ジェラールの目に、アンドレと、彼に剣を向ける敵の姿が映った。

ふたりは三トワーズ（約六メートル）ほどの間合いをあけて対峙していた。たがいに剣を抜いており、すでに何度か刃を合わせたようだった。アンドレは二の腕を斬られて血を滴らせている。相手も左の脚衣を裂かれて、血でぐっしょりと濡れていた。彼の足もとには、アンドレが斬り伏せたと思われる兵士の死体が転がっている。

ふたりは斬り込む隙を窺っている。彼らはふいに近くの草地に踏み込み、その姿は濃い闇に溶け込んで見えなくなった。

すぐに剣を激しく打ち合う音が響いた。男の罵り声、剣戟の音はしばらく続いたが、やがて、ひとりの男が闇の中からはじき飛ばされて、濡れた草地に転がった。

アンドレは剣の切っ先を、あおむけに倒れた敵の喉もとに突きつけた。肩で息をしていた。頬は削がれて血が滴っている。彼は言った。

「神はお前を見捨てた」

敵は命乞いをしたが、彼は胸ぐらをつかんで敵を立たせると、その腹に剣を突き刺した。アンドレはありったけの憎悪を爆発させたようだった。なおも剣を押し込んだ。

「きさまは死ね。地獄の炎に焼かれるがいい」

そのとき、男の胴間声が廃墟に響いた。

「退け、退くのだ」

ピエールの兵が四散して逃げていく。残ったのは死体と、アンドレとジェラールのふたりだけだった。異端者の砦に夜の静けさが戻ってきた。

「臆病者め」

アンドレは死体を地面に転がすと、その上に唾を吐きかけた。

彼は足もとにある櫃に目をやり、ジェラールを見て言った。

「中を見たのか」

ジェラールも相手を見返す。うなずいた。

「お前は中が空だと知っていたのか」

アンドレは頭を振った。なぜ、その中になにもないのか俺にもわからん、とつぶやいた。

「神ならご存知だろう。だがまあ、いい。約束は果たそう。今から斬り合うか」

ジェラールは無言で頭を振った。激しい斬り合いでふたりとも手傷を負い、消耗していた。今ここで剣を交えれば、たがいに命を落とすことになりかねない。

アンドレもそのことを理解しているらしい。彼は言った。

「いいだろう。では、傷が癒えたらピレネの頂まで来い。シャルルマーニュが十字架を立てて祈りを捧げたと言われている場所だ。そこで待っている。神と聖ジョルジュ（ゲオルギウス）にかけて誓おう」

そう言い残すと、アンドレは身をひるがえして深い闇の中へ消えていった。

Ⅲ

ジェラールが馬を牽いてピレネの麓にある村に入ったのは、モンセギュールでの戦いから一週間後のことだった。

石積みの藁葺き家が肩を寄せ合っているような寒村で、近くの放牧地では、毛並みの粗いベアルン種の羊が群れをなして動いていた。マスティフ犬が羊たちを追い立てている。羊飼いの少年は群れに目を配りつつ、狼が来ないか近くで見張っていた。

一夜の宿を求めて村の巡礼教会を訪れると、老いた助祭は彼を客人として招き入れ、玉菜と塩漬け豚肉の粥を振るまった。

ジェラールは、自分は巡礼者ではない。施しを受けるわけにはいかない、むしろこれから血を流しに行くのだ、と言ったが、助祭は頭を振った。神の前では、誰であるかということは意味をなさない。私は与え、あなたは受けとる。それでよい、神ならそうなさるだろう、と言った。助祭は主の祈りをつぶやき、彼もそれに倣った。

　その夜、ジェラールは外套にくるまると、壁を背にして寝藁の上に腰をおろした。気が高ぶっていた。剣を肩にあずけて隙間風の音を聞きながらぼんやりしていると、今度の旅で出会った人々のことが頭に浮かんでは消えていった。

　——アントワーヌ、ピエール、そしてルイーズ……。

　彼らはなんのために生き、死んでいったのか。ひとは誰でも死ぬ。神によって、誰もがそう定められている。遅いか早いか、その違いでしかない。だが、死ぬ際に彼らが見せた表情、語った言葉が今の自分に深く染み入っている。彼らのことは、自分の中に記憶されている。しかし、その自分もいずれ死ぬのだ。そして、永遠に忘れ去られる。忘れ去られてしまう。

　翌朝になると、ジェラールは地元の猟師に道案内を頼んで、村をあとにした。

　冬のピレネは峻険で、容易に人を寄せつけない場所だった。乾いたスィーズ渓谷には倒木や巨石が転がっており、肌を焼く強い陽射しが降りそそいでいる。

　湧き水で喉の渇きを癒やし、汗をぬぐって見あげると、頂に薄雲をかけたピレネの山々がそびえていた。稜線は氷雪に覆われ、そのところどころに巨人が鑿で削りとったような黒い岩肌が剝き出しになっていた。

私闘の場所に、アンドレがこの地を選んだ理由はわからなかった。だがここはかつて、イベリア半島のムスリムたちと、シャルルマーニュ率いるフランク軍が激戦を繰り広げた場所だ。これから血を流して殺し合うには、打ってつけの場所のように思えた。

すると、同じように空を見た猟師の顔が曇った。

「まもなく嵐が来る」

彼は正しかった。村を出たときは晴天だったが、しだいに空は雲が立ち込め、やがて風に運ばれて雪が降り始めた。

すぐに山を降りるぞ、と猟師は言ったが、ジェラールは頭を振った。なにかが自分を呼んでいるような気がした。もしこのようなことで命を落とすのであれば、それは神が自分の勝利を望まれていないということでもある。

猟師は彼を引きとめなかった。道だけを教えると、脇目も振らず去っていった。

進むにつれて山道はさらに険しくなった。斜面は凍って滑りやすくなっている。ジェラールは馬をおりて手綱を牽いた。馬も鼻息を荒くしてついてくる。すまないな、と彼は友人に言った。こんなことにつき合わせてすまない。

アンドレがこの先で待っているという確証はなかった。だが不思議なことに、彼を疑う気持ちは少しも抱かなかった。あの男は決着をつけたがっている。そう思えた。

　やがて、あたりは猛吹雪に見舞われた。

ジェラールは膝を突いてあえいだ。道に迷い、寒さと疲労で動けなくなっていた。顔に当たる雪つぶてを腕でさえぎって、あたりを見渡していく。

　前方の岩陰に、雪風をしのげそうな穴ぐらがあった。

ジェラールは力を振り絞って立ちあがると、寒さに倒れた馬を引きずってその中に引き入れた。激しく震える手で、鞍嚢から粗朶と燧石（ひうちいし）、そして火口（ほくち）となる消し炭を取り出して火を熾した。羊毛製の外套に身体を包んでうずくまっていると、ようやく身体が暖まり、すぐに耐えがたい睡魔がやってきて、彼は眠りに落ちた。

　馬に顔を突つかれて、彼は目が覚めた。雪を掻きわけて穴ぐらを出ると、吹雪はやんでいた。晴れた空が広がり、遠い稜線も朝日を浴びて白く輝いている。

　ジェラールは燠（おき）を使って雪を溶かすと、少しばかりの水を口に含み、塩漬け豚肉を腹に入れて先を急いだ。馬は疲れきっていたので、穴ぐらに残すことにした。

　彼は鞍を外しかけたが、馬は耳を伏せて、しきりに前肢で地面の雪を掻いた。

　そうか、と言って、ジェラールは友人の頸を撫でる。君の怒りはもっともだよ、と微笑んだ。

　木鞘に収めた剣を杖にして、一歩ずつ登っていく。少し歩いただけで脚が疲れ、息苦しくなった。ふと、ジェラールはうつむきがちの顔をあげた。吹きすさぶ風に運ばれて、鐘の音がしたのだ。

その音を追って傾斜を登りきると、おびただしい数の木の十字架が立っている丘に出た。どれも粗末な代物で、中には風化して朽ちかけたものもある。それは、行き倒れた巡礼者を葬った墓標だった。

――ここか。

ジェラールはつぶやいた。

十字架の群れに埋もれるようにして、古びた救護院が鎮座していた。

Ⅳ

救護院の入り口の扉を押しあけると、ジェラールは柱の並ぶ内陣に目を配った。中は薄暗く、人の姿はない。静まりかえっていた。

彼は奥に向かって進んだ。すると、祭壇の前にひざまずいて祈りを捧げている男がいた。彼は羊毛の外套にくるまり、頭巾を目深にかぶっている。

ジェラールが黙ってそのうしろ姿を見ていると、ふいに男が言った。

「あれから考えていた。なぜモンセギュールに隠されていた櫃の中には、なにも入っていなかったのか。何者かが持ち出したのか？　いいや、そんなはずがない。誰かが掘り返した跡はなかった。では、あれは神の御意志なのか。神は櫃に入っていた聖遺物を持ち去り、俺たちの目から隠したのではないか。だとしたら、いったいどのような意味があるのか……」

男は振り向くと、にやりと笑った。

「遅かったな、臆したのかと思ったぞ」

「お前こそ、なぜ逃げなかった？」

俺は神に誓ったのだ、とアンドレ・ド・フォスを騙る男は言った。

「では、始めるか」

ふたりは救護院を出た。言い合わせたように出口で左右に分かれ、三トワーズの間合いをあけて対峙する。

「どちらが神に愛されているのか、この斬り合いであきらかになるだろう」

アンドレはそう言って外套を脱ぎ捨てた。彼が腰の剣を鞘走らせて愚者の構えをとると、ジェラールも抜いた剣を地面に突き立てて、その場にひざまずき、十字鍔に額を押し当てた。舞い散る雪が、うつむいて目をつぶる彼の顔をかすめる。消え入りそうな声で、神よ……とつぶやいた。

——主よ、あなたは私などお見捨てになっているのかもしれません。ですが、まだ私のことを見てくださっているのなら、これから危難に立ち向かう私をお導きくださ い。正しきことを成せるように。妻を暗い牢獄から救い出せるだけの勇気を私にお与えください。

するど、激しく波打っていた心が凪いだ海のようになり、五感が研ぎ澄まされていくのを感じた。頬をさわる風の感触、雪の舞う音を聞いた。

不思議な感覚だった。余計なものはなく、刃毀れし、曲がりかけた一振りの剣だけがこの手にある。自分を包む虚飾が垢のようにはぎとられ、異教徒の子ではなく、夫でもない。ひとりの血と肉を持った人間である自分を感じた。

そのとき、なにかの声を聞いたような気がした。それは優しくもあり、威厳に満ちた恐ろしい声のようでもあった。

顔をあげると、もう声は聞こえなかった。十字架に見立てた剣が鈍く輝いている。そこに自分の姿が映っていた。

アンドレがどうした、と言った。

「いいや、なんでもない」

ジェラールは立ちあがって剣を引き抜くと、鋤の構えをとった。

爪先でしっかりと地を捉えながら、左足をじりじりと前に進め、右足を引きつける。彼は胸の中でつぶやいた。

——ここで終わらせて、妻のもとへ帰るのだ。

綿のような雪が風に舞う中、ふたりは打ち合いを繰り広げた。

ジェラールが相手の左肩に剣を叩きつけると、アンドレは身をそらして躱して、彼の右肩に反撃の剣を浴びせる。その剣を裏刃で右に払い、ジェラールは手首を返して即座に相手の右肩を打つ。だがアンドレは剣を引きあげて受けると、交差した剣の切っ先を突き出してきた。刃が幾度となく交わり、目まぐるしく攻守が入れかわる中で、アンドレの剣がジェラールの肩を削り、ジェラールの剣はアンドレの腿をかすめた。

ジェラールは呼気を整えながら剣を構えなおした。

やはり手強い。気を抜けば即座に打たれると思った。雪と寒さで体力の消耗も激しい。長引けば、相打ちを覚悟しなければならないだろう。

相打ちか、と肩で息をしながらつぶやいた。

シープルにいた頃、聖ジャン騎士のロランから剣の手ほどきを受けているときに、相打ちを望む者に剣を握る資格はない、と口酸っぱく叱られたことがあった。

剣は武器であると同時に、身を守る楯でもある。剣は自分が生き残るために握るのであって、相手を倒すことが目的ではない。剣を握る者にとって、死はもっとも避けねばならないものなのだ、と。

その通りだと思った。だが名誉と信仰のためなら死を恐れず、命を捨てることも厭わない。それこそ、西方のフランク騎士が持たない、聖地で殉教した騎士修道士だけが備えた剣なのだ。同じ覚悟を持たぬかぎり、アンドレを打ち破ることはできない気がした。

対峙が続いた。

アンドレは聖人の塑像のように剣を構えたまま微動だにしない。雪が風に流されて、彼の髪や髭にまとわりついていく。

一見隙の多い無防備な構えに見えるが、あらゆる打ち込みに柔軟に対応し、即座に斬り返す力を四肢に秘めているはずだ。それだけではない。くるぶしまで積もった雪のせいで足もとが隠れている。相手の動きが読みづらくなっていた。

静謐を破ったのは、救護院の鐘の音だった。

それが合図だったように、ふたりはほぼ同時に踏み込んだ。

アンドレの剣が唸りをあげて頭に落ちてくる。その連続の打ち込みを防ぐたびに、ジェラールはうしろにさがった。彼は構えを崩さなかった。アンドレが隙を見せて打ち込みを誘っても、手は出さず受けに徹した。

そして、アンドレが剣を振りあげて斬りつけたとき、彼の足が深雪を踏み抜いた。

ジェラールはそれを見逃さなかった。すかさず相手の顔に頭突きをすると、渾身の力を込めて裏刃で斬りあげた。その刃が、アンドレの脇腹をとらえた。

アンドレははじかれたようにさがった。剣の切っ先をジェラールに向けながら、脇腹に手を当てる。流れた血が彼の足もとを赤く染めた。

アンドレはにやりと笑った。そして、剣を取り落とすと、その場に膝を屈した。

激しい疲労のあまり、ジェラールも剣を杖に身を支えた。息が切れて、目眩もする。だがまだ終わりではない。彼は身体を起こすと、剣を手にアンドレに近づいていく。

相手の顔に切っ先を突きつけて、言った。

「これまでだ」

アンドレはうつむいて腹の傷に手を当てていたが、突然にくつくつと笑い出した。

ジェラールはその様子を見ている。気でも狂ったのかと思った。彼は言った。

「なにがおかしい」

「神はお前を選んだ。最後になって俺は見捨てられた。これが笑わずにいられるか」

「…………」

「さあ、殺せ」

ジェラールは剣を突きつけたまま考えていた。この男は、これまでに罪のない多くの人間の命を奪った。ここでこの男を殺しても、神は咎めないだろう。それに、この男を斬らなければ、マルグリットを助け出すことはできない。しかし、なにかが彼の剣を鈍らせていた。これ以上、血を見ることに嫌気が差していたのかもしれない。あるいは、この男にほんのわずかでも情が移ったのか。

彼は血まみれのアンドレと、返り血を浴びた自分の身体を見た。そして救護院の十字架を仰いだとき、唐突に胸を焼くような怒りと悲哀に襲われた。彼は目を閉じた。生まれたのは、こんなことをするためだったのか。こんな殺し合いをするために、今まで生きてきたのか。生かされたのか。

ジェラールは頭を振った。そして、剣を鞘に戻した。

アンドレの顔に不可解なものを見るような表情があらわれたが、それはすぐに憤怒にとってかわった。

「なんのつもりだ？　俺を侮辱するつもりか」

「そうだ」

ジェラールは言った。彼は手を伸ばしてアンドレが首にかけている神殿騎士団の十字架を引きちぎると、相手に背を向けた。

「そんなに死にたければ、自分で喉をかき切ることだ」

この男の生死を決めるのは自分ではない。あとは神に任せるべきだった。

疲労困憊の身体で山をくだる道を進んでいくと、ふいにアンドレの声が呼んだ。

「お前は神の声を聞いたことはあるか」

ジェラールが振り向くと、アンドレは黙って彼を見ている。その目には答えを懇願するような光があった。

「俺は、ある。だがお前はどうだ？　お前は大きな犠牲を払ってここまで来た。なぜだ？　神の御心に添うこと以外に、この世にどんな価値があるというのだ。お前を突き動かしているものは、いったいなんなのだ」

ジェラールは目を伏せると、その場から去った。


山を半分ほどおりたところで、ジェラールは激しい吹雪に見舞われた。馬を牽きながら叩きつけるような雪の中を一歩ずつ進んでいく。

風と雪が彼の目と耳を奪い、寒さと疲労が両肩と脚にまとわりついた。手が震えて目が霞んだ。意識をときおり失いかけながらも、彼は歩みをとめなかった。ここで立ちどまれば、二度と家に、妻のもとに帰れないような気がしたのだ。

――マルグリット。

ジェラールは妻の名をつぶやいた。彼女こそ、自分がこの世にとどまるただひとつの理由。残された最後の聖地だった。そのことを自分に気づかせるために、神は自分をここに導いたのではないか。そんな気がしていた。

そのとき、つまずいてジェラールは雪の中に倒れた。うしろを見ると、馬が雪の中に倒れていた。彼は這って行き、その頸に触れた。友人の瞳から光が失われていく。ジェラールは涙を流した。すまない、許してくれと言った。そして、剣でとどめを刺すと、立ちあがってふたたび歩き出した。

天候はますます悪くなっていく。

彼はその場にひざまずき、うなだれた。

ここまでか、と思った。自分はこんなところで最期を迎えるのか。

すると、薄れゆく意識の中で、ジェラールは自分に向かってくる黒い人影に気づいた。その人影は馬を下りると、激しい吹雪に立ち向かいながらも駆け寄ってくる。途中で別れた村の猟師だった。そして、彼のうしろにもうひとつ小柄な人影があった。

彼の目には、その女の姿が、この世で最も神聖なもののように映っていた。

巡礼者のベアトリスだった。

最終章　遠い訣れ

稜線が赤く燃えていた。積雪のある山脈は西日色に染まり、大地に横たわる身重の女のような姿は夜の衣に包まれようとしていた。その雪山から吹きおりる冷たい風が麦畑を渡ると、日に透けて金色に光る穂がさわさわと揺れ、赤みを帯びた黄金色の絨毯はうねりを伝えながら、熟した石榴のような赤い宮殿と、麓の古都グラナダまで広がっていく。

輝く畑の中に男がたたずんでいた。礼拝堂の光塔から日没の礼拝を呼びかける声が響く中、彼は収穫間近の麦穂のでき具合を検分している。

「今年もか……」

男はつぶやいた。彼の手の中には、青い芽の麦穂があった。

今年は冷夏と長雨に見舞われ、作物が総じて不作だった。

これでもグラナダは被害の少ない方で、北フランスやアングルテルはかなりの冷害が出ているという。不作が続くようであれば、麦の値は高騰し、それを買えない貧しい者は餓死するか、富める者から奪うことになる。世は乱れ、人の心は荒み、大きな争いが起きるだろう。

――この世は、理不尽で容赦なく、残酷だ。

彼は雪山を見あげた。その目には深い悲哀が浮かんでいる。男はジェラールだった。

妻マルグリットを人質にとられ、神殿騎士アンドレを追ってフランス中を旅してまわった日々から、八年の歳月が流れていた。

八年前、神殿騎士アンドレと決着をつけてパリに帰還したジェラールは、密偵マルクと筆頭顧問官のギョーム・ド・ノガレに事件の顚末を報告した。ただし、聖遺物の存在や、教会の思惑はすべて知らぬ存ぜぬで通した。

ふたりは顔を見合わせた。ノガレが粘りつくような視線を彼に向けて言った。

「それでは、逃亡した神殿騎士は死んだと言うのだな？」

ジェラールはうなずき、これがその証拠だと言って、アンドレが首にかけていた血のついた神殿騎士団の十字架を渡した。

「あの男は剣を抜いて抵抗したので、やむなく斬りました」

ノガレは十字架と、ジェラールの傷だらけの顔を見くらべていたが、やがてうなずいて言った。

「よかろう。お前とお前の妻は、これで自由の身だ。誰かこの者を牢に案内しろ」

だが、なにもかも遅すぎた。マルクに連れられて妻が囚われている牢に入ると、ジエラールは言葉を失った。

　暗く不潔な牢の片隅に、襤褸切れのような衣をまとった女が背を丸めて横たわっていた。伸びた髪は蜘蛛の糸のようになって、顔や痩せ細った身体にからみついている。枷をはめた手足も骨と皮だけになり、糞尿にまみれていた。

「マルゴ……マルグリット……」

　ジェラールはつぶやいた。

　駆け寄って抱き起こすと、女は意識がなかった。彼は何度も呼びかけた。やがて、彼女は目をあけて彼を見た。ああ……とマルグリットは言った。

「もう心配ない」

　彼の声は詰まった。涙を流して言った。

「もう、なにも心配することはないんだ……」

　マルグリットを両腕に抱きかかえて牢を出ると、マルクが彼の背に向かって言った。

「ピエールは？　あの裏切り者はどうした？」

　ジェラールは振り向いて、相手を見た。マルクも彼をじっと見返している。

「彼は、アンドレと斬り合って死にました」

「そうか。愚か者にふさわしい末路だな。あの若造は地獄の炎に焼かれるだろう」

「珍しく意見が合いましたね」ジェラールはマルクの目を見て言った。「きっと苦しみながら後悔することでしょう。神は我々のおこないを、なにもかもご存知でしょうからね」

妻が死んだ夜のことは、今でもよく夢に見る。

その日は朝からマルグリットの体調が悪く、ジェラールは母屋でつきっきりで看病していた。落ち着いたのは夜ふけで、湿った手ぬぐいを替えていると、ふいに彼女が目を覚ました。

マルグリットは寝台に横たわり、天井の梁をじっと見ている。髪のほとんどが老婆のように灰色に汚れ、身体は痩せ細り、旅に出る前に目にした彼女の姿は見る影もなかった。

ジェラールは不安を感じながらも、髪をかきあげて彼女の額に触れた。

「気分はどうだ。寒くはないか」

マルグリットは答えなかった。会話の接ぎ穂を探そうと、彼は言葉を続けた。

「そうだ。君に言い忘れていたことがあるんだ。前から考えていたことだけどね、君の身体がよくなったら、争いのない暖かい土地に行ってふたりで静かに暮らそうと思っている」

だが、そんな場所があるとは思えなかった。不条理や不公正はどこにでもあり、争いは必ず起きる。この世に生きているかぎり、苦しみや悲しみがなくなることはない。永遠の平穏は天上の王国にしかないのだと。

するると、マルグリットがふいに消え入りそうな声でつぶやいた。

「私ね、もう長くないと思う」

ジェラールは胸が騒いだ。自分の顔が強ばるのがわかったが、無理に笑みを浮かべて言った。

「おいおい、待ってくれ。いきなり、なにを言い出すんだ」

彼女は目を閉じて小さく頭を振る。

「なんとなく、自分でもわかるの……それに今、神様の呼ぶ声が聞こえた気がする」

「頼むから、そんなことを言わないでくれ。心配するな、きっとよくなる」

ジェラールはマルグリットを励まし続けたが、言葉とは裏腹に絶望を感じていた。

医者が処方した薬は効いておらず、彼女の病状は日増しに悪化していた。

昔、ムスリムの父が言っていた。人には逃れられない宿命がある。それは運命の星の台帳にあらかじめ記されていて、生も死も、喜びも悲しみも、すべてその台帳の通りに起きるのだ、と。

これもその台帳に書かれていることなのか。この女がこんな苦しみを味わうのも、最初から決まっていたことなのか。

——私には、どうすることもできないのか。

ジェラールはうなだれた。すると、頬に手が触れたのを感じて彼は頭をあげた。マルグリットが彼をじっと見ている。彼女の声は、寂しげな色をおびていた。

「私、死ぬのは怖くないの。人の寿命は神様がお決めになることだから。でも心残りがあるとしたら、それはあなたのこと。あなたをひとりにしてしまうことがつらい。それから、赤ちゃんのこと、ごめんなさい。私、あの子を守ってあげられなかった……」

その手を握りとり、ジェラールは微笑んだ。だが言葉は出ず、なにも答えることができなかった。死にゆく者に慰められている自分が情けなくて、涙をこらえた。

彼女を失うことを悲しむのではなく、出会えたことを感謝すべきなのだろう。だがもっと長くふたりで生きたいと願うのは、強欲なことなのだろうか。与えられたものに満足できない愚か者なのだろうか。

「許してくれ……」

ジェラールは言った。

なぜもっと早く助けてやれなかったのだ。自分がもたもたしていたから、彼女はこんな悲惨な目に遭ったのだ。すべて自分のせいだ。

そして、もっと強く神を信じていれば、神は自分たちを襲う困難をしりぞけ、苦しみを癒やしてくれただろうか、と思った。自分が異教徒の子でなければ、神を非難し疑わなければ、彼女はこんな悲惨な目に遭わなかったのではないか。

「ああ、神様……なぜ」

神が自分の不信心を怒っているのなら、なぜその罰を自分ではなく、この女に与えるのだ。マルグリットは善良なキリスト教徒だ。その彼女をこんなに苦しめる神とは、いったいなんなのだ。私から故郷と両親を奪っただけでは飽き足らず、なおも大切な人を連れて行くのか。

マルグリットはふいに悲しげな顔になった。

「そんなに自分を責めないで。あなたのせいじゃないわ。だって、そうでしょう？こんなに傷ついてまで、私を救おうとしてくれたんだもの」

「…………」

ねえ、とマルグリットはささやいた。

「私たちが初めて言葉をかわしたときのことを憶えてる？　教会の前で行き倒れていたあなたを父が助けて、工房の仕事を初めて任せたときだったわね……」

「ああ、忘れるわけがない」

「寒い朝のことだったわ。あなたは蹄鉄を替えながら、馬に優しく語りかけていた。

まるで人間の友達に話しかけるように。私はそれを見て訊いた。馬の言葉がわかるの？　って。そしたらあなたはこう答えた。言葉は必要ない、言葉がなくとも喜びや悲しみを感じる心があれば、誰とでもわかり合えるって」

彼女は言った。

「私は、今でもあの言葉を信じてるの……」

なあ、とジェラールは自分の手を見て、言った。

「教えてくれないか。大雪が降ったあの夜、なぜ親方と君は、教会の前で倒れていた私を助けてくれたんだ。どうして、私みたいなよそ者を受け入れてくれたんだい？」

今までずっと訊けずにいたことだった。知るのが怖かった。

すると、マルグリットは自分の手を、火傷の痕があるジェラールの手に重ね合わせた。

ジェラールは顔をあげる。彼女はまぶしそうな目をして微笑んだ。

「それはね、あのとき、あなたが私たちを必要としてくれたからよ……」

それからふたりは、昔の思い出話をした。

戦で家族と故郷を同時に失ったときのことや、聖ジャン騎士のロラン、ラビ・エズラとの出会い。フランスを放浪して、密偵の仕事に手を染めてきたこと。そしてパリに来て、死んだ親方たちと初めて出会い、彼女と結婚して過ごした安らぎに満ちた日々。夫婦になって初めて話すことばかりだった。不遇な人生を送ってきたと思っていた。なにもわかっていなかったのだ。自分はどうしようもない愚か者だった。

——神はいつも私を見ていた。しかし、私に触れて、声をかけ、ともに泣いたり笑ったりしてくれたのは、君だった。

「……これで、私たち……本当、の……」

彼女は目をつぶった。その顔から痛み、悲しみ、喜び……あらゆる色が消えていく。それが、夫婦となったふたりの、最初で最期の語らいになった。

——主よ、永遠の安息を彼らに与えたまえ。

ジェラールは妻の頬や頭をなでながら、消え入りそうな声でつぶやいた。つぶやきは紡がれて旋律となり、死者を悼む聖歌となっていく。

たえざる光が彼らを照らさんことを。
神よ、主への称賛をシオンにてふさわしく歌えり。
エルサレムでは主にいけにえを捧げり。
我が祈りを聞きたまえ。
死すべきものは皆、主にかえりぬ。
主よ、永遠の安息を……

ジェラールは、涙に濡れた顔をあげた。

夜空を覆う雲が途切れて、鎧戸の開いた窓から月明かりが部屋に差し込んでいた。穏やかな静寂の中、彼は一羽の椋鳥（むくどり）が天高く舞いあがっていくのを見た。奇蹟の兆しを思わせる神々しい光景だった。

それは妻の旅の終わりと魂の安息を、そして、ふたりの長い別離を告げるものだった。

妻が死んだあと、ジェラールはなにもかも捨てて各地をさまよった。襤褸をまとって物乞いのように路上で眠った。空虚な気持ちに支配され、自ら命を絶つこともできずにいた。ただ死を望み、妻と再会することを望んだ。彼女がいない世界など、なんの価値もなかった。だが、神は彼に死という安らぎを与えてはくれなかった。

そして、放浪の末にたどり着いたのが、古都グラナダだった。

グラナダは、イベリア半島のムスリムたち——アンダルスが治める豊かな街だ。ジブラルタルから運ばれた貿易品が人と金を引き寄せて、グラナダはイベリア半島で屈指の繁栄を誇っていた。それは、かつてのアッカを彷彿とさせた。

だが、砂交じりの熱風の中を進み、グラナダの街並みが遠くに見えたとき、ジェラールは投擲槍で武装した軽装騎兵に取り囲まれ、逮捕連行された。

この地では、キリスト教徒は憎き敵だった。グラナダを攻め落とそうと、イベリア半島のキリスト教徒たちは、刃物を研いで舌なめずりをしている。特にキリスト教国であるカスティーリャとの小競り合いは毎年起きており、ジェラールをその密偵ではないかと疑っているようだった。

ジェラールは塔の牢獄に閉じこめられて、取り調べを受けた。聞かれたまま正直に話したが、彼らは信じようとはしなかった。

一向に解放されない我が身を危ぶみ始めたとき、ジェラールは懐かしい声を耳にして血に濡れた顔をあげた。羊毛の衣をまとった小柄な老人が立っていた。

ラビ・エズラだった。

彼は無事にこの地にたどり着き、街の有力者に保護されていた。エズラが身の安全を保障してくれた。彼の働きかけもあり、ジェラールは人頭税の支払いを条件に、この地で生きていくことを許された。皮肉なことに、ジェラールの身体にサラセン人の血が流れていることが、有利に働いたのである。

「私は妻を助けられなかった」

オリーブの木陰に座り込み、ジェラールはつぶやいた。視線の先には、雪をかぶった山の峰がある。

「私のしたことは、すべて無駄だった……」

「はたして、そうだろうか」

エズラも同じものを見すえている。だが、彼の視線はそれよりもずっと遥か遠くにあった。

「この世に無駄なものはなにひとつない、とわしは思うがな。しかし、目に見える結果のみを追い求める者には違うのだろう。真に価値ある、命を賭けるに値するものは、往々にして目に見えず、無駄と思えるものの中に隠れているのではないか」

死を引き延ばすことはできても、死から逃れることはできんのだ、と彼は続けた。

「お前の妻は、お前がいたからこそ幸せな死を迎えられた。牢獄の中ではなく、安らげる寝台の上で、愛する者にみとられながら……それは、無駄なことではない」

ジェラールが目をやると、エズラも彼を見ていた。彼は腕を伸ばしてジェラールの肩に手を置くと、微笑んで言った。

「わしは、それを妻子をなくしたときに気づいた。なにかを得たときは、決まってなにかを失ったときだ。まことに神は公正なお方ではないか。そうは思わんか」

そのエズラも昨年の冬に逝った。彼は多くの人々にみとられながら神に与えられた命をまっとうし、ようやく妻子との再会を果たせたのだ。

――そして、彼女も去っていった。

アンドレとの対決後、雪道で行き倒れたジェラールを救ったのはベアトリスだった。彼女の介抱がなければ、自分は生きてパリに戻ることはできなかっただろう。

「あの人は、ジェラール様と同じだったんです」

ある夜、ベアトリスは目を落として言った。彼女はアンドレの境遇を知っていた。ピレネの麓で別れる際に、本人が話してくれたのだという。

アンドレは聖地生まれの孤児だった。父親はフランク人、母親はサラセン人で、幼い頃に戦で両親を失ったアンドレは、薬売りを生業としているサラセン人に奴隷として買われ、彼の家族とともにアッカ近郊の集落で暮らしていた。

「あの人は、生まれを理由に村の人たちからひどい扱いを受けていたそうです。よく殴られ、粗末な食べ物しか与えられなかったとか……」

だがその村は、ある日、海を越えてやってきたフランク騎士たちの襲撃を受けた。キリスト教徒たちは、村のサラセン人に改宗を強要し、拒んだ者は、女子供にかかわりなく首を刎ねた。薬売りの主人も、彼の娘であるマリアムもこのときに殺されたという。

アンドレが生き残ったのは幸運にすぎなかった。村外れの井戸で水を汲んでいた彼は、騎士たちに見つからずに済んだのだ。だが、村は焼き払われ、略奪のあとに残っていたのは死体だけだった。アンドレは荒野をあてもなくさまよった。そして、飢えと渇きのあまり彼は行き倒れた。

彼を救ったのは、ひとりのサラセン人だった。彼はアンドレを抱き起こすと、山羊の皮袋に入っている馬乳酒(クミス)をそっと飲ませて言った。

「お前は神(アッラーフ)に愛されている。お前は救われる定めだった。だから生かされた」

男はイブン・アーリーと名乗った。彼はミスルにある最高学府のアズハルで学問を極めた賢者で、シリアを放浪しながら学校(マドラサ)で教えを説いているという。白いイマーマ(ターバン)を巻き、旅で薄汚れた長衣(ジュッバ)と下衣(シャルワール)という身なりで、振る舞いや言動も学者然としていた。

翌朝、ふたりは集落に戻って死者の埋葬をした。炎天下の中で汗まみれになって墓穴を掘っていると、白い麻布で包んだ死体に蝿がたかり始める。死者の顔をメッカに向けて葬り、石を積みあげただけの簡素な墓を立て終わったときは、陽は西に沈みかけていた。

「僕が代わりに死ぬべきだった……」

アンドレが夕陽を見つめながらつぶやくと、日没の祈りを終えたアーリーは頭をあげて言った。

「神に与えられた命だ。そんなことを考えてはならん。集落のことは残念だったが、あれはそうなる運命だったのだ。我々はただ受け入れるしかないのだ」

「運命？」

アンドレが振り返る。アーリーはうなずいた。

「そうだ。人は生まれたそのときから、自分の運命を神に決められている。お前も、そして私も。それを私は探している。神が私に与えた役目を……ともに探さぬか？」

彼の手が差し出される。

黄昏の薄明かりの中で、答えを求めるようにアンドレはその手をとった。

それ以来、ふたりは各地を放浪した。

アンドレは旅のあいだにアーリーから様々なことを学んだ。字の読み書きを始め、青銅製の天文観測機器（アストロラーベ）を使った天文学、歴史、錬金術、ときにはアラブの馬術や剣術を修練した。中でも、グレクの火の精製方法に彼は強く興味を惹かれた。様々な知識を学ぶにつれて、アンドレの中にある疑問は大きくなっていった。

自分の運命とはなにか。それはどのようにすれば知ることができるのか。そして、師はなぜこれほどの知識を持っているのか。

ある日の晩、アンドレは訊いた。

「師よ。あなたは何者なのですか。なぜこのような英知をご存知なのですか」

アーリーは頭を振ると、焚き火に粗朶を投げ入れて言った。

「私は何者でもない。それは重要なことではない。ただ、先祖から受け継いできた技と知識を使い、それをお前に教えているだけだ。ちょうどいい、お前にこれをやろう」

そう言って、投げてよこしてきたのが、あの鐔のない奇妙な短剣だった。

「その短剣は我が祖父が使っていたものだ。神を讃えるために多くの血が流れたが、今となっては遠い昔の話だ」

アンドレは剣身の表面をなぞった。波紋のような模様がそこにはある。人には成し得ない、神の御業だった。

やがて、アンドレは師を実の父親のように慕うようになった。アーリーも彼を見るときは表情がやわらぎ、息子に接するときのような眼差しになった。

だが、そんなふたりの旅も長くは続かなかった。

旅をして五年目のことだ。ヨルダン川の畔で野宿をしていると、アンドレたちは盗賊の集団に寝込みを襲われた。ふたりは剣をとって斬り結んだが、あまりにも敵が多すぎた。アーリーは無数の白刃に斃れ、アンドレも最後のひとりを斬り伏せたものの、脇腹に深手を負った。

アンドレは傷のせいで起きあがることもできず、流れ出る血の量を見て死を覚悟した。するとと怒りや悲しみが胸に込みあげてきて、彼は涙を流した。

——自分の運命とはこんなものだったのか。ここで死んで腐ることが、師と自分に与えられた運命だというのか。

やがて、砂蚊をともなった砂嵐が吹き荒れた。細かな砂粒は灰のように太陽を黄色く覆い隠して、あたりは夜のように暗くなっていく。

アンドレは目を閉じた。自分はこのまま砂に埋もれて死ぬだろう。最期ぐらいは、安らかな気持ちで死にたかった。

薄れていく意識の中で、誰のものとも知れぬ声に呼びかけられたのは、そのときだった。うっすらと目をあけると、この世のものとは思えない若者の形をした光が側に立っていた。

その姿は神々しい光を帯びており、アンドレは強い畏怖を覚えた。

若者はその場に膝を突くと、手を伸ばしてアンドレの脇腹の傷に触れた。そして、彼の頭に右手で按手(あんしゅ)をほどこした。

その瞬間、彼の脳裏にある光景が流れ込んだ。見えたのはパリの街並みだった。パリを訪れたことは一度もなかった。それなのに、その街がパリだとわかった。

やがて、その光景は神殿騎士団のタンプル城へと変わり、その牢獄で鎖に縛られている主イエス＝キリストへと変わっていった。そして静かだが、力強い声がアンドレに命じた。

――フランスへ行き、聖遺物を解放せよ。それがお前の役目。果たせ！

強い輝きとともに、青年の姿は消えた。

気がつくと、アンドレはあおむけに倒れたまま晴れた空を見ていた。今のは白昼夢かと思ったが、光り輝く若者の姿やその声がはっきりと思い出されて、そのひと言では片づけられないものを感じた。

――今のは神の使いではないのか。

その疑いは、起きあがろうとしたときに、確信へと変わった。

傷の痛みを少しも感じなかったのだ。脇腹を探ると、傷口は塞がっており、乾いた血の跡しか残っていない。神の御業としか思えない、まさに奇蹟だった。

「ああ、神よ」

アンドレは喜びと感動に打ち震えた。天を仰ぐと、とめどもなく涙を流した。

神は自分を見捨てたのではなかった。神はフランク騎士たちの襲撃から自分を守り、アーリーに引き合わせて知識と技を学ばせ、この傷を癒やしてくれた。すべては、神が立てた崇高な計画のために。聖遺物を自分に解放させるために。

――自分は、そのために今日まで生きてきた。

「あのとき、神様の声を聞いた、とあの人は言っていました。神殿騎士団が持っている聖遺物を解放し、それを聖地に戻せ、と。それが本当にあったことなのか、それともあの人の見た幻だったのかわかりません。ただ、彼はそう信じて、これまで生きてきたそうです」

ベアトリスは目を伏せたまま言った。

「大勢の人を手にかけても、それが神様の望まれていることだと思うと、気にならなかったと言っていました。あの人にとって、人の生き死になんてどうでもよかったんです。でも……」

でも、と彼女は顔をあげた。

「それでも、私はあの人と生きたかった。私を必要としてほしかった。でも、あの人は神様を選んだんです。あの人は、それで本当に幸せだったんでしょうか。私にはわかりません」

その彼女は、一ヵ月前に巡礼のために旅立った。自分の病のためではなく、アンドレが犯した罪のために祈りたいのだ、とベアトリスは言った。

エズラの死後、ジェラールは鍛冶仕事を再開する一方で、フランスの情勢にも目を配っていた。あの事件にかかわった生き残りとして、見届ける義務があるような気がしたのだ。

風の噂によると、神殿騎士団は正式に解体され、その莫大な財産は聖ジャン騎士団に移譲されたらしい。だがフィリップ四世は、教皇に圧力をかけて、聖ジャン騎士団に二十万リーブルという莫大な金子を献納させたらしかった。その一方、裁判で有罪判決を受けた神殿騎士たちは、フランス各地で次々と焼き殺されていった。神殿騎士団総長ジャック・ド・モレーや、ジョフロワ・ド・シャルネーも、シテ島の川下側の牧草地にて焚刑に処された。彼らはフランス王と教皇を呪い、煙に燻されながら無実を叫んだという。

そのことを知ったとき、ジェラールはひどく物悲しい気分になり、目を閉じた。

──ひとつの時代が終焉を迎えた。

と思ったのである。

聖地巡礼に人々が熱狂し、フランスの聖ルイ王が善政を敷く。異教徒の洗練された文化がフランク王国にもたらされ、人々の暮らしは飛躍的に豊かになり、聖地で暮らす人々は新しい世界との共存を考え始めた。そんな輝かしい時代の象徴だった神殿騎士団は失われ、すべては幻となった。言いあらわせない寂寥感と孤独は、そこから来ているのだった。

──日は昇り、日は沈み、あえぎ戻り、また昇る。

聖書にある『コヘレトの言葉』だ。人生は儚く脆く不条理に満ちており、すべては生まれ死んでしまう。生きることに意味などない、と虚しさを嘆いたエルサレム王ダビデの子、コヘレトが遺したとされている言葉である。

コヘレトの気持ちが、わかったような気がした。自分が生きたあの時代はすでに過去のものとなり、仲間は皆逝き、ひとり残されてしまった。自分の魂はまだ、この時代を放浪している。

そのとき、人の声に呼ばれて、ジェラールは振り向いた。

麦畑の向こうから褐色の肌をした少年が駆け寄ってくる。少年はジェラールのところまで来ると、手に持っている頭陀袋の中からパンを出して、彼に差し出した。

「はい、これ。母さんがこのあいだのお礼にって」

「いつもすまないな。彼女の怪我はもういいのかい？　傷はまだ完全に治っていないと思うのだが」

ジェラールは受けとって訊いた。

「うん。もう籠を担いで市場に出ているよ。父さんは僕が生まれてすぐに死んじゃったから、働かないと家族が食べていけないんだって」

「そうか」

少年は街外れに暮らす農家の子だった。彼は三人兄弟の末っ子で、名をアンドレと言った。父親は地元のムスリムで、母親はキリスト教徒である。その母親が荷馬車と事故を起こしたのは、二週間前のことだった。たまたまその場に居合わせたジェラールは、彼女を助け出し、傷の手当てをした。それ以来、彼女とはなにかと話をするようになり、近頃は請われて、アンドレに字を教えていた。

ジェラールは言った。

「いいのかい。そろそろ礼拝の時間だろう？　またお母さんにしかられるぞ」

少年はうつむいている。だって……と言った。

「街に行くと、みんな、僕の目が青いからって馬鹿にするんだ。ぶつし、ひどいことも言うんだ。母さんの悪口だって……」

ジェラールは少年の前にかがみ込むと、なあ、と言った。

「アンドレは、自分のこと、嫌いか？」

少年は頭を振った。

「母さんは？　好きか？」

今度はうなずく。

ジェラールは笑った。

「それなら、なにも恐れることはない。私もついている。私もアンドレと君のお母さんが好きだ」

褐色の少年は顔をあげた。

「お祈りが済んだら、また海の向こうのお話をしてくれる？」

「ああ、もちろんだ。ただ、私の話はいつも悲しい終わりかたになってしまうからね

「……」

「それなら」少年は言った。「それなら、僕がその話の続きを作って、みんなが幸せになるようにするよ」

ジェラールは息を呑んで少年を見た。少年も彼を見ている。熱を孕んだ風が黄金の海を渡り、長い旅路を経て、ふたりのあいだを抜けていった。

ジェラールは少年の肩に手を触れた。彼の目がいつくしみを覚えるように、ほんのわずか細くなった。

彼はうなずいた。そうか、と言った。そうか。そうか。

「さあ、もう行きなさい。お母さんによろしくな」

「うん。でもたまには、うちにも来てよ。たぶん、母さんは先生のこと好きなんだと思うな」

褐色の少年は駆けて行った。黄金に輝く乾いた波を、自身が風になったようにかきわけていく。その背を見ながら、ジェラールは身体を起こした。彼は涙を流していた。熱く、灼けるような涙が頬を伝った。

彼の前に広がっているのは、かつて見た、黄金の海だった。

彼は少年のあとを追って、歩き出した。落陽の輝きが、ふたりの背を照らしている。一三一五年、麦の穂摘みが間近に迫った、夏のことだった。

追記

この年、ヨーロッパは未曾有の大飢饉に見舞われた。投機業者や買い占め業者が穀物価格を高騰させたことで大量の餓死者が出て、各地で反乱や一揆が頻発する。この飢饉は一三一七年まで続き、一三三七年には、アングルの王がフランスの王位継承権を主張し、英仏による百年戦争が勃発する。追い打ちをかけるように、一三四七年、イタリーに上陸した黒死病がヨーロッパ全土で猛威を振るい、これをユダヤ人の仕業と考えたキリスト教徒により、各地でユダヤ人が迫害、虐殺された。

ヨーロッパは、悲惨で、これまでにない動乱の時代を迎えることになる。

主要参考文献

『Fighting with the German Longsword』Christian Henry Tobler著　Chivalry Bookshelf
『Sigmund Ringeck's Knightly Art of the Longsword』David Lindholm著　Paladin Press
『外科の歴史』W・J・ビショップ著　時空出版
『中世パリの生活史』シモーヌ・ルー著　原書房
『十字軍騎士団』橋口倫介著　講談社
『OSPREY MEN-AT-ARMS　聖騎士団　その光と影』テレンス・ワイズ著　新紀元社
『OSPREY MEN-AT-ARMS　サラディンとサラセン軍　十字軍の好敵手』デヴィッド・ニコル著　新紀元社
『OSPREY MEN-AT-ARMS　エル・シッドとレコンキスタ　１０５０　１４９２　キリスト教とイスラム教の相克』デヴィッド・ニコル著　新紀元社
『十字軍大全　年代記で読むキリスト教とイスラームの対立』エリザベス・ハラム著

東洋書林
『正統と異端』Gilles C. H. Nullens 著　無頼出版
『十字軍の精神』ジャン・リシャール著　法政大学出版局
『モンタイユー　ピレネーの村』エマニュエル・ル・ロワ・ラデュリ著　刀水書房
『世界の聖域〈16〉サンティヤゴの巡礼路』柳宗玄著　講談社
『マムルーク　異教の世界からきたイスラムの支配者たち』佐藤次高著　東京大学出版会
『聖王ルイ』ジャック・ル・ゴフ著　新評論
『王の奇跡』マルク・ブロック著　刀水書房
『コンスタンチノープル遠征記　第四回十字軍』ロベール・ド・クラリ著　筑摩書房
『拷問の歴史』川端博監修　河出書房新社
『図説西洋甲冑武器事典』三浦権利著　柏書房
『ボルドー物語　ワインの都市の歴史と現在』神田慶也編訳　海鳥社
『パリ歴史事典』アルフレッド・フィエロ著　白水社
『暗殺者教国——イスラム異端派の歴史』岩村忍著　リブロポート
『パリとアヴィニョン』樺山紘一著　人文書院
『中世の道』ジャン・ピエール・ルゲ著　白水社

『月刊秘伝　二〇〇三年十一月号』ＢＡＢジャパン
『月刊秘伝　二〇〇四年八月号』ＢＡＢジャパン
『図説　馬と人の文化史』Ｊ・クラットン＝ブロック著　東洋書林
『第四の十字軍　コンスタンティノポリス略奪の真実』ジョナサン・フィリップス著
中央公論新社
『中世のコンスタンティノープル』橋口倫介著　講談社
『西洋貨幣史』久光重平著　国書刊行会
『時間の歴史　近代の時間秩序の誕生』ゲルハルト・ドールン・ファン・ロッスム著
大月書店
『ヨーロッパ中世象徴史』ミシェル・パストゥロー著　白水社
『教育剣道の科学』全国教育系大学剣道連盟編　大修館書店
『ヨーロッパ中世古文書学』ジャン・マビヨン著　九州大学出版会

解説

蔦屋書店　諏訪中洲店　立木恵里奈

神山裕右（かみやまゆうすけ）先生は、二〇〇四年に『カタコンベ』で、第五十回江戸川乱歩賞を史上最年少で受賞し、デビューしました。数あるミステリー新人賞の中でも、歴史ある乱歩賞の最年少受賞記録である二十四歳三ヵ月は未だ破られていません。

私が神山先生を知ったのは、最初に働いていた書店が閉店してしまい途方（とほう）に暮れていた時でした。新聞広告を見てその年の乱歩賞作品が発売されたのを知り、職探しの合間に立ち寄った図書館で借りたのでした。

『カタコンベ』を読んだ時、この人は実際にケイビングの経験があるのではないかと本気で思ってしまいました。水没間近の洞窟（どうくつ）に居るような臨場感に魅力を感じ、自然が創り出した密室でどうなってしまうのだろうと、未知の暗闇の中に閉じ込められたという恐怖と不安を感じながら、緊迫した洞窟内を彷徨（さまよ）っているような感覚で読み進めました。実際には経験がないのに、臨場感溢れる筆致で描かれている作風に惹かれ、アルバイトをしながら作家を目指してきたという神山先生にも惹かれ、作家として活躍してほしい、この作家さんを応援していきたいと思ったのが神山作品との出会いでした。

二作目の『サスツルギの亡霊』は、スケールも臨場感もデビュー作より増していて、読んだ時の事が忘れられない一冊となりました。

デビュー作は乱歩賞受賞作品という事で、知っているという人は多いと思います。しかし二作目を知っているという人はどれだけいるだろう、二作目はもっと凄いのに注目されないのは勿体ないと長年思い続けてきました。売り場の担当ではない事にもどかしさを感じながら展開できる機会を待っていた所、グループ店舗全店から挙げられた候補の中から一冊を全店展開するという企画があり、最終的に選ばれたら全店展開できるかもしれないチャンスがやって来ました。あまり知られていない作品を、という趣旨の企画だったので、担当社員さんから何か一冊ないかと声をかけられた時に迷わずこの作品を挙げました。がしかし、社員さんは知らなかったようで「聞いた事ないいな、なるほどマニアックですね」と言ったあと一瞬の沈黙、すかさず「マニアックすぎましたか」と訊いてしまうほどでした。マニアックと言いながらも企画の為に展開してくれて、社員さんも驚くほど売れて、最終候補まで残り、全店展開まであと一歩という所までいきました。最終的に売り切る事もできるのではないかというぐらいまで売れましたが、担当社員さんが変わりいつの間にか返本されていて売り切る事すら叶いませんでした。多くの人に読んでもらいたい、知ってもらいたいと長年思ってきただけに悔しかったし諦めきれませんでした。けれど、地方のただのアルバイト店員がどれだけ声をあげてお薦めしても全国の人に届く訳もなく、どうしたものかと考えた末、思い切って本屋大賞の発掘部門に投票してみよう、これで駄目だったら諦めようと、初めてエントリーして投票した結果、超発掘本として選出され、念願叶ったのでした。

『サスツルギの亡霊』は、南極という巨大な密室を舞台に、越冬隊員たちの間で起こる殺人事件という設定で、暖かい場所で読んでいても暖かさが失われ、寒さで震えてしまうほどの臨場感で描かれているのがとても魅力的です。真冬の暖かくした部屋の更に電気毛布の暖かさを最大にした布団に潜って読んでいても、手足の先まで冷たくなるほど暖かさが失われて寒さで震えながら読んでいました。差し出す手は敵か味方かわからず先が気になり一気読みしたいけれど、あまりの寒さに読む手が止まってしまうほどでした。事件の真相を求め広大な南極を駆け巡るストーリーは映画を観ているかのようです。

『サスツルギの亡霊』を執筆した時には、越冬隊として参加された方を訪ねて沖縄まで取材に行かれたそうで、各地を飛び回る行動力と資料の読み込みにより、馴染みのない地と設定でも臨場感溢れる筆致で描かれているのが神山作品の魅力です。三作目もそんな臨場感ある作品かと期待していたら、良い意味で期待を裏切られました。

本作『炎の放浪者』の舞台は十四世紀初頭のフランス。あまりにも馴染みがない歴史もの。あらすじを読んだだけでも前の二作とは傾向が違う事に驚きました。歴史ものは苦手だし西洋の歴史は全く解らないけれど、どんな感じなのかと読み始めました。

参考文献の多さから本作も資料の読み込みにより書かれていると思いますが、史実の部分は解りやすく書かれていて、西洋の歴史を知らなくても想像しやすく読みやすいです。斬り合いのシーンも前二作のような臨場感はないけれど、迫力と緊迫感が伝わってくるようで、神山先生ならではの描写力は流石です。主人公ジェラールが、逃走した神殿騎士を追う旅は、いつしかジェラールも追われる身となり、旅で関わる様々な人間たちの思惑が絡まり合い、事態は複雑になっていく。逃亡した神殿騎士を捕らえるだけのはずだった旅の裏には何があるのか？　追っている騎士は何者なのか？　裏に隠された歴史ミステリーを思わせる真相が明らかになるまでのサスペンスとしても十分に楽しめます。しかし本作は前作までの臨場感が魅力的な作風とも違うし、とにかく「救い」がありません。日本人には馴染みの薄い宗教を絡めていて読みづらいと思う人もいると思いますが、それこそが本作に込められた壮大な謎と、裏側に隠されていた真相につながっています。

異教徒との間に生まれたジェラールは幼い頃、聖地で両親と共に何の不安もなく幸せに暮らしていました。しかし、援軍になるはずだった騎士達が情勢に無知だったが為に争いが起こり、故郷も家族も失います。そしてジェラールの良き理解者であり友人のエズラも、当時の王が認可した反ユダヤ法令により、ユダヤ人だからという理由だけで故郷も家族も財産も奪われます。登場人物たちは皆、信仰の違いや教えによって不遇な人生を送っています。異教徒だから、流れている血が違うからというだけで、憎まれ、蔑(さげす)まれ、迫害され、理不尽な理由で命を奪われていく。権力争いや宗教間の争いが絶えない時代に、彼らのような人々に安息できる地はどこにもなく、生きている価値も、必要とされる事もない人間だと絶望感を抱きます。同じ人間なのになぜ自分たちばかりこんな目に遭わなければならないのか、なぜ神は救いの手を差し伸べてはくれないのか、と信じていたものにも憎しみを抱き、それでもなお救いを求めこの世を彷徨い続けます。史実に沿って描かれている人物たちと同じように、残酷な運命を背負った人々はこの時代に確実に存在し、同じように救いを求めもがき苦しみ彷徨っていたに違いありません。

そして世界を見てみると、未だに争いが絶えず、理不尽に争いに巻き込まれて過酷な日々を過ごす人々は存在しています。時代は変わっても、世の中の理不尽や不条理や生きづらさはいつの時代も変わりません。理不尽な目に遭うのはいつだって抗う術を持たない弱い立場の人間が圧倒的に多く、登場人物に自分を重ねる人もいると思います。けれど人は自然という大きな力の前では誰もがなす術もありません。人間は愚かで、世の中は理不尽と不条理で満ち溢れ、人生は儚く虚しい。そんな救いのない世の中で、救いとは何か、救いはあるのか、何の為に生きているのか、生きる意味は何か。人は正解のないものに答えを探し求め放浪し続ける、命という炎が尽きるまで。そんな、生きている間には解き明かす事のできない壮大な謎を提示されたようで考えさせられる作品です。

人それぞれ辿り着く場所、見える景色は違うと思います。でも、もしかしたら最後に辿り着く場所や見る景色は同じなのかもしれません。読んでいて救いを求めてしまうほど救いがなく、辛く苦しくなり、残酷で暗澹としたこの世の中を、それでも生きていかなければならないのなら、光を求め、奇跡さえ信じたいと願わずにはいられません。

神山先生はこんなにも壮大なものまで書けてしまうなんて、どれだけの才能をお持ちなのかと、この先刊行される作品に期待が膨らみます。ミステリー以外の作品も書けてしまう作家さんなのだと知ってもらいたくて『炎の放浪者』も読んでもらいたいいました。そしてまさか、本屋大賞発表会の超発掘部門での私のスピーチがきっかけで文庫化が決まるとは思いもしませんでした。しかも発表会会場で決まり、解説までお願いされるとは、突然の予期せぬ出来事に思考が追い付かずその場では解説のお話を断っていました。

でも、もうマニアックと言わせない、神山先生の事も作品ももっと多くの人に知ってもらいたい、もう埋もれてほしくないという思いから、私でお役に立てるかわからないし、解説になっているのかわかりませんが書かせていただきました。

元々『炎の放浪者』の文庫化の予定もなく、『サスツルギの亡霊』も超発掘本として選出されていなければ品切れ重版未定のままだったかもしれないと思うと、大変な事になったぞという恐ろしさもありますが、埋もれてしまわなくて本当に良かったと心から思います。それと、二〇〇八年に「小説現代」で乱歩賞作家らによる犯罪・警察小説の短編を特集した号があったのですが、そこに神山先生の「水上警察2008」という短編も掲載されていたそうです。この短編は私も読んだ事がないので、神山先生が描く警察小説がどんなものなのかいつか読める日が来たら良いなと思います。

神山先生の作品はどれも力作で執筆するのに相当な苦労をされていると思います。

そんな先生にいろいろ期待してしまうのは申し訳ない気持ちもありますが、神山先生も作品も埋もれてしまうには惜しいので、もう二度と埋もれてしまわないように、神山先生という作家さんがいるという事も作品も全国の一人でも多くの人に届いてほしいし、現在執筆中という新作がどんなものになるのか楽しみに待ちながら、微力ではありますが書店員としても読者としてもこの先ずっと神山裕右先生を応援していきたいと思います。

本書は二〇一一年九月に小社より刊行されました。

|著者| 神山裕右　1980年愛知県生まれ。名古屋経済大学法学部卒業。2004年、『カタコンベ』（講談社文庫）で第50回江戸川乱歩賞を24歳3ヵ月、史上最年少で受賞し、デビュー。『サスツルギの亡霊』（講談社文庫）が2019年本屋大賞発掘部門「超発掘本！」に選出された。

炎の放浪者（ほのお　ほうろうしや）
神山裕右（かみやまゆうすけ）

講談社文庫
定価はカバーに
表示してあります

2019年８月９日第１刷発行

発行者——渡瀬昌彦
発行所——株式会社　講談社
東京都文京区音羽2-12-21　〒112-8001
電話　出版（03）5395-3510
　　　販売（03）5395-5817
　　　業務（03）5395-3615
Printed in Japan

デザイン—菊地信義
本文データ制作—講談社デジタル製作
印刷———豊国印刷株式会社
製本———株式会社国宝社

ISBN978-4-06-516837-0

講談社文庫刊行の辞

二十一世紀の到来を目睫に望みながら、われわれはいま、人類史上かつて例を見ない巨大な転換期をむかえようとしている。

世界も、日本も、激動の予兆に対する期待とおののきを内に蔵して、未知の時代に歩み入ろうとしている。このときにあたり、創業の人野間清治の「ナショナル・エデュケイター」への志を現代に甦らせようと意図して、われわれはここに古今の文芸作品はいうまでもなく、ひろく人文・社会・自然の諸科学から東西の名著を網羅する、新しい綜合文庫の発刊を決意した。

激動の転換期はまた断絶の時代である。われわれは戦後二十五年間の出版文化のありかたへの深い反省をこめて、この断絶の時代にあえて人間的な持続を求めようとする。いたずらに浮薄な商業主義のあだ花を追い求めることなく、長期にわたって良書に生命をあたえようとつとめるところにしか、今後の出版文化の真の繁栄はあり得ないと信じるからである。

同時にわれわれはこの綜合文庫の刊行を通じて、人文・社会・自然の諸科学が、結局人間の学にほかならないことを立証しようと願っている。かつて知識とは、「汝自身を知る」ことにつきていた。現代社会の瑣末な情報の氾濫のなかから、力強い知識の源泉を掘り起し、技術文明のただなかに、生きた人間の姿を復活させること。それこそわれわれの切なる希求である。

われわれは権威に盲従せず、俗流に媚びることなく、渾然一体となって日本の「草の根」をかたちづくる若く新しい世代の人々に、心をこめてこの新しい綜合文庫をおくり届けたい。それは知識の泉であるとともに感受性のふるさとであり、もっとも有機的に組織され、社会に開かれた万人のための大学をめざしている。大方の支援と協力を衷心より切望してやまない。

一九七一年七月

野間省一

講談社文庫 最新刊

呉勝浩　白い衝動
殺人衝動を抱く少年と連続強姦暴行魔が同じ町にいる。大藪賞受賞のサイコサスペンス。

大友信彦　オールブラックスが強い理由〈世界最強チーム勝利のメソッド〉
日本開催ラグビーW杯優勝の大本命、NZオールブラックスの絶対的強さの秘密とは？

瀬那和章　今日も君は、約束の旅に出る
再会した思い人は、"絶対に約束を破ることのできない"体質になっていた！　極上の恋愛小説！

長野まゆみ　45°〈ここだけの話〉
一見普通の人々が語りはじめる不可思議な物語。世界の曖昧さを実感する戦慄の九篇。

決戦！シリーズ　決戦！ 関ヶ原2
関ヶ原の戦いには勝敗の鍵を握る意外な男たちがいた——7人の作家が合戦を描く大人気シリーズ！

靖子靖史　空色カンバス〈瑞空寺凸凹縁起〉
僕たちは、生きているから、いつか死ぬ。現役のお坊さんによる〈救われる〉青春小説。

睦月影郎　快楽アクアリウム
真面目な中年男が隠し持つ淫らな欲望が単身赴任先で次々と実現する！〈文庫書下ろし〉

柳田理科雄　MARVEL マーベル空想科学読本
ハルクの怪力！　キャップは頭脳派！　マーベルヒーローは科学で考えるともっとすごい！

ティモシイ・ザーン　富永和子 訳　スター・ウォーズ　暗黒の艦隊（上）（下）
スター・ウォーズの伝説的外伝、「スローン三部作」の第二作！　かつての名作が再び！

ヤンソン（絵）　リトルミイ ノート　スナフキン ノート
リトルミイとスナフキンのおしゃれな文庫ノートができました！　使い方はあなた次第！